英雄たちの夢

フィクションのエル・ドラード

英雄たちの夢

アドルフォ・ビオイ・カサーレス
大西亮 訳

Colección Eldorado
水声社

本書は、寺尾隆吉の編集による〈フィクションのエル・ドラード〉の一冊として刊行された。

英雄たちの夢 ★ 目次

作者緒言

わたしは一九四九年に『英雄たちの夢』を書きはじめた。あまり愉快とはいえない当時のことを思い出す。それは、わたしの怠惰をめぐる記憶である。母は、女たちにうつつを抜かすばかりでろくに物を書かない息子が『モレルの発明』の呼び起こした期待をある意味において裏切っていると感じていた。わたしは、自分がけっして怠惰な若者ではないことを、母親に、そしておそらくは自分自身に納得させるためにも、息の長い小説に取り組まなければいけないと考えた。そして、何年ものあいだ小説の筋についてあれこれ考えた。あるときボルヘスにそれを披露してみたところ、世界でいちばん美しい物語だと言ってくれた。何かが大いに気に入ると、彼はいつもそんなことばを繰り返すのである。ある作品が生まれたそもそもの始まりを正確に再現することは、たとえそれが自分の作品であっても難しいものである。『英雄たちの夢』の場合、「現実はいかなるときであろうと幻想的なものに変わりうる」という考えが出発点にあったようだ。つまり、われわれの生はしばしば、現実の秩序を打ち壊す何かが存在することを瞬間的なビジョンのうちに示してくれるのである。あたかもこの世界が、じつは無数の世界から成り立っていて、それらは時おり交錯することもあるのだ、とでもいうように。また、ジョン・ウィリアム・ダンの名著『時間の実験』を読んだこと、あるいはそのときの記憶が、『英雄たちの夢』に影響をおよぼしているのかもしれない。

いずれにせよ、作品の執筆をわたしに促したものは、『英雄たちの夢』にみられる幻想的な逸話というよりも、むしろ、ブエノスアイレスにおける現実の生である。小説に描かれた友情や忠誠といったテーマは、物語のなかの驚くべき逸話よりもこのわたしを熱狂させた。作品に登場する出来事のなかには、モンテビデオ通りのレストランにやってくるタクシーの運転手たちが口々に語っていたエピソードに着想を得たものが少なくない。わが家の門番ホアキンが少年時代のわたしをよく連れていってくれたそのレストランでは、彼らがさまざまな物語を披露していたのである。そうした物語のなかでは、宵っぱりな連中がキャバレーでどんちゃん騒ぎをしたあと、女たちを引き連れてオープンカーのタクシーに乗りこみ、パレルモの森をめぐる散策へと華々しく繰り出すのであった。その手の話をたくさん耳にしていたことも、小説の執筆へとわたしを駆り立てたのだろう。

それに加えて、夢のなかで何かを失ってしまったという思いにとらわれるときにわたしたちが経験する焦燥や不安も、やはりこの作品を書くことをわたしに促したものだ。夢のなかで何かすばらしいものにめぐり合えたという記憶は、目覚めたときにはまだ鮮明に残っているのに、べつのことに気をとられているうちに忘却の淵へと沈んでしまう。その夢をもう一度生きてみたいという渇望は、おそらく誰もが経験するところだろう。この作品の主人公の場合、そうした渇望はより切実なものである。というのも、彼が失ってしまったものは、高揚と疲労の一夜にかいま見たものであり、真の啓示と思われるものだったからだ。

わたしは、登場人物たちにリアリティーを与えるべく努力した。わたしの以前の作品のように、物語の展開を支えるだけの操り人形にはしたくなかったのである。この点については、とにもかくにも目標を達成することができたように思う。バレルガ博士は、少なからぬ読者に不快感を与える人物として描かれている。わたしの父もそうした読者のひとりだった。彼は、われわれの抱えている欠点の多くがバレルガ博士の人物像に映し出されていることを見てとった。一方、エミリオ・ガウナについて言えば、彼を模範的な若者とみなす読者もいることだろう。また、わたしの女友だちのなかには、わたしのすべての作品のなかで、クララはもっとも愛すべき女性であると言ってくれる人もいた。わたしはクララに恋をしていたのである。

セルバンテス賞の授賞式の直前にマドリードで催された〈作家週間〉を通じて、わたしは、これまでに発表した小説のなかでどれがいちばん満足すべき作品かを問われた。質問者への礼儀として、また、「そんな作品はひとつもありません」と答えずにすむように、わたしは『英雄たちの夢』を挙げた。そして、ほかの作品よりも堅実な作品に仕上がっているのではないかと言い添えた。わたしのこの見解には、聡明きわまりない友人たちの感想があずかって力があったと思う。彼らにとって『英雄たちの夢』は、わたしのこれまでの作品のなかでいちばんのお気に入りなのである。

英雄たちの夢

1

一九二七年の三日三晩にわたるカーニバルで、エミリオ・ガウナの人生は初めての、そして神秘を帯びた頂点を極めた。あらかじめ決められた恐ろしい結末を誰かが予見して、事態の成り行きに遠くから手を加えたというのは、その真偽を解明することが難しい事柄である。たしかに、貧しくてそそっかしい人間の頭脳が宿命というものに漠然と帰するところの出来事を引き起こした存在として、得体のしれない創造者《デミウルゴス》を持ち出すことは、新しい光を当てるどころか、新たな問題を生みだすことにしかならないだろう。カーニバルの三日目の晩の終わりにガウナがかいま見たもの、それは彼にとって、渇望してやまない魔法の物体、驚異的な冒険のなかで手に入れたものの結局は見失ってしまった魔法の物体のようなものとなったのだった。カーニバルにつづく数年のあいだ、彼は仲間たちとの会話を通じて、そのときの体験を究明し、ふたたびその手に取り戻そうと試みたが、おかげで彼の評判はがた落ちだった。

仲間たちは毎晩、イベラー通りとデル・テハル通りの角にあるカフェ〈プラテンセ〉に集まった。彼らが師と仰ぎ尊敬していたバレルガ博士が同席していないときの話題は、もっぱらサッカーだった。口数が少なく、失声症に陥る傾向のあったセバスティアン・バレルガが持ち出す話題といえば、競馬《ターフ》——「いにしえの競技場で行なわれていた胸躍らせる競技」——であり、政治であり、勇敢さであった。ガウナは時おり、ハドソン〔当時アメリカで製造されていた車〕やスチュードベーカー〔同じくアメリカの自動車ブランド〕、ラファエラで開催される五〇〇マイルの自動車レース、コルドバで行われるオダックス〔長距離サイクリングイベント〕などの話題を持ち出してみたが、誰も興味を示さず、黙るよりほかなかった。そのせいで、内面世界に閉じこもる傾向をみせるようになった。土曜日や日曜日になると、彼らはひいきのチームである〈プラテンセ〉の試合を見に出かけた。日曜日に時間が余れば、女の子たちを冷やかすという口実のもと、大理石で覆われているかのような喫茶店〈アルゴナウタス〉に立ち寄ることもあった。

　ガウナは二十一歳になったばかりだった。髪は黒い縮れ毛で、緑色がかった目をしていた。肩幅は狭く、痩せていた。その界隈に越してきたのは、二、三カ月前のことだった。家族はタパルケの出だった。彼はその村について、砂に覆われた道や、ガブリエルという名の犬を連れて散歩したときの朝の光を記憶していた。まだ幼いころに親を失った彼は、親類に連れられてビジャ・ウルキサへ移った。そこでラルセンと知り合ったのである。ガウナと同い年の彼は、ガウナよりも少し背が高く、赤みを帯びた髪をしていた。その数年後にラルセンはサアベドラへ引っ越した。ガウナはいつも、誰の世話にもならず早く独り立ちしたいと思っていた。ラルセンがガウナのために、ランブルスキーニの経営する自動車修理工場の仕事を見つけてやると、ガウナはさっそくサアベドラに越してきた。そして、公園から二ブロック離れたところにあるアパートを見つけ、ラルセンと家賃を折半して共同生活をはじめることになったのである。

ラルセンは、バレルガ博士をはじめとする仲間たちにガウナを引き合わせた。博士との出会いは、ガウナに強烈な印象を残した。彼にとって博士は、ありうべき理想的な未来像、とはいえいまだ確信するにはいたっていない未来像、いつも頭のなかで想像するだけだった未来像のひとつを体現した人物だった。博士へのこうした称賛の念がガウナの運命におよぼした影響については、いずれ詳しく語ることになるだろう。

ある土曜日のこと、ガウナはコンデ通りにある理髪店でひげを剃ってもらっていた。床屋のマッサントニオは、その日の午後にパレルモで行われる競馬に出場する予定の馬についてガウナに話した。そいつが勝つのは確実だ、配当金は五十ペソを下らないだろう、そいつに大金を張るのをためらうなんて、しみったれた人間のやることだ、目先のことしか考えない連中は――そんなやつは一人ではきかないだろうが――きっとあとで後悔することになる……。競馬を知らないガウナは、手持ちの三十六ペソを彼に預けた。このマッサントニオという男は、しつこいことにかけては折り紙つきの、不屈の精神の持ち主だった。ガウナは鉛筆を借りて、路面電車の切符の裏に、〈メテオリコ〉という馬の名前を書きつけた。

その日の晩、〈ウルティマ・オラ〉を小脇にはさんだガウナは、七時四十五分にカフェ〈プラテンセ〉に立ち寄り、仲間たちに告げた。

「マッサントニオのおかげで、競馬で千ペソ稼いだんだ。みんなで散財することにしよう」

そう言うと、テーブルの上に新聞を広げ、たどたどしく読みはじめた。

「パレルモ競馬場、第六レース、〈メテオリコ〉が制す。オッズ：五九・三〇」

仲間のひとりペゴラロは、ひがみと不信を隠さなかった。幅広の顔をしてでっぷりと太った彼は、直情径行、陽気な騒がしい性格の持ち主で、公然の秘密——炎症性の吹き出物に覆われた両足——を抱えていた。ガウナはペゴラロの顔をしばらく眺めていたが、やがて財布を取り出すと、それを半分ほど開いて紙幣を見せた。すると、〈バローロ宮殿〉〔一九二三年にブエノスアイレスに建造された高層オフィスビル〕というあだ名で呼ばれていたのっぽのアントゥネスが口をはさんだ。

「一晩のどんちゃん騒ぎで散財するには多すぎる額だな」

「カーニバルは一晩で終わるわけじゃないさ」ガウナが応じた。

そのとき、近所の店のショーウインドーに飾られたマネキン人形を思わせる若者が割って入った。マイダナという名のその若者は、〈ポマード〉というあだ名で知られていた。マイダナはガウナに、商売でもやって独り立ちしたらどうかと勧めた。新聞や雑誌を扱っている駅のキオスクが売りに出されていることを思い出したのである。

「トロサだったかトリスタン・スアレスだったか覚えてないが、とにかくこの近所さ。ちょっとさびれた場所だけどね」

一方、ペゴラロは、北地区《バリオ・ノルテ》にアパートを借りて職業紹介所を開くべきだと主張した。

「電話の置いてあるテーブルの前にふんぞりかえって、街にやってきたばかりの連中を相手にするんだ。登録料は一人につき五ペソだ」

アントゥネスはアントゥネスで、自分に全額を預けてくれれば、それを父親に渡して、一カ月後には四倍にして返してやると請け合った。

「複利配当ってやつだ」アントゥネスは言った。

「貯金して大勝負に出るチャンスはこの先いくらでもあるだろうからね」ガウナが答える。「今回はみんなで散財しようと思うんだ」

ラルセンが賛成した。するとアントゥネスが言った。

「博士に相談しようぜ」

それに異を唱えようとする者はいなかった。ガウナが一同のためにベルモットのお代わりを注文すると、みんなでよき未来のために乾杯し、バレルガ博士の家をめざして歩き出した。通りを歩きながら、アントゥネスは早くも、やがて野外パーティーや慈善興業で彼の名をそれなりに高めることになるところの、音程のぴったり合った、涙を誘うような歌声で〈忘却の酒《ラ・コパ・デル・オルビド》〉を歌いはじめた。ガウナは内心、アントゥネスはいつでもその場にぴったりのタンゴを歌うことができるんだなと考えて、彼のことがうらやましくなった。

その日は暑かった。皆は家の前に集まって世間話に興じていた。インスピレーションに身をゆだねたアントゥネスは、声をかぎりにタンゴを熱唱した。ガウナは、住民たちのとがめるような視線を浴びながら仲間たちといっしょに歩いていく自分の姿を外から眺めているような、奇妙な感覚にとらわれた。そして、喜びや誇りのようなものを感じた。木々に目をやると、スミレ色に染まった夕空を背景に、ぴったりと張りついたように動かない枝葉が浮かび上がっている。ラルセンは、アントゥネスを軽く肘でつついた。アントゥネスは歌をやめた。バレルガ博士の家まであと五十メートルほどのところに来ていたのである。

いつものように博士が扉を開けた。がっしりした体格の持ち主で、その広々とした銅色の顔は、きれいにひげが剃られ、著しく表情を欠いていた。とはいえ、笑うと——下あごが引っこんで上の歯と舌が現れた——このうえなく穏やかな、女性的といってもよい柔和な表情になるのだった。両肩から腰にかけての線が恐ろしく長く伸びた上体が、胃のあたりで少し出っ張っている。重いものを背負っているような身のこなしは、まるで何かを押しながら歩いているかのようだった。博士は若者たちを順番に屋内へ通した。一人ひとりの顔を確かめるような博士のそぶりにガウナは驚きを禁じえなかった。というのも、周囲は十分に明るかったし、なによりも博士は、客人が誰なのかを先刻承知のはずだったからである。

背の低い家だった。博士は若者たちを側面の玄関ホールから、かつては中庭だった広間へ、そして事務室へと導いた。事務室には通りに面したバルコニーが二つあった。壁には、レストランや木々の茂みの下、あるいはバーベキューを囲みながら食事をする人々の写真が何枚もかかっている。威厳のある顔立ちの肖像写真も二枚あった。一枚はアルゼンチン共和国のルナ副大統領の写真、もう一枚はほかならぬバレルガ博士の写真である。博士の家からは、清潔、清貧、ある種の品位のようなものが感じられた。

博士は見るからに丁重な態度で若者たちに椅子をすすめた。

「みなさんおそろいのようだね。かような表敬訪問を賜るなんて、いったいどういうわけだね?」

ガウナはすぐに答えることができなかった。博士の口ぶりからは、謎めいた皮肉な調子が感じられたからである。ラルセンがあわてて何かぶつぶつ言いかけたが、それと同時に博士が部屋を出ていった。若者たちは座ったままそわそわしはじめた。そのときガウナが口を開いた。

「あの女の人は誰だろう?」

ガウナは広間と中庭を通して、ひとりの女性を見ていた。黒い服に身を包んだ彼女は、とても背の低い椅子に腰をかけて縫い物をしていた。年老いた女性だった。

ガウナは、自分の声が仲間の耳に届いていないのではないかと思った。するとマイダナが、眠りから覚めたように言った。

「博士が雇っている女中だよ」

そのとき博士が、瓶ビールを三本とグラスをいくつか載せた小さな盆を手にして現れた。そして事務机の上に盆を置くと、グラスにビールを注いだ。誰かが口を開こうとしたが、博士はすかさずそれを制した。つづけて、これは重要な集まりなのだから、しかるべき人物が話をするべきだと言い、一同に自重するよう求めた。若者たちの目がガウナに注がれた。ガウナは意を決したように口を開いた。

「じつは競馬で千ペソ勝ったんです。それで、このカーニバルのあいだにみんなで楽しもうと思いまして」

博士は無表情な顔でガウナを見つめた。ガウナは、「藪から棒に話を切り出したものだから、博士の気分を害してしまったようだ」と考えた。しかし彼はこうつけ加えた。

「ぜひお供いただけたらと思いまして」

「私はなにもサーカスの一座を構えるために働いているわけじゃないよ」博士はほほ笑みながら答えた。そして、まじめな表情でつづけた。「君、それはとてもいい考えだと思う。ギャンブルで稼いだ金は気前よく使わねばならん」

若者たちの緊張がほぐれた。いっせいに台所へ行って、冷肉を盛った皿や、新しいビール瓶を手に戻ってきた。飲み食いが終わると、一同に促された博士がある逸話を語りはじめた。真珠製の小刀をポケットから取り出した博士は、爪の手入れをはじめた。

「賭け事といえば」博士が話しはじめる。「一九二一年ごろだったと思うが、ある夜の出来事を思い出すよ。デブのマネグリアが事務所に招いてくれてね。君たちも彼を見かけたことがあるだろう。いやに太っていて、いつも震えていてね。カードの腕前はじつに見事だった。貴婦人のように繊細な手さばきでね。私はけっして人をうらやんだりするような人間じゃないが」こう言うと、挑むような視線を一人ひとりに向けた。「マネグリアにはいつも羨望の念を抱いたもんだ。いまや故人となってしまったが、周りの人間があっけにとられている間に繰り広げられる彼の見事な手さばきを思い出すと、いまでも呆然としてしまうよ。それも詮ないことだがね。朝露に濡れて肺炎にかかったせいで、あっという間にあの世へ行ってしまったんだからね。

で、その夜、われわれは夕食を共にしたんだが、やつは事務所まで一緒に来てくれないかと言うんだ。事務所ではやつの友だちがトゥルーコをやろうと彼の帰りを待っていた。こっちはデブのマネグリアが事務所を構えていることも、仕事をしていることも知らなかった。ひどい暑さだったし、たらふく食べたあとだったから、寝る前に少し外気にあたったほうがいいと思ったんだ。歩いていくことをやつが承知したのには驚いたな。なにせぜいぜい息をして苦しそうだったからね。そのときはまだ金に執着するずる賢い人間だという様子はまったく見せなかった。それにしても、やつが葬儀屋の門をくぐったときは心底驚いたね。いきなり立ち止まったかと思うと、こっちの顔を見ずに言うんだ。着いたよ、入らないかってね。こっちは死を連想させるものを毛嫌いしている人間だから、二列に並んだ霊柩車のあいだを、身を縮めるようにして、しぶしぶ進んでいったんだ。螺旋階段を上がるとそこが事務所だった。たばこの煙が立ちこめるなか、やつの仲間たちが待っていた。連中の顔つきときたら、とても言葉では言い表せないくらいだったよ。ふたりいるうちのひとりは火傷でただれたような顔をしていた。顔全体がひとつの傷痕のようなんだ。やつらはマネグリアにむかって、もうひとりの男——たしかそいつの名前を口にしたはずだが、こっちはさしたる注意を払わなかった——が来られなくなったことを告げた。マネグリアはそれほど驚く様子もなく、代わりに入ってくれと私に言ったんだ。こっちが何も言わないうちにやつは木製の小さな戸棚を開けると、カードを取り出してそれをテーブルの上に置いた。そして、パンを一切れと、ドゥルセ・デ・レチェ〔カラメル化したコンデンスミルク〕の黄色い缶をふたつ持ってきた。一方の缶にはスコアを記録するためのヒヨコマメが、もうひとつの缶にはドゥルセ・デ・レチェが入っていたな。順番にカードを切りはじめたが、そんなことをしても無意味なことがわかった。こっちのパートナーが誰であろうと、それはすなわちやつのパートナーというわけだからね。

　はじめこそ勝負の行方はわからなかった。電話が鳴っても、デブのマネグリアはなかなか出ようとしなかった。『食べながら電話に出ることはできないからな』と言うんだ。やつはパンとドゥルセ・デ・レチェを口いっぱいにほおばっていた。受話器を置くと、重い腰をあげて、馬小屋を見下ろす小窓、いまにも壊れそうな小窓を開ける。そして、決まったようにこう叫ぶ。『祭壇一式。四十ペソの棺だ』いろいろと指図を与えると、通りの名前と番地を告げる。棺はだいたい四十ペソだ。いまでも覚えているが、まぐさとアンモニアの強烈なにおいが小窓からただよってきたよ。

デブのマネグリアは、見事な手さばきというのがどういうものか、じつに興味深い実例を示してくれた。真夜中が近づくと、こっちはいよいよ負けが込んできた。農夫の言葉を借りれば、収穫の見込みなし、といったところだ。ここはなんとしても踏ん張らねばならん。葬儀屋のような不吉な場所にいたんでは意気もあがらなかったがね。それでもやつときたら、スリーカードの連続、こっちは反撃のチャンスすらないというありさま。しまいにほとほと嫌になってしまったよ。みんながいかさまを駆使してこっちをカモにしてくる。やつがカードをめくる。エースと四と五だ。そして『剣《エスパダ》のスリーカード』と叫ぶ。そこで私はすかさず『こっちはナイフのスリーカードだ』と口にするや、エースのカードを手にとってやつの顔に鋭く切りつけてやった。やつの顔から血がどくどく噴き出して、そこらじゅう血だらけさ。パンとドゥルセ・デ・レチェまで真っ赤に染まった。私はテーブルの上の紙幣をゆっくりとかき集めると、それをポケットに突っこんだ。そしてカードを鷲づかみにして、やつの血だらけの鼻面になすりつけてやった。そのまま誰にも邪魔されずに平然と事務所を後にしてきたよ。あとになってデブのマネグリアは、知り合いの前で私を中傷したことがあった。カードの下にナイフを隠し持っていたんだと言ってね。哀れなマネグリアは、誰もが自分と同じように見事な手さばきの持ち主にちがいないと信じこんでいたんだな」

2

若者たちが一度でもバレルガ博士という人間に疑念を抱いたことがあるなどと言えば嘘になるだろう。

彼らは時代が変わったことを理解していた。いざという時が来れば、博士は彼らの期待を裏切ることはないだろう。皮肉をこめてこう言うこともできるかもしれない。博士の思わぬ乱暴の犠牲になることを恐れていた彼らは、その「いざという時」の到来を待ち望みながらも、それをなんとか避けようと、あるいは先延ばししようとしていたのだ、と。おそらくラルセンとガウナのふたりは、のちにそのことに触れることはなかったものの、博士が過去の武勇伝を気安く持ち出すからといって、その人柄を悪くとってはならないとこっそり話し合っていたのだろう。要するにいまの時代を生きる勇敢な人間は、ありし日の武勇伝を思い出すことを運命づけられているのである。過去の逸話をいとも簡単に披露する博士のような人が、いったいどうして寡黙だの口数が少ないなどと言われていたのかと問われれば、その理由はおそらく彼の声や口調にこそ求められるのであり、これまでに知り合った皮肉な人間のことを思い起こせば十分だと言えばいいだろう。そうすれば、目や口、声に秘められた皮肉というものが、往々にして、言葉そのものに表れる皮肉よりも繊細かつ微妙なものだということがわかるはずだ。ガウナにとって、勇気や度胸について語るときの博士の口ぶりは、ほのめかしや秘密のこだまを帯びたものだった。ガウナはこう考えた。「ラルセンは、ぼくがアイロンがけ職人の息子と喧嘩するのを避けようと通りを渡ったときのことを覚えているはずだ。あるいは、〈カエル〉のバイスマン――事実、バイスマンはどことなくカエルを思わせた――がフェルナンディト・フォンセカといっしょに家にやってきたときのことを覚えているにちがいない。あのときぼくは六歳か七歳だったはずだ。ビリャ・ウルキサに越してきたばかりのころだ。ぼくはフェルナンディトに一目置いていた。バイスマンにも親しみのようなものを感じていた。バイスマンはひとりで家のなかに入ってきた。彼が言うには、ぼくが彼の悪口を言っていることをフェルナンディトから伝え聞いた、だから決着をつけようとやってきた、ということだった。ぼくはフェルナンディトの裏切りと嘘に少なからず驚いたが、喧嘩はしたくなかった。バイスマンを家の門まで送っていくと、フェルナンディトが木の後ろからぼくにむかってしかめっ面をするのが見えた。

それから幾日も経たないうちに、ラルセンが空き地でフェルナンディトと出くわした。ふたりはぼくについて話し合った。そのすぐあとで、近所の女に手を引かれたフェルナンディトが鼻血を流して足を引きずり、泣きべそをかいている様子が子どもたちに目撃された。ほかにも、ラルセンはぼくの七歳の誕生日のことを覚えているだろう。七歳になることがどれほど重要な出来事であるかを確信していたぼくは、自分よりも大きな少年とボクシングの勝負をすることを承知した。相手はぼくを傷つけたくなかったのだろう、なかなか決着がつかなかった。すべては順調に運んでいたが、ぼくはついに我慢できなくなってしまった。おそらく、どうやってこの状況を終わらせたらいいのか自問したのだろう。ぼくは地面に突っ伏して泣き出した。あるいはラルセンは、ぼくがマルテッリと喧嘩した日曜日のことを覚えているだろう。ムラートのマルテッリの顔はそばかすだらけで、膝と腰のあいだが恐ろしく伸びた体つきをしていた。ぼくが相手の腰めがけてショートパンチを何発も繰り出すと、やつは、いったいどうやってそんな強烈なパンチを打ちこむことができるんだと訊いてきた。ぼくは一瞬、彼がまじめにそう尋ねているのだと思いこんだが、その唇——外側が空色で、内側は生肉のようなバラ色をした唇——にはなんとも不快な笑みが浮かんでいた」

ラルセンは、獰猛な野犬が現れた日のことを覚えていた。ガウナが棒を手にして犬を寄せつけまいとしているあいだに、ラルセンと他の子どもたちは逃げ出したのである。ラルセンはまた、ガウナの家に泊まった日の夜の出来事を覚えていた。家にはほかにガウナの叔母がいたが、夜明け前に数人の泥棒が押し入ったのである。叔母とラルセンは驚きのあまり取り乱したが、ガウナは椅子をガタガタさせてこう叫んだ。「ほら、叔父さん、拳銃だよ」まるで叔父がそこにいるかのようにふるまったのである。ガウナは落ち着きはらって中庭をのぞきこんだ。部屋の奥にいたラルセンは、カンテラの光が土塀の上に向けられているのを目にした。下方に目をやると、丸腰のガウナの骨ばって貧相な姿が見えた。まさに勇敢さを体現したような姿だった。

ラルセンは、ガウナが勇敢な人間であることをよく知っているつもりだった。一方、ガウナは、ラルセンには臆病なところがあるものの、いざとなればどんな相手にも立ち向かっていくはずだと考えていた。そして、自分自身については、命を危険にさらすこともいとわない人間だとみなしていた。もし誰かに、さいころ賭博に命を賭けろと言われたら、カップを振るときですらいささかも疑念や不安にさいなまれることはないだろう。とはいえ、おのれの拳にものをいわせることには嫌悪感を抱いていた。おそらく、非力ゆえに物笑いの種になることが怖かったのだろう。あるいは、のちに〈魔術師〉タボアダが言うように、自分に敵意が向けられていることを感じると、その状況にどうしても耐えられなくなり、降参したくなるからだろう。ガウナには、それがもっともらしい説明のように思われたが、じつは違うのではないかという考えも捨てきれなかった。いまや彼は臆病者と評されることはなかった。勇敢な人間にあこがれる若者たちと付き合っているいま、意気地なしとみなされることはなかったのである。とはいえ、昔とちがって、いまは争いごとのほとんどは言葉で解決される時代である。たとえばサッカーの試合では、物騒な事件が持ち上がることもしばしばあった。大勢の観客がビール瓶や石を投げ合ったり、相手かまわず殴りかかったり、そんな騒ぎが起きることもあったのである。ところがいまや、勇敢さはもっぱら冷静沈着さにかかわる問題だった。人は誰でも、少年時代に自分自身を試すものだ。ガウナの場合、自分自身を試した結果、臆病な人間であることが示されたのだった。

3

その夜、ほかにも過去の逸話を披露した博士は、若者たちを戸口まで見送った。

「明日は六時半にここに集まるということでよろしいですか?」ガウナが尋ねる。

「六時半に食前酒がふるまわれる予定だ」バレルガが応じた。

若者たちはおとなしく帰路についた。途中でカフェ〈プラテンセ〉に立ち寄り、ラム酒を注文した。

ガウナは大きな声で自分の考えを口にした。

「床屋のマッサントニオも誘わないと」

「博士に相談すべきだったな」アントゥネスが言う。

「いまから戻るわけにはいかないよ」マイダナが言った。「きっと博士は、ぼくらが彼を怖がっていると思うだろう」

「前もって相談しないと、きっと怒るぞ」アントゥネスがなおも主張する。

「博士がどう思おうと関係ないさ」ラルセンが思いきって言う。「許可をもらうためにわざわざ博士の家に戻ったりしたら、いったいどんな顔をされることか」

「許可をもらうわけじゃないさ」アントゥネスが言う。

「ガウナがひとりで行けばいいんだよ」ペゴラロが口をはさむ。

ガウナは断言した。

「やっぱりマッサントニオを誘うべきだよ」そう言うと、テーブルの上に小銭を置いて立ち上がった。

「たとえベッドから引きずり出してでもね」

一同は、床屋のマッサントニオをベッドから引きずり出す場面を想像して愉快になった。そして、博士のことも、博士に前もって相談しないことによる後ろめたさも忘れ、マッサントニオがどんな様子で寝ているだろうかと想像し、ガウナが彼と話しているあいだにマッサントニオの妻の気をそらす作戦を練った。夢中で話しこむうちに彼らは次第に急ぎ足になり、ラルセンとガウナは後れをとった。ふたりは、まるで申し合わせたように、通りに並んで立ち小便をした。ガウナは、かつて何度か、月光を浴びたアスファルトの夜道でいっしょに立ち小便をしたことを思い出した。そして、自分たちを結びつけている友情は、人間が一生のあいだに得ることのできる最大の喜びにほかならないと考えた。

床屋のマッサントニオの家の前では、ほかの仲間たちがふたりの到着を待っていた。ラルセンが重々しい口調で言った。

「ガウナがひとりで入っていくのがいいだろう」

ガウナは最初の中庭を横切った。ふさふさした黄色っぽい毛の子犬が、扉の掛け金につながれたまま、しばし吠え立てた。ガウナは先へ進み、奥の中庭につづく左手の通路に足を踏み入れ、扉の前で立ち止まった。そして、初めは恐るおそる、やがて決然たる調子で扉をノックした。扉が半分ほど開くと、眠そうなマッサントニオの顔が現れた。いつもよりいくぶん禿げが進んでいるように見えた。

「あなたをぜひ招待しようと思いまして」ガウナはそう言いかけたが、相手がしきりにまばたきしているのを見て言葉を切った。「あなたをぜひ招待しようと思ってやって来たんです」——ゆっくりとした丁寧な物言いだった。アルコールによるほのかな幻影を夢見ているかのようなガウナは、このとき、年老いたバレルガに変身してしまったようにみえた——「あなたのおかげで手に入った千ペソをみんなで使おうと思っているんですが、あなたにもぜひ加わってもらいたいんです」

床屋は相変わらず状況が呑みこめない様子だった。ガウナはつづけた。

「明日の午後六時にバレルガ博士の家で待っています。みんなで夕食を楽しむために出かける予定です」

さっきよりも目が覚めたような顔をしている床屋は、隠そうとはしているものの、不信の色を顔に浮かべながらガウナの話を聞いていた。それに気づかないガウナは、なおも丁重な物言いで誘いをかけた。

マッサントニオは哀願するように言った。

「でも妻が……。彼女をひとりにするわけにはいかないしね」

「ほんのちょっとのあいだじゃないですか」ガウナは、自分のぶしつけな態度に気づかずに食い下がった。

ガウナの目には、乱れたベッドと毛布、枕——シーツは敷かれていないようだった——、それに、マッサントニオの妻の金髪とむき出しの腕がちらっと見えた。

4

翌朝、ラルセンは喉の痛みとともに目覚めた。昼過ぎにインフルエンザの症状が出た。ガウナは、「外出はまたの機会にしよう」と仲間たちに提案したが、みんなの顔が曇ったのを見ると、強いて言い張ろうとはしなかった。ガウナはいま、白い木の箱に座ってラルセンの言葉に耳を傾けている。縞柄のマットレスの上に寝転んだラルセンは、シャツのまま毛布にくるまり、やけに低い枕に頭を載せている。

「昨日の晩、ベッドに横になったときになんだか嫌な予感がしたんだ。今日になってからだんだん気分が悪くなっていった。このままだとみんなといっしょに出かけることができなくなるかもしれない、夜になると高熱でダウンするかもしれないと考えて、午前中はずっとつらい思いをしていたんだ。午後の二時になると、それはもう決定的な事実になっていた」

ラルセンの話を聞きながら、ガウナは、自分とはまったくちがう彼の人となりについて考え、ほほえましく感じた。

「管理人のおばさんは塩水でうがいしろと言うんだ。ぼくのお袋はお茶でうがいするのがいちばんだと信じこんでいた。これについて君の意見を聞いてみたいところだな。でも、ぼくが何もしないでいるなんて思わないでくれよ。さっそくヒバマタを試してみたんだ。〈魔術師〉のタボアダに相談したら——そのへんの医者よりもよっぽど物知りだ——、きっとその手の治療には洟もひっかけないで、一週間ばかり大量のレモンを食べさせるだろうね。しまいにはレモンのことを考えただけでも黄疸が出るくらいにね」

インフルエンザとその治療法についていろいろ話しているうちに、ラルセンは自分に課せられた運命と和解するような気分になり、元気になっていくような気がした。

「君にうつらなければいいがな」ラルセンが言う。

「まだそんなことを信じてるのか?」

「おい、この部屋はそんなに大きくないんだぜ。まあ、今晩君がここで寝ないのがせめてもの救いだ」

「予定を明日まで延ばしたら、仲間たちはとても平気じゃいられないだろうね。といっても、彼らはべつに街に出たくてうずうずしているわけじゃない。バレルガに予定の変更を伝えるのが怖いんだ」

「それも無理からぬことだね」ラルセンの口調が変わった。「ところで、忘れる前に聞いておきたいんだが、競馬でいくら勝ったんだ?」

「この前言ったとおりさ。千ペソだよ。正確に言えば一〇六八ペソ三〇センターボだ。六八ペソ三〇センターボは、貴重な情報を提供してくれたマッサントニオの取り分というわけさ」

ガウナは時計に目をやった。

「もう行くよ。君が来られないなんて残念だ」

「では、エミリート君」相手を説得するようにラルセンが言った。「飲みすぎにはくれぐれも気をつけたまえ」

「ぼくがどれくらい酒が好きか君がもし知っていたら、ぼくが意志の強い人間だということがわかるはずだし、ぼくのことを酔っぱらい扱いすることもないはずだがな」

5

バレルガ博士は、床屋のマッサントニオがついてきたことをとりたてて問題にしようとはしなかった。ガウナは心のなかで、博士の寛容の精神に感謝した。その一方で、床屋を誘ったのはやはりまちがいだったと考えた。

バレルガもいっしょだということで、若者たちは仮装をしなかった。彼らは——さすがに博士の前でそのことを口にするのは憚《はばか》られたが——、自分たちは仮装行列とは無縁だし、そんなお祭り騒ぎにはとても付き合いきれないといった態度で、カーニバル用のみすぼらしい仮面を軽蔑するふりを装っていた。バレルガは、ストライプのズボンに黒っぽい上着を身につけていた。若者たちとちがって、首にスカーフを巻いていなかった。ガウナは、カーニバルが終わったときに所持金が少し余っていたら、自分もストライプのズボンを買おうと思った。

マイダナ（あるいはペゴラロだったかもしれない）が、ビジャ・ウルキサの仮装行列の見物からはじめようと提案した。ガウナは、自分はあの界隈の人間だから、みなに顔が知られてしまっていると言った。それを聞いて無理強いしようとする者はいなかった。そのときバレルガが、ビジャ・デボトへ繰り出そうではないかと言った。「とどのつまり」博士はつづけた。「われわれはみんなあそこに行き着くことになるんだからな」（それは、ビジャ・デボトの監獄をほのめかす見事な言い回しだった）。ますます上機嫌になった一同は、サアベドラ駅に向かった。

電車は仮面であふれかえっていた。若者たちは露骨に嫌な顔をして不平を並べ立てた。それを耳にした博士は、彼らの気持ちをなだめるような態度を見せた。ガウナは、仮面をつけた連中が博士のことを笑いものにするかもしれないとか、マッサントニオのおどおどした態度が博士の機嫌を損ねるのではないかと心配だったが、わくわくするような気分が曇らされることはなかった。電車はコレヒアレス駅とラ・パテルナル駅を経由してビジャ・デボトに着いた（あるいはマイダナが言うように、「貧民街《ビジャ》」に着いた）。一行は仮装行列に加わった。博士は、今年のカーニバルはどうも盛り上がりに欠けるようだと口にして、自分が若かったころのカーニバルの話をはじめた。一行は〈オズ・ミニノス〉という名のナイトクラブに入り、若者たちが店のなかで踊りはじめた。バレルガとマッサントニオ（とても恥ずかしそうな、きまり悪そうな様子をしていた）とガウナの三人はテーブルに残り、世間話をはじめた。博士は、選挙運動や乗馬クラブについて語った。ガウナは、博士とマッサントニオを前に、後ろめたさゆえの、ある種の責任を感じた。そして、マッサントニオに対しては、恨みたくなるような気持ちを抱いた。

クラブを出た一行は、涼しい風にあたろうと人気のないアレナレス広場を歩いた。〈ビジャ・デボト〉という名のナイトクラブの前では、有刺鉄線のむこう側の住民とのあいだで、ちょっとしたいざこざが持ち上がった。

暑さがいよいよ耐え難くなると、騒々しいばかりの音楽隊が現れた。メンバーは大勢いるように思われたが、実際はほんの数名からなるグループで、鼻を赤く染め、顔を黒く塗り、黒のオーバーオールを身につけた格好で、大太鼓や小太鼓、シンバルを手にしていた。そして、声をからしてこう歌っていた。

ついに音楽隊がやってきた
楽器を手にした駆け出しさ
一杯おごってくれるなら
いますぐここを立ち去ろう

ガウナが流しの幌付き四輪馬車を止めた。御者が文句を言うのもかまわず、そして、マッサントニオがもう帰りたいと口にするのもかまわず、六人で馬車に乗りこんだ。御者の隣にペゴラロが陣取り、後方の座席にはバレルガ、マッサントニオ、ガウナが腰を下ろし、折り畳み椅子にアントゥネスとマイダナが座った。バレルガが御者に命じた。「リバダビアとビジャ・ルロへ行ってくれ」マッサントニオは馬車から飛び降りようとした。ほかの連中は彼をやっかい払いしたいと思っていたが、それでも馬車を降りるのを許そうとはしなかった。

一行は途中で何度か仮装行列に出くわし、しばらくそのあとを追いかけた。そして、食料雑貨店《アルマセン》をはじめ何軒かの店に立ち寄った。マッサントニオは、必死に冗談めかして、いますぐ家に戻らないと妻に棒で殴り殺されると口にした。ビジャ・ルロでは、迷子になった子どもと出くわしたので、バレルガ博士が〈ベジャス・ポルテーニャス〉印の水鉄砲を買い与え、警察署か両親の家へ連れていってやった。少なくともガウナはそう記憶しているつもりだった。

夜中の三時過ぎに一行はビジャ・ルロを後にした。そして、馬車に乗ってフローレスへ、さらにヌエバ・ポンペジャへ向かった。今度はアントゥネスが御者台に座り、甘ったるい声で〈ノチェ・デ・レジェス〉を歌った。彼らがたどった道のりのこの部分については、ガウナの記憶は終始混沌としている。誰かの言によれば、御者台のアントゥネスは何かに気を取られ、その隣の御者は涙を流していたということであった。馬に関して言うと、気まぐれなイメージがガウナのなかに残っていたが、それはどこまでも鮮明なイメージだった（しかしこれは奇妙な話である。というのもガウナは、馬車の後部座席に座っていたからだ）。ガウナの記憶のなかの馬は、とても大きくて骨ばった体をしており、汗に濡れて黒光りし、脚を広げたまま、ためらうようなそぶりを見せていた。そして、人間のような叫び声をあげていた（これは明らかに夢のなかの出来事だろう）。あるいは、ガウナが目にしたのは馬の耳と後頭部だけで、そのときの彼は、名状しがたい憐れみの念が沸き起こるのを感じた。その後、空き地のようなところで、夜明け前の空がライラック色に染まる刻限、観念的といってもよい刻限に、狂気に満ちた騒動が持ち上がった。ガウナが大声を張り上げて「マッサントニオを押さえつけろ」と叫び、アントゥネスが宙に向けて発砲した。最後に一行は、博士の友人の農地まで歩いて行った。彼らは犬の群れに、そして犬よりも獰猛な女に迎えられた。主人は不在だった。女は一行をなかへ入れたくない様子だった。マッサントニオは、朝は早起きしなければいけないので夜更かしはできないと独り言のように言っていた。バレルガが全員の部屋割りを決めた。そこからつぎの場所へどのように移動したのかはわからない。ガウナが覚えているのは、ブリキの小屋で目覚めたこと、頭痛がしたこと、ひどく汚れた乗り物で移動したこと、路面電車に乗ったこと、バラカスの資材置き場で明るい日差しの午後を迎えたことであり、そこで仲間たちと球転《ボチャ》がしをして遊んだことである。また、マッサントニオがいつのまにか姿を消したという話を耳にしたことも覚えていた。彼はそれを聞いて驚いたものの、すぐに忘れてしまった。さらに、オスバルド・クルス通りの売春宿で一夜を過ごし、盲目のバイオリニストが奏でる〈月明かり《クラロ・デ・ルナ》〉に耳を傾けながら、そこに歌いこまれた教訓をおろそかにしてしまったことを心の底から悔やんだことや、取るに足りない私的な事柄に――彼が大きな声で言明したように――かかずらうことなく、気宇壮大な野望を称揚するような心持ちで、その場にいるすべての人々と親しく交わりたいという願望にとらえられたことを記憶していた。そのあとガウナは自分が疲労困憊していることに気づいた。彼は仲間たちと土砂降りの雨のなかを歩いた。そして、景気づけにトルコ風呂屋へ入った（とはいえ、ガウナがいま見ている土砂降りの雨は、バニャド・デ・フロレスのごみ焼却場を濡らすそれであり、薄汚れた乗り物の手すりを濡らす雨だった）。トルコ風呂屋について覚えているのは、マニキュア師と思われる女のことであり、化粧をしてガウンをまとった彼女は、見知らぬ男と真剣な表情で話しこんでいた。また、果てしなくつづくかと思われる朝、ぼんやりとした幸福な朝も記憶していた。さらに、冴えた頭と萎えた足で、警察の追跡を逃れてペルー通りを歩いたことや、映画館に入ったこと、午後の五時に、激しい空腹をおぼえながら、五月通りのカフェのビリヤード台のあいだで食事をしたこと、仲間といっしょにタクシーのボンネットの上に座って中心街の仮装行列に加わったこと、〈バタクラン劇場〉に入ったつもりで、じつは〈コスモポリタン劇場〉の興行を見たことなどを覚えていた。

一行は二台目のタクシーをつかまえた。いたるところに小さな鏡があり、悪魔の像がぶらさがっていた。ガウナは、パレルモまで行くように運転手に指示しながら、自信に満ちあふれている自分を感じ、バレルガがつぎのように言うのを耳にしたときには、自分を誇らしく思った。「君らはまるで亡霊のようだな。ところがガウナとこの年老いた私だけはまだまだ元気だ」〈アルメノンヴィル〉の入り口で一行の乗ったタクシーが自家用車のリンカーンと衝突した。

リンカーンからは、四人の少年と仮面をつけたひとりの女が出てきた。もしバレルガが止めなければ、少年たちはタクシーの運転手に喧嘩をふっかけていただろう。運転手がそれに対して感謝のそぶりを見せなかったので、バレルガはそういう場面にふさわしい言葉を彼にむかって口にした。

ガウナは、日曜日の午後からそれまでのあいだに自分が酒に酔った回数を数えてみようとした。いままでこんなに頭が痛んだことも、これほど激しい疲れを感じたこともなかったのである。

一行は、ガウナの言葉を借りれば「〈ラ・プレンサ〉の社屋を思わせる広々とした」ホール、あるいは「レティーロ駅を思わせる広々とした」ホール、「ただし十センターボ硬貨を投入すると動き出す機関車の模型のない」ホールに足を踏み入れた。明るい照明に包まれたホールには、三角旗や小旗、色とりどりの風船が道しるべのように飾られ、柱や垂れ幕、にぎやかに立ち騒ぐ人々が見えるなかで楽団の音楽が鳴り響いていた。ガウナは両手で頭を抱えるようにして目を閉じた。痛みのあまり思わず叫び声をあげてしまうのではないかという気がした。すると、自分がいつのまにか、リンカーンに乗っていた若者たちといっしょにいた仮面の女と言葉を交わしていることに気がついた。顔の上半分を仮面で覆い隠した女は、フードの付いた黒マントをまとっていた。その髪が金色なのか褐色なのか注意を払わなかったが、彼女の隣にいるだけで満ち足りた気分を味わうことができた(さっきまでの頭痛も嘘のように軽くなっていた)。その夜からガウナは彼女のことを何度も考えた。

やがてリンカーンに乗っていた若者たちが戻ってきた。彼らのことを思い出すと、なんだか夢でも見ているような気分になった。若者たちのうち、ひとりはグロッソ〔アルフレド・バルトロメ・グロッソ、一八六七〜一九六〇、アルゼンチンの歴史家〕の本に出てくる国民的英雄を連想させる男で、顔が信じられないくらい細かった。もうひとりは、背がとても高く、パン生地のように真っ白な肌をしていた。三人目の男は金髪でやはり肌の色が白く、大きな頭をしていた。四人目の若者は、馬上の騎手のように足が湾曲していた。この最後の若者は、ガウナにむかって「俺たちから彼女を奪おうとするなんて、いったい何様のつもりなんだ？」と言うやいなや、ボクサーのような構えを見せた。ガウナは、ベルトの小型ナイフに軽く手を触れた。それはまるで闘犬のような争いだった。ふたりはすぐに喧嘩をやめてしまった。ガウナの耳には、相手を説得するような、父親のような口ぶりでなにかしゃべっているバレルガの声が聞こえた。そして、このうえなく幸福な気分になったガウナは、周囲を見回すと、仮面の女に話しかけた。「ぼくらはまたふたりきりになったようだね」そして彼女と踊りはじめた。ところが、踊りの途中で彼女を見失ってしまった。テーブルに戻ると、そこにはバレルガと仲間たちが座っていた。バレルガは、監獄行きにならないように、外の空気を吸って頭を冷やそう、湖のあたりを一周しようと提案した。ガウナが目をあげると、仮面の女と金髪の若者がバーのカウンターに立っているのが見えた。腹が立ったガウナは、バレルガの提案を受け入れた。アントゥネスが、コルクを抜いたばかりのシャンパンの瓶を指し示した。みんなでグラスにシャンパンを注ぎ、飲みはじめた。

　その後のガウナの記憶はゆがめられ、混沌としている。仮面の女はいつのまにか消えていた。ガウナは彼女の居場所を尋ねたが、誰も答えてくれなかった。あるいは、まるで病人を相手にするかのように、適当なことを口にして彼をなだめようとした。彼はけっして病人ではなかった。ただ疲れていたのである（初めは、海の底のように重々しく広がる疲労のなかに、果てしなく広がる疲労のなかに沈みこんでいたが、最後は、幸福といってもよい気分を味わいながら、ぼんやりとした疲労の芯のなかに浸っていた）。やがてガウナは、木々のあいだで、人々に囲まれながら、ナイフにきらめく月光の反射を、水銀のごとく不安定な月光の反射を見つめていることに気がついた。金銭のトラブルが原因で、まるで霊感に導かれるようにして、バレルガとの決闘に臨んでいたのである（これはおよそばかげたことだ。ふたりのあいだに金銭の問題が持ち上がるなんて考えられない）。

ガウナは目を開いた。床板の隙間を通して光の反射が現れたり消えたりしている。外では、おそらく朝のまぶしい光が降り注いでいるのだろう、ガウナはそう考えた。両目とうなじのあたりに、深く濃密な痛みを感じた。ガウナは、木造の薄暗い小屋のなかの簡易ベッドに横たわっていた。マテ茶のにおいが漂っている。下方に目をやると、床板の隙間を通して――まるで小屋が上下逆さまになってしまったように、床が天井に見えたのだ――太陽の光が何本もの筋となって伸びているのが、そして、瓶のような緑色を帯びた薄暗い空が広がっているのが見えた。何本もの筋が横に広がり、やがて光に満ちた地下室のようなものが現れ、緑色の背景が揺れ動いている。それは水だった。

そのとき、ひとりの男が入ってきた。ガウナはいま自分がどこにいるのか尋ねた。

「わからないのか？　パレルモの湖の乗船場だよ」

男はガウナのためにマテ茶を淹れ、慈愛に満ちた態度で枕の位置を直してやった。サンティアゴという名のその男は、金髪と赤銅色の肌、がっしりした体格の持ち主だった。年はおそらく四十代といったところだろう。人のよさそうな目をしていた。口ひげはきれいに整えられ、下あごには何かの傷痕があった。青いカーディガンを着ている。

「昨日の晩ここに戻ってみると、あんたが寝てたんだ。〈だんまり〉があんたの面倒を見ていた。きっと誰かがここへ運びこんだんだな」

「いや」ガウナは頭を横に振りながら答えた。「ぼくは森で発見されたんです」

頭を振るとめまいがした。そしてすぐに眠りこんだ。目覚めると女の声が聞こえた。どこかで聞いたことがある声に思われた。ガウナは上体を起こした。しかし、それが女の声を聞いたときのことなのか、それともずっとあとのことなのか、確信がもてなかった。体を動かすたびに頭がひどく痛んだ。小屋の外を見ると、目がくらむような光のなかにひとりの若い女がこちらに背を向けて立っていた。ガウナは、扉にもたれかかるようにして体を支えた。女の顔を見ようと思ったのである。彼女はきっと〈魔術師〉タボアダの娘にちがいないと考えた。

ところがそれはガウナの思いちがいだった。彼の知らない女だった。柳の小枝で編んだ籠を持ち上げたところを見ると、洗濯女のように思われる。そのとき、ガウナの顔のすぐ近くで唸るような声が聞こえた。彼は目をなかば閉じたまま振り返った。唸り声をあげていたのは、サンティアゴによく似た男だった。サンティアゴよりも肩幅が広く、色黒で、ひげはきれいに剃られていた。着古したグレーのカーディガンを着ていて、青いズボンをはいていた。

「何か御用でも?」ガウナが尋ねた。

自分の口にする言葉の一つひとつが、まるで巨大な獣のように頭のなかを激しく動きまわり、頭蓋骨を断ち割るのではないかと思われた。見知らぬ男はふたたび言葉にならないうめき声を発した。ガウナは、この男が〈だんまり〉であることを理解した。そして、簡易ベッドに戻れと言いたいのだろうと察した。

　ガウナは小屋のなかに戻り、ベッドに横たわった。つぎに目覚めたときには、体がかなり楽になっていた。サンティアゴと〈だんまり〉が小屋のなかにいた。ガウナは、サンティアゴと気の置けない会話をはじめた。サンティアゴと〈だんまり〉は、かつて某クラブチームのピッチ整備係をしていた。話題はサッカーだった。ガウナは、ウルキサ地区の五部リーグの話を持ち出し、近所でサッカーをするだけだった少年時代の彼が、十一歳になると同時に、晴れて試合に出るようになったいきさつについて語りはじめた。

　ガウナは言った。「KDTクラブの少年たちと対戦したこともあるんですよ」

「もちろんこてんぱんにやっつけられただろう?」サンティアゴが言った。

「まさか」ガウナが答える。「やつらが最初で最後のゴールを決めたときには、こっちはすでに五点も入れていたんですからね」

「こっちは〈だんまり〉といっしょにそのKDTクラブで働いていたんだよ。ピッチの整備係としてね」

「本当ですか!　すると、試合のあった日にぼくらは出会っているわけですね?」

「そうさ。ちょうどそれを言おうと思っていたところだ。更衣室を覚えているかい?」

「ええ、もちろんですよ。木造の小屋みたいなところで、たしか左手にありましたね。テニスコートに挟まれるようにして」

「そうだ。俺と〈だんまり〉はそこに住んでいたんだよ」

ふたりがあのころ出会っていたかもしれないということや、いまは存在しないKDTクラブの敷地内の様子、更衣室のあった小屋をめぐる共通の思い出などが、芽生えかけた友情をさらにかきたてた。

ガウナはラルセンについて語り、自分たちがサアベドラに越してきたいきさつを話した。

「そしていま、ぼくは〈プラテンセ〉を応援しているというわけですよ」ガウナは言った。

「悪くないチームだ」サンティアゴが応じた。「でも俺は、アルディーニがいつも言ってたように、〈エスクルシオニスタ〉がお気に入りだね」

サンティアゴはつづけて、自分たちがピッチ整備係の仕事を失ったことや、どのようにして湖での営業権を手に入れたかなどを語った。サンティアゴと〈だんまり〉の二人組は、どことなく船乗りを思わせた。老練な船乗りのペアだ。おそらくそれは、彼らがボートの貸し出しを仕事にしていたからだろうし、カーディガンと青いズボンを身につけていたせいだろう。小屋の二つの窓の周囲には、いずれも救命用の浮き輪が掛かっていた。小屋のなかの壁には五つの写真が飾られている。ウンベルト・プリモ、花婿たち、オリンピックのサッカーの試合でウルグアイに敗北を喫したときのアルゼンチン代表チームのメンバー、〈エスクルシオニスタ〉のメンバー（それは〈エル・グラフィコ〉誌から切り抜かれたカラー写真だった）、それに、〈だんまり〉の簡易ベッドの近くの壁には、ほかならぬ〈だんまり〉の写真が飾られていた。

ガウナは上体を起こした。

「よくなったみたいです」ガウナは言った。「もう帰れると思います」

「べつに急ぐことはないさ」サンティアゴが言う。

〈だんまり〉がマテ茶を淹れた。サンティアゴが尋ねた。

「〈だんまり〉に発見されたとき、あんたは森のなかで何をしていたんだい？」

「ぼくが知りたいくらいですよ」ガウナが答えた。

6

これまで語ってきた出来事のなかでもっとも奇妙なのは、ガウナの強迫観念の中心を占めていたのが湖における冒険だったという事実であり、また、彼にとって仮面の女があくまでもその冒険の一部にすぎなかったということ、しかも、とても感動的でノスタルジックな一部ではあるものの、けっして本質的な部分をなしていたわけではなかったという事実である。少なくともこれが、別の言葉を使ってではあるが、ガウナがラルセンに話したことだった。おそらくガウナは、女にかかわる事柄をさほど重視しようとは思わなかったのだろう。こうした見方を補強する材料もあることはあるが、困ったことに、それは同時に、そのような見方を否定する材料にもなりうるのである。たとえば、ある夜、ガウナはカフェ〈プラテンセ〉でこんなふうに言った。「要するにぼくは恋をしているということになるわけだね」ガウナのような男が仲間の前でこんなことを口走るなんて、よほど舞い上がっていたとしか思えない。しかし、ガウナの言葉は、彼がそのことを隠してはいないことを物語っているのである。また、ガウナの告白によると、彼は仮面の女の素顔を見ることはできなかった、あるいは、かりに見たとしても、酒を飲みすぎていたせいで記憶がぼんやりしており、とても信用できるものではないとのことだった。あの見知らぬ女がかくまで強烈な印象をガウナに与えたというのは、好奇心をかきたてられる話である。

森のなかの出来事も奇妙である。ガウナは、それについて首尾一貫した説明を与えることができなかったし、あの出来事を忘れることもできなかった。「それに較べれば」ガウナは言った。「仮面の女はどうでもいい問題なんだ」いずれにせよ、仮面の女がガウナの心に残した爪痕は、このうえもなく輝かしく鮮烈なものだった。しかしその輝きは、それとは別の幻影に由来するものであり、ガウナは、仮面の女と別れてからしばらくして、その幻影をかいま見たにちがいない。

あの冒険のあと、ガウナはもはや以前のガウナではなかった。信じられないかもしれないが、あの出来事は、混沌とした、ぼんやりとした出来事ではあったものの、彼をめぐる女たちの評判をそれなりに高めることになり、ある者に言わせれば、〈魔術師〉タボアダの娘が彼に恋心を寄せる原因ともなったのである。そういったことのすべて――ガウナの身に起こった奇妙な変化や、それにともなう苛立たしい帰結――は、仲間たちの機嫌を大いに損ねることになった。彼らがガウナに対して「治療をほどこす」ことをもくろんだものの、博士がそれを制したといった話がささやかれた。おそらくこれは誇張であり、作り話だったのだろう。確かなのは、若者たちがガウナをけっして自分たちと同じ仲間とはみなしていなかったということであり、いまやはっきりと、よそ者を見るような目でガウナのことを見ていたということである。ラルセンという共通の友人がいたことや、彼らの恐るべき庇護者であるバレルガへの敬意ゆえに、彼らはそういった気持ちを表に出すことはなかった。ガウナと仲間たちの関係は、表面上はなんら変わることがなかったのである。

7

ビダル通りにある自動車修理工場は、金属の薄板でできた小屋のような建物で、サアベドラ公園からほんの数ブロックのところにあった。ランブルスキーニの妻が言うように、夏場は猛烈な暑さに見舞われ、冬の寒さときたら、金属の薄板がすっかり霜に覆われてしまったのではないかと思われるくらいだった。しかしながら、従業員はけっしてランブルスキーニの修理工場から逃げ出そうとはしなかった。この点については、顧客たちの意見は的を射ていた。つまり、その修理工場では、身を粉にして働く者がひとりもいなかったのである。経営者のランブルスキーニがなによりも好んでいたのは、椅子に腰を下ろして、あるときはマテ茶を、あるときはコーヒーをすることであり、修理工場の若者たちがおしゃべりをしていても、何も言わずに放っておいた。彼が慕われていたのはまさにそれゆえなのだ。ランブルスキーニはけっして口うるさいタイプの人間ではなかった。マテ茶の容器の底を管《ボンビージャ》でつつきながら、巨大なラズベリーの実を思わせる鼻のついた、赤みを帯びた顔に善意をみなぎらせ、生気のない目で若者たちの話に耳を傾けているだけなのである。沈黙が訪れると、うわの空でこう尋ねる。「ほかに何かニュースは?」それはまるで、話題が底をついたために仕事に戻らなければならなくなるのを避けようとするような、あるいは、話題を提供する役目を押しつけられるのはご免だというような、そんな調子だった。事実、両親の家のことや、イタリアでのブドウの収穫の様子、あるいは、ヴィリオーネの修理工場で修業していたころに、カーレーサーのリガンティが所有していた初代ハドソンの整備を手伝うことになった逸話を語っているときの彼は、まるで別人だった。身振りをまじえながら、ひとしきり話に熱中するのである。修理工場の若者たちにとっては退屈な時間だったが、じきに話が終わることがわかっていたので、何も言わずに聞いていた。ガウナも同じように、いかにも退屈しているそぶりを見せたが、実際のところ、ランブルスキーニの話はけっして退屈ではないと思うときもあった。

　その日ガウナは、昼の一時に修理工場にやってきた。そして、遅刻を詫びようとランブルスキーニを探した。ランブルスキーニはしゃがんだ姿勢のままコーヒーを飲んでいた。ガウナが話しかけようとすると、ランブルスキーニが言った。

「せっかくのチャンスを逃したな。今朝、スタッツ〔米国のスタッツ・モーターカー社が製造した車〕の持ち主がやってきたんだぞ。ナショナル・ラリーのための整備を頼まれたんだ」

　ガウナはその知らせを耳にしても、なぜか興味を抱くことができなかった。その日の午後は何事であれ気が乗らなかったのである。

　ガウナは五時少し前に仕事を切り上げた。少量のナフサで手と腕を洗い、黄色い石鹸のかけらで手と足、首、顔をこすった。そして、小さな破片のようになった鏡の前に立って、念入りに髪を整えた。服を着替えながら、「洗面器の冷たい水で顔を洗ったおかげで気分がすっきりしたな」と考えていた。これからすぐにカフェ〈プラテンセ〉へ行き、仲間たちとおしゃべりをするつもりだった。ところが不意に、激しい疲労に襲われた。前日の夜の出来事に興味を抱くことはもはや不可能だった。ただ家に帰って眠りたかったのである。

8

ガウナはカフェ〈プラテンセ〉のホールに入った。ハエがたかった長いコードの先に吊るされたガラス球の照明が目を引くホールだった。そこに仲間たちの姿は見えなかった。ガウナはビリヤード場にいる彼らを見つけた。入り口の扉を開けると、〈ポマード〉というあだ名のマイダナがちょうどキャノンを狙っているところだった。スミレ色の服を着たマイダナは、ボタンを上まで掛け、白いふわふわのシルクのスカーフを首に巻いていた。〈黒猫《ガタ・ネグラ》〉という名で知られていた中年の男が、喪服を着たまま、小さな黒板に何か書き記そうとしていた。どうやらマイダナは、慌ててキューを突いたようだった。というのも、簡単なキャノンなのに、見事に失敗したからである。仲間たちはいっせいに笑った。ガウナは、何とはなしに、自分に向けられた反感のようなものが一座を支配しているのを感じた。落ち着きを取り戻したマイダナが弁解するように言った。

「偉大なるチャンピオンの腕は素直に命令に従うもんだが、どうも嫉妬深いところがあるようだな」

するとペゴラロが言った。

「おい、聖人さまのお出ましだぞ……」

「聖人さまだって？」ガウナは腹を立てずに答えた。「君に終油の秘跡を授けるだけの資格は十分にあるってわけだな」

ガウナは、昨晩の出来事の真相を解明しようとする試みが思ったほど簡単ではなさそうだという気がした。彼としては、真相を明らかにすることにそれほどの関心を抱いているわけでも、さほどの興味を感じているわけでもなかった。

みんなでゲームの成り行きを見守っているところへ突然ガウナが現れたのだから、彼らが驚くのも無理はなかったが、ガウナは、昨晩何があったのかを知ることができた暁には、彼らが驚いた本当の理由も同時に知ることになるのだろうかと自問した。

仲間たちに言葉をかけてもらうためには、慎重にふるまわなければいけない。少なくともいまは、立ち去るべきでも、こちらから問いかけるべきでもない。ただそこにいるだけでいい。治癒する見込みのある病気と同じく、時の経過だけがこの状況に何らかの解決をもたらしてくれるはずだ。ガウナは、自分が蚊帳の外に置かれていることをはっきりと意識していた。仲間にそんな仕打ちを受けるのは、そのときが初めてだった。あるいは、自分がそんな目に遭っているのに気づかされたのは、それが初めてだった。「七時まではここにいよう」そう考えた彼は、いわばひとりの証人、とはいえ、証言すべきことを何も持ち合わせていない証人だった。彼はつづけて考えた。「マッサントニオの店が八時前に閉まることはない。閉店の時間を見計らって彼に会いに行くことにしよう。七時ではなく七時四十五分にここを出ればいいんだ」ガウナは、一度決めたことを心のなかで覆すことにひそかな喜びを感じていた。仲間たちの行動を観察するという予想外の役割を割り振られるよりも、そのほうが大きな喜びを与えてくれたのである。

9

床屋のシャッターがすでに下ろされていたので、ガウナは側面の門から中へ入った。奥に目をやると、だだっ広い、打ち捨てられたような中庭があった。土がむき出しの地面にポプラの木が植えられ、漆喰の塗られていないレンガ塀が見える。日が暮れかかっていた。

ガウナは内扉を開けて呼びかけた。家主（ルパノという名の男で、マッサントニオに部屋を貸していた）のところで働いている手伝いの娘が出てきて、少しお待ちくださいと言った。寝室が見えた。クルミ材でできた化粧張りのベッドが置かれ、空色のベッドカバーやセルロイドの黒い人形、ベッドと同じクルミ材でできた洋服ダンスがある。洋服ダンスの鏡には、人形とベッドカバーが映し出されていた。ほかに椅子が三脚あった。娘はなかなか戻ってこなかった。中庭の奥のほうで缶を蹴とばすような音が聞こえた。ガウナは一歩退いてそちらをうかがった。男が土塀を乗り越えるのが見えた。

ガウナがふたたび呼びかけると、娘がやってきた。そして、マッサントニオさんはまだ来ていないんですかと尋ねた。

「まだだよ」とガウナは答えた。

娘はもう一度マッサントニオを呼びに行ったが、しばらくすると戻ってきた。

「どこにもいません」娘は淡々とした調子で答えた。

10

その日の夜、若者たちはバレルガと顔を合わせなかった。ガウナは、疲れてはいたものの、バレルガに会いに行こうと思った。しかし、よく考えた末に、普段とちがった行動をとるべきではない、湖での出来事にまつわる謎を解明する手助けを期待するなら、彼らの注意を引く行動は慎むべきだという結論に達した。

水曜日、自動車修理工場で働いているガウナに、聞き覚えのない女の声で電話がかかってきた。夜の八時半にデル・テハル通りとバルデネグロ通りの交差点の近くにある別荘地の界隈で会いたいという。ガウナは、このあいだの晩に出会った女だろうかと自問したが、すぐにそれを打ち消した。そして、行くべきかどうか迷った。

夜の九時、ガウナはまだ人気のない場所にひとりで立っていた。そして、夕食をとるために帰宅した。木曜日は、若者たちとバレルガが顔を合わせる日だった。ガウナがカフェ〈プラテンセ〉に入ると、博士と若者たちはすでに席についていた。博士はガウナを愛想よく迎えたが、それきり言葉をかけることはなかった。博士は、アントゥネスを除いて、ほかの誰とも言葉を交わそうとはしなかった。アントゥネスがじつは有名な歌手であるという噂を耳にした博士は、「憐れな老人」である自分を、歌を披露する相手に選んでくれなかったことが悲しいと訴えていた（もちろん冗談めかしてではあるが）。アントゥネスはすっかり落ち着きを失い、博士のお世辞に恐縮しきりといった様子だった。そして、なかなか歌おうとはしなかった。博士の前で歌を披露することはできれば遠慮したいと思っているようだった。それでも博士は粘り強く説得した。アントゥネスは、博士の執拗な催促に弁解を繰り返していたが、ついに根負けして、羞恥心と期待に身を震わせながら、喉の調子を確かめるように咳払いをした。すると博士が言った。

「ある歌手とのあいだに起こった出来事を聞かせてあげよう」

博士の語る長々とした話は若者たちの興味を引き、そのせいでアントゥネスの存在は忘れ去られた。ガウナは、自然の成り行きに任せるのでないかぎり、例の件について博士に相談を持ちかけることは避けるべきだと考えた。

11

その夜ガウナは、ベッドの上で寒さに身を縮め、古くなったパンをかじりながら、一人ひとりの人間の孤独は決定的なものであり、覆すことはおよそ不可能であると考えていた。彼は、湖での出来事について、それがじつにすばらしい体験であったがゆえに、ラルセンを除く仲間たちはみな申し合わせたように、自分に対してそれを伏せておこうとするにちがいないと思いこんでいた。そして、あの日の夜にかいま見たものをなんとかして自分の目で確かめ、失われてしまったものをもう一度取り戻してやろうという決意を新たにした。ガウナは、仲間たちよりも、そしておそらくはバレルガよりも、自分のほうがずっと大人であることを感じた。とはいえ、思いきってラルセンに話してみようという気にはならなかった。ラルセンはどこまでも良識ある人間であり、あまりにも分別がありすぎた。

ガウナは、自分がたったひとりであることを感じた。

12

それから何日もしないうちに、ガウナは髪を切ろうとコンデ通りの床屋にむかった。店に入ると、見知らぬ男に出くわした。

「マッサントニオさんは？」ガウナが尋ねる。

「いませんよ」見知らぬ男が答える。「張り紙を見なかったんですか？」

「ええ」

「もっと金をかけて、ちゃんとした張り紙にしなきゃだめなようだね」男が言う。「こちらへどうぞ」

ふたりは表へ出た。男が張り紙を指さした。〈店主の交代につき店内一新〉

「一新とは何のことです？」店に入りながらガウナが尋ねる。

「なにか問題でも？〈店主の交代につき大安売り〉よりはいいでしょう」

「マッサントニオさんはどうしたんですか？」ガウナがふたたび尋ねる。

「奥さんといっしょにロサリオへ行きましたよ」

「もう戻ってはこないんですか？」

「おそらくね。私はちょうど頃合いの店を探していたんですが、そのときに言われたんです。『おい、プラカニコ。コンデ通りになかなかいい店があるぞ。店主が売りに出したんだ』ってね。実際の話、たいした額じゃありませんでしたよ。いくら払ったかお教えしましょうか？」

「どうしてマッサントニオさんは店を売ったんですか？」

「確かなことはわかりません。噂によると、知り合いの若者のひとりに、まあそういう連中は昨今どこにでもいるものですが、目をつけられていたという話です。カーニバルに繰り出すことを無理強いされたと思ったら、今度はわざわざここまで押しかけてきたんだそうです。土塀を乗り越えて逃げ出したからよかったものの、下手をすれば店のなかで殺されていたかもしれないという話です。ところで、この店を買うためにいくら払ったか、お教えしましょうか？」

ガウナは考えこんでしまった。

13

その日の昼下がり、ペゴラロがカフェ〈プラテンセ〉で酔っぱらった。誰かが暑さをネタに冗談を言い、こういうときはグラッパを飲んで体を温めるのがいちばんだと面白半分に主張したところ、ペゴラロがそれに異を唱えようと、グラスの酒を次々と飲みほしてしまったのである。ビリヤードの勝負もあまり盛りあがらず、ペゴラロは、これから〈魔術師〉タボアダのところへ行こうと言ってみんなを驚かせた。彼らは〈魔術師〉の口にする予言をあまり信じていなかったが、なにかよからぬことを言われてそれが現実のものとなることを恐れていたのである。

「金を浪費するには申し分のない方法だ」アントゥネスが言った。

「あそこへ行けば」〈ポマード〉ことマイダナがつづけた。「まず二ペソ払うことになる。すると、愚にもつかないことを言われる。わけのわからないことをね。で、げんなりした気分で退散することになる。嫌なことははじめから聞かないにかぎるよ」

ことにラルセンは〈魔術師〉の家へ行くことを恐れていた。ガウナもまた、行かないほうがいいような気がしていたが、湖での冒険についてなにかわかるかもしれないという考えを捨てることもできなかった。

「時代に取り残された人間は別として」ペゴラロが新たなグラスに口をつけながら言った。「われわれは〈魔術師〉にお伺いを立てて、一点の曇りもない計画に沿って、安んじて人生を送ることができるんだ。要するに君たちは怖がっているんだよ。いいかい、君たちが怖がっていない人間がもしいるというなら、それが誰なのかぜひ教えてもらいたいね」ペゴラロは挑発するような視線を投げかけた。そしてため息をつき、独り言をつぶやくように言った。「現に君たちは、博士の言うなりになっているじゃないか」

一同は〈プラテンセ〉を出た。ラルセンは忘れ物があると言って店に引き返したが、そのまま行方知れずになってしまった。街を歩きながら、ペゴラロがアントゥネス――またの名を〈バローロ宮殿〉――にむかって、タンゴを歌うよう促した。アントゥネスは何度か咳払いをしてみせたが、コップ一杯の水か、コーンに入ったシロップのように甘いガムドロップで喉の渇きを癒さなければいけない、正直に言うと、喉の調子が心配だから今日は勘弁してほしい、そんなことを口にした。そうこうしているうちに、一同は〈魔術師〉の家に着いた。

「ほんの数年前までは」マイダナが言う。「このあたりは平屋の建物と野菜畑ばかりだったんだ」

一行は四階まで上がった。浅黒い肌の娘が扉を開けた。「田舎くさい娘だな」ガウナは考えた。前方に突き出た幅の狭い額の持ち主で、ガウナの嫌いなタイプの娘だった。一行は、水彩画が飾られ、数冊の本が納められた小部屋へ通された。娘は少し待つように言った。やがて彼らは、〈魔術師〉が仕事場として使っている部屋にひとりずつ通された。部屋はかなり狭く、そこを出た者から順番に帰って、あとでカフェに集まろうということになった。

〈魔術師〉の部屋から出てきたペゴラロは、ガウナに言った。

「エミリオ、彼は本物の魔術師だぜ。こっちがズボンを脱がなくても、ぜんぶ言い当てたからな」

「言い当てるって、何を？」ガウナが尋ねた。

「つまりだな、脚にできものがあることをさ。小さいできものが脚にあるんだ」

最後に部屋に通されたのはガウナだった。セラフィン・タボアダは、このうえなく清潔な、乾いた手を差し出した。細身で背が低く、ふさふさした髪の毛の持ち主で、骨ばった額が前方に突き出ているせいで目が落ちくぼみ、赤みを帯びた高い鼻をしていた。部屋にはたくさんの本やハーモニウム、テーブル、二脚の椅子があった。テーブルの上には、本や書類が乱雑に散らかり、吸い殻だらけの灰皿と、文鎮代わりに使われている灰色の石が置かれている。壁には、スペンサーと孔子の肖像画が飾られている。タボアダはガウナに椅子を勧めた。そして、たばこを一本差し出し（ガウナはそれを辞退した）、もう一本に火をつけて尋ねた。

そして答えた。

「何がご希望かな？」

ガウナは少し考えた、そして答えた。

「とくに何も。仲間たちについてきただけですから」

タボアダは、火をつけたばかりのたばこを灰皿に投げ捨てると、新しいたばこに火をつけた。

「それは残念ですな」そう言うと、立ち上がって面会を打ち切ろうとするように言った。そして、相変わらず椅子に腰かけたまま、謎めいた口調でこうつづけた。

「それは残念です。君に言うべきことがあったのですが。またの機会ということにしましょう」

「またの機会があるかどうかわかりません」

「希望を捨ててはいけません。未来というものは、何でもそろっている世界のようなものですからね」

「角のお店みたいに、ですか？」ガウナが応じた。「店の宣伝文句にはたしかにそんなことが書いてありますが、何かを買おうとすると、もう品切れですという答えがかならず返ってくるんです」

タボアダはおそらく、抜け目がないとか頭が切れるというよりも、話し好きな男なのだろう、ガウナはそう考えた。

「未来においては、われわれの運命は川のように流れています。この地上でわれわれが思い描くとおりに。未来にはすべてがあります。すべてが可能だからです。未来において君は、先週亡くなった。あるいは、未来において君は永遠の生を生きている。未来において君は、思慮分別のある人間になっている。そしてまた、バレルガとなっているのです」

「博士をからかうのはやめてください」

「からかってはいません」タボアダは簡潔に答えた。「しかし、悪くとらないでもらいたいのですが、ひとつ聞いておきたいことがあります。彼はいったい何の博士なんです?」

「あなたなら当然おわかりでしょう?」ガウナはすかさず答えた。「魔術師なんですから」

タボアダは笑みを浮かべた。

「よろしい」タボアダはそう言うと、講釈をつづけた。「未来において、探し求めているものがもし見つからなければ、それは探すすべを知らないからです。われわれはつねに、どんなことでも期待することができるのです」

「ぼくは多くを期待しません」ガウナは言った。「魔術も信じません」

「おそらく君の言うことは正しい」タボアダは悲しげな口調で答えた。「しかし、君の言う魔術については、それをよく知る必要がある。テレパシーを例にとりましょう。虫の居所の悪い臆病な若者の考えていることを読みとるのは、大したことではありません」

タボアダの指はとてもすべすべしていて乾いているように見えた。ひっきりなしにたばこに火をつけていた。ほんのちょっと吸っただけで、灰皿に押しつけて消してしまうのである。そうかと思うと、マッチ箱のやすりで鉛筆の芯を研いでいた。こういう動作に苛立ちは感じられなかった。たばこを灰皿に投げ捨てるときの彼は、苛立っているのではなく、ぼんやりしているのである。タボアダはガウナに尋ねた。

「ここへ引っ越してきてだいぶ経つのでしょうか?」

「あなたなら当然おわかりでしょう?」ガウナは答えた。そしてすかさず、自分の態度が少々ばかげてはいないだろうかと考えた。

「そのとおり」タボアダは認めた。「君は友だちに誘われてここへやってきた。そして、ほかの仲間たちと知り合ったが、おそらく彼らは、最初の友だちに較べると、信頼に値する人たちではなかった。君は、旅と呼べるものを経験した。そしていま、故郷のイタカをめざすユリシーズのごとく、あるいは黄金のリンゴを想起するイアソンのごとく、失われたものを懐かしむ気持ちになっている」

ガウナの心を引きつけたのは、あの日の冒険に言及した〈魔術師〉の言葉ではなかった。〈魔術師〉の言葉のなかに、それまで知らなかった世界を、博士が体現している勇気とノスタルジーの世界よりも魅惑的な世界をかいま見たのだった。

タボアダはつづけた。

「その旅（何かしらの呼び名を与える必要があるので、かりに旅という言葉を使っているのですが）のなかでは、すべてが良いとか、すべてが悪いということはありません。君自身はもちろん、ほかの人たちのためにも、ふたたびその旅に出ようとは考えないことです。それは美しい記憶であり、記憶は生そのものです。それを壊さないようにしなさい」

ガウナはふたたびタボアダに敵意のようなものを感じた。そして不信感にとらえられた。

「あの肖像は誰なんですか？」ガウナは〈魔術師〉の講釈をさえぎるために尋ねた。

「そっちは孔子です」

「ぼくは聖職者なんて信じません」ガウナは吐き捨てるように言った。そして、しばしの沈黙のあと、こう尋ねた。「その旅の出来事を思い出すためには、何をするべきなんでしょう？」

「快方に向かう努力をすることです」

「ぼくは病気ではありません」

「いずれわかるときがきますよ」

「そうかもしれません」ガウナは答えた。

「もちろんです。わかりたいと思うならば、魔術師におなりなさい。多少の方法と実践、それに、これまでの人生経験があれば十分です」

ガウナは、タボアダの気をそらして質問に戻ろうと、文鎮代わりに置かれている石を指さした。

「これは何ですか？」

「石ですよ。シエラス・バヤスの石です。自分で拾いました」

「シエラス・バヤスに行ったんですか？」

「一九一八年のことです。信じられないかもしれませんが、まさに休戦協定が結ばれた日にこの石を拾ったんです。ご覧のとおり、記念の石というわけですよ」

「九年前！」ガウナは言った。そして、「この人は憐れな老人なんだ」と考え、ひと呼吸置くと、勇気をふりしぼってこう尋ねた。

「あなたが旅と称している件なんですが、それについていろいろ探ることをやめるべきなのでしょうか？」

「けっしてやめるべきではありません」〈魔術師〉はつづけた。「とはいえ、いちばん大事なのは、それを探るときの心の持ちようです」

「おっしゃっていることの意味がよくわかりません」ガウナは応じた。「でも、どうしてその旅を忘れるべきなのでしょう？」

「君がそれを忘れるべきかどうか、私にはわかりません。それに、君がそれを忘れられるとも思いません。私はただ、君にとって好ましくないのは……」

「ちょっと個人的なことを伺いたいのですが。ぼくという人間を解釈してほしいんです。あなたはぼくのことをどう考えますか？」

「君のことをどう考えるか、ですって？　そんなことを手短に話せと言われても、無理に決まっているじゃありませんか」

「そう熱くならないでください」ガウナは穏やかな口調で言った。「ぼくは、占いが記された緑色の紙きれを差し出すオウムに尋ねるように、あなたに質問しているだけなんです。ぼくは幸運に恵まれるでしょうか？　ぼくは健康なのでしょうか？　ぼくは勇敢な人間なのでしょうか？」

「君の言いたいことがわかるような気がします」〈魔術師〉が答えた。そして、ぼんやりとした様子でつづけた。「たとえ勇敢な人間でも、つねに勇敢とはかぎりません」

「そうですか」ガウナは言った。「じつは、仮面の女に出会ったんです……」

「知っています」〈魔術師〉が答える。

ガウナは、いまや相手の言うことを素直に信じる気になり、こう尋ねた。

「彼女にもう一度会えるでしょうか？」

「君は、もう一度彼女に会えるかどうか私に尋ねる。答えはイエスであり、ノーでもある。私は君を盲目の神の手から守った。そして、定められた運命の網の目を破った。運命の網の目は、たとえ目に見えないほど微細なものだとしても、ふたたび張りめぐらされることになるだろう。私がそれを妨げないかぎり」

ガウナはふたたび、〈魔術師〉に対する軽蔑と遺恨が沸き起こるのを感じた。いまや面会をできるだけ早く切り上げたかった。そして、立ち上がりながら言った。

「ほかに何か助言はありますか？」

タボアダは平板な声で答えた。

「与えるべき助言は何もありません。予言すべき運命もありません。相談料として三ペソいただきます」

ガウナは、うわの空といった風情を装って、積み上げられた本を手に取り、ページを繰った。そして、本の背に印刷された外国人の名前に目を走らせた。ある本の背には、イタリア人らしき伯爵の名前が記されていた。というのも、その他の間違いとともに、「伯爵」という言葉に〝t〟の字が使われていたからである〔スペイン語で「伯爵」を意味する conde は、イタリア語では conte となる〕。ほかにも、本のタイトルや著者の姓に誤りを見つけたガウナは、いずれ新聞に投書してそうした間違いをすべて暴露してやろうか、そして〈フラマリオン〉〔同名の出版社をパリで創設した人物〕とでも署名してやろうか、そんなことを考えた。ガウナはテーブルの上に三ペソを置いた。

タボアダは扉口までガウナを見送った。タボアダの娘がエレベーターを待っていた。ガウナは話しかけた。「ご機嫌いかがですか？」しかし手を差し出すことはしなかった。

階下へ降りる途中、照明が消え、エレベーターが停止した。ガウナは考えた。「なにか気の利いたことが言えたらいいんだけど」そして口ごもるように言った。

「そういえば君のお父さんは、今日がぼくの霊名の祝日だということを言わなかったな」

娘は自然な調子で答えた。

「電気がショートしたのね。じきに明かりがつくわ」

ガウナはもはや、自身の反応や高揚した気分、自分が言うべきことなどにかかずらってはいなかった。胸の鼓動を不意に感じるように、娘の存在をまざまざと感じたのである。やがて明かりがつき、エレベーターが静かに降りはじめた。門を出るところで娘が手を差し出し、笑顔を浮かべながら言った。

「あたし、クララっていうの」

ガウナの目には、娘が歩道の脇に停車した車に駆け寄っていくのが見えた。若者が数人、車から降りてきた。彼女はきっと、さっきの出来事を彼らに話すのだろう、そして、みんなして自分のことを笑うのだろう、ガウナはそう考えた。ガウナの耳に笑い声が聞こえた。

14

ガウナが初めてタボアダの娘とデートしたのは、ある土曜日の昼下がりのことだった。その前に、ラルセンが彼にこう言ったのだ。

「サンダルを引っかけて、パン屋までひとっ走りしてくれないか?」

界隈はまるで大きな一軒家といってよく、必要なものは何でもそろう。街角には薬局がある。別の角には、靴やたばこ、女の子が買うようなちょっとした服やイヤリング、櫛などを売っている店がある。正面には食料雑貨品店があり、すぐ近くに〈ラ・スペリオラ〉〔おもにワインを扱っていた店〕が、通りの途中にはパン屋がある。

パン屋の女主人は無表情のまま客の応対にあたっていた。貫禄のある色白の大柄な女で、耳が不自由な彼女は、清潔な身なりをし、薄くなった髪を真ん中で分けていた。役に立たない大きな両耳の上の髪をカールしている。ガウナは、自分の順番がやってくると、口を大きく動かしながら注文した。

「マテ茶といっしょに食べるお菓子が欲しいんですが」

ガウナは、タボアダの娘が自分のほうを見ていることに気づいた。そして、ふりかえって彼女を見た。瓶詰めのキャンディーや板チョコ、それに、シルクの服を着てもの憂げな表情を浮かべている、ボンボンが詰められた金髪の人形、そんなものが飾られたショーウインドーの前にクララが立っていた。ガウナは、彼女のまっすぐな黒髪、褐色の滑らかな肌に目をとめた。そして彼女を映画に誘った。

「〈エストレジャ〉では何をやっているかしら？」

「さあ」ガウナは答えた。

「マリアさん」クララが呼びかけた。「新聞を見せていただけないかしら？」

女主人は、丁寧に折りたたんだ〈ウルティマ・オラ〉をカウンターの上から取り上げた。クララは新聞をめくり、娯楽欄のページを開いて注意深く目を走らせた。そしてため息をつきながら言った。

「急がないと。五時半にパーシー・マーモントの映画が始まるわ」

ガウナは彼女の行動に注意を引かれた。

「ねえ」クララが尋ねる。「こういう女の子は好き?」

彼女は、新聞に掲載されている拙いイラストをガウナに示した。裸に近い格好の少女が巨大な手紙を掲げている。ガウナはそこに書かれている言葉を読んだ。〈イリス・ドゥルセから少年事件担当裁判官への公開書簡〉。

「君のほうが好きだな」ガウナは彼女のほうを見ずに答えた。

「嘘でしょ。あんた、いくらもらってるの?」クララは、言葉を一つひとつ区切りながら、はっきりと発音した。そして、女主人のほうをふりむき、ありがとうと言って新聞を返した。「あたし、ストリッパーになろうと考えたことがあるのよ。でもいまは、未成年者だといろいろ面倒なのよね」

ガウナは何も言わなかった。そして、なぜだかよくわからなかったが、彼女とデートしたいという気持ちがなくなってしまったことに気づいた。クララはつづけた。

「あたし、演劇が大好きなの。エレオ劇団で働くつもりよ。ブラスタインという小男がリーダーなんだけど、いけ好かないやつ」

「いけ好かないって、どうして?」ガウナは無関心な態度で訊いた。

ガウナは、かつて中心街で観たことがある演劇を思い出してみた。そして、俳優たちの入場の場面や、夜を徹した華やかな生活、たくさんの女たち、レッドカーペット、ゆったりとしたオープンカーを借り切っての贅沢なドライブ、そんなものを想像した。まさか自分が〈魔術師〉の娘に演劇の世界へ導かれるなんて、考えたこともなかった。

「いけ好かないやつ。あいつがあたしにむかってどんなことを言うのか、口にするだけでも恥ずかしいわ」

ガウナはすかさず尋ねた。

「どんなことを言うんだい？」

「おれが率いる劇団はチョリソを作る機械みたいなもんだって言うのよ。つまりこのあたしは、機械に押しこまれるときははすっぱ娘なんだって」彼女はその言葉を口にすると、心もち顔を赤らめた。「で、機械から押し出されるときは、学校の女教師よりもお上品な娘になっているんですって」

ガウナは、自尊心と怒りがこみあげてくるのを感じた。その心地よい感覚は、おそらくこう表現することもできるだろう。彼女はぼくのものだ、ぼくが彼女を守るところをみんなに見せてやろう、と。ガウナは、やっと聞き取れるような声でこう言った。

「はすっぱ娘か。そいつの骨を全部へし折ってやる」

「骨というよりも、そばかすね」真面目な顔でクララが答えた。「そばかすだらけなの。でも、ほっときましょう。なにせいけ好かないやつなんだから」

しばしの沈黙のあと、彼女は夢見るような口調で話しはじめた。

「あたし、〈海の貴婦人〉を演じるの。スカンジナビアの作家の作品よ」

「どうしてアルゼンチンの作品をやらないの？」挑むような口調でガウナは尋ねた。

「ブラスタインはとにかくいけ好かないやつなの。彼にとってただひとつ重要なのは芸術なのよ。ブラスタインの話しぶりを聞いてもらいたいくらいだわ」

「ぼくがもし政府のお偉いさんだったら、アルゼンチンの作家の作品を上演するように、国中の劇場に命じるんだけどな」

「ボレタという少女の老教師の役を演じる頭の足りない男ともそういう話をするんだけど」クララはそう言うと、ほほ笑みながらつづけた。「あのそばかすだらけのブラスタインも、そんなに悪い人間じゃないのよ。おしゃれの話をするのが好きでね。金持ちなのよ」

ガウナは、不快の念をあらわにした目でクララを見た。ふたりはしばし無言のまま歩いた。そして別れた。

「遅くならないでね」クララが言った。「二十分後に家の門のそばで待っていてちょうだい。門のところはだめよ。少し離れたところで待ってて」

ガウナは、なかば憐れむような気持ちで、彼女を迎えに行くつもりはないのだから、そんな気遣いは無用だと考えた。それとも、やはり迎えに行くことになるのだろうか？　彼は悲しい気持ちになって家に帰った。

ラルセンが声をかけた。

「どこか途中でくたばっちまったのかと思ったぞ。君が家を出てすぐにお湯を沸かさなくてよかったよ」

ガウナは答えた。

「ひげを剃るから、水を少し使わせてもらうよ」

ラルセンは好奇の目でガウナを眺めた。そして、ガスコンロで湯を沸かし、ガウナが持ってきた包み紙の中身をあらためた。焦がし砂糖をまぶしたパイを取り出し、それを口に入れ、判定を下すように言った。

「いいか。大それたとっぴなことなんて考えないことだ。新しいパン屋に乗りかえるなんてもってのほかだね。あの女店主もいい人だし」

ガウナはかみそりの刃をはめこむと、光がよく当たるように、扉の近くの壁に鏡を吊るした。

「ひげ剃りなんてあとにしろよ」ラルセンが言う。「淹れたてのマテ茶が飲めなくなるぞ」

「マテ茶は飲めそうもないな」ガウナが応じる。「急いでるんだ」

ラルセンはおとなしくマテ茶を飲みはじめた。ガウナは深い悲しみを感じた。何年かのちにガウナが語ったところによると、彼はそのとき、フェラーリが口にした言葉を思い出したのだった。「友だちと平和に暮らしているところに女が現れる。そしてこの偉大なる闖入者は、何もかも奪い去っていく」

15

映画館を出ると、ガウナはクララに言った。

「〈ロス・アルゴナウタス〉へ行って、ウルグアイ産のチェリー酒を飲もうよ」

「無理だわ。とても残念だけど」クララが答えた。「夕食を早く済ませる必要があるの」

ガウナは、最初は不信の念に、つづいて怒りに襲われた。そして、クララのまだ知らなかった偽善的な口調で尋ねた。

「今晩どこかへ出かけるの?」

「ええ」クララは無邪気な調子で答えた。「リハーサルがあるのよ」

「思いきり楽しむんだろうな」ガウナが言った。

「ときどきはね。あたしに会いに来てくれればいいのに」

ガウナは不意を突かれ、こう言った。

「さあ、それはどうかな。邪魔したくないからね。でも、誘ってくれるんなら行こうかな」そしてすかさず、いかにも真面目な調子を装って言い添えた。「ぼくは演劇に興味があるんだ」

「紙切れか何かあったら、そこに住所を書いてあげるわ」

ガウナは、映画の上映プログラムが印刷された紙片を見つけた。しかし、ふたりとも鉛筆をもっていなかった。クララは口紅で「フレイレ通り、三七二一番地」と書きつけた。

それからというもの、その紙片は、トランクの奥にしまわれたズボンのポケットや、『ジロンド党の歴史』(両親からもらったこの本をガウナはことのほか大切にしており、ページを開いて実際に読みはじめたことも一再ならずあった)のページのあいだから、そして、およそ考えられないような場所から、気まぐれな魔力を宿した象徴のように、あるいは、「すべてはここから始まった」というメッセージを伝える符丁のように、何度も繰り返し現れることになる。

夜の十時ごろには霧雨が降っていた。ガウナは足早に歩きながら、建物の入り口に示された番地に目をやり、手にもった紙片の番地を確かめた。右も左もわからなくなってしまったような気がした。自分がいったい何を探し求めているのかすら確信がもてなくなった。三七二一番地に店が建っているのを見つけると、ガウナは驚いた。看板にはつぎのように書かれていた。〈レバノン系アルゼンチン人、小間物商A・ナディン〉出入り口の扉は二つあった。一つ目の扉にはシャッターが下ろされ、同じくシャッターが下ろされた二つのショーウインドーに挟まれていた。もうひとつは、ニスが塗られた木製の扉で、中央に小さな格子がはめ込まれ、錬鉄製の大きな釘が打ちこまれていた。ガウナは、三七二一番地と書かれた扉ではなく、木製の扉のベルを押した。

恰幅のいい男が扉を開けた。ガウナは、薄闇のなかで、弓なりのアーチのような黒い二本の眉毛と顔の染みを見分けることができた。男が尋ねた。

「ガウナさん?」

「そうです」ガウナが答えた。

「どうぞお入りください。お待ちしておりました。私はA・ナディンと言います。近ごろの天気をどう思いますか?」

「ひどいですね」ガウナは答えた。

「まったく狂ってますよ」ナディンが言う。「いったいどうしたっていうんでしょう。昔は、取り立てて言うべきほどのこともありませんでしたが、どんなに天気が悪くても、とにかく心構えをすることはできましたからね。でもいまじゃ……」

「いまはもうめちゃくちゃですね」ガウナが言う。

「おっしゃるとおりです。まさにおっしゃるとおりですよ。突然寒くなったと思ったら、急に暑くなったりする。そんなときにインフルエンザにかかったりリューマチになったりしたら、いまだに驚かれるくらいですからね」

ふたりは小さな広間に入った。モザイク模様の床の広間は、ビーズのシェードに覆われたランプの光に照らされていた。ランプを載せた木製の角錐形の台には、真珠の象眼がほどこされている。壁にはアルゼンチンの国章がかかっており、そこに描かれた手には指輪がはめられ、袖口にはカフスボタンが見える。ほかに、サン・マルティン将軍とオヒギンスの歴史的な抱擁の場面を描いた絵が飾られていた。部屋の片隅には、彩色磁器の小像が置かれている。一匹の犬が少女のスカートを鼻先で持ち上げている像である。ガウナは、ほかにすることもないので、巨体のナディンをじっくり観察した。黒々とした眉毛は、幅がこのうえなく広く、見事なアーチを描いていた。顔中にちりばめられたほくろは、濃淡さまざまな色合いの黒と褐色を呈している。下あごは、満ち足りたペリカンのような表情をどことなく思わせた。年は四十前後といったところだ。鍋底のドゥルセ・デ・レチェを舌でかき回すようなしゃべり方でこう言った。

「急がないといけません。リハーサルはもうはじまっています。演者たちはすばらしいし、ドラマも秀逸。でも、ブラスタインさんにはほとほと困ってしまいます」

ナディンがズボンの後ろポケットから赤いハンカチを取り出すと、ラベンダーの香りが部屋のなかに漂った。そして、ナプキンのようにして唇をぬぐった。いつも口元が濡れているように思われた。

「リハーサルはどこでやっているんです？」ガウナが尋ねる。

ナディンは歩みを止めることなく、不平を漏らすようにつぶやいた。

「ここですよ。私についてきてください」

ふたりは中庭へ出た。ガウナはしつこく尋ねた。

「俳優のみなさんはどこで演じるんですか?」

ナディンは唸るような声で答えた。

「ここですよ。いまにわかります」

ということはつまり、ここが劇場というわけだな。ガウナは、ほほ笑みを浮かべながら考えた。それは小屋のような建物だった。建物の正面には漆喰が塗られ、壁と屋根は亜鉛板である。引き戸を開けると、腰を下ろした数人の劇団員のほかに、ふたりの演者が、だだっ広い台の上で何やら意見を交わしていた。スミレ色の仕切り板が台を取り囲み、それが壁に接している。台の上には、装飾の類はいっさい見当たらなかった。小屋の四隅には、商品を梱包した箱が積み重ねられている。ナディンはガウナに椅子を指し示すと、そのまま立ち去った。

台の上に立った演者のうちのひとりが、女物のコートを腕にぶら下げてこう説明していた。

「エリダはコートを持ってこなくちゃいけない。彼女は海辺からやってくるんだ」

「いったい何の関係があるというんだ?」そばかすだらけの小男、豊かな淡黄色の髪を逆立てた小男が叫んだ。「エリダが海辺から戻ってくることと、そのいかんとも形容しがたい代物、だらんと伸びた袖とベルト、肩章がついた代物とのあいだに?」

「まあ落ち着いてください」第二の小男（牛乳配達のような身なりをした黒髪の男で、無精ひげを生やし、乾いた唾液でねばついた唇に、人を小ばかにしたような様子でたばこをくわえ、台本を手にしている）がなだめるように言った。「原作者がコートと書いているんです。で、君たちは頭を低く下げるんだ。台本にはこう書かれているからね。『エリダ・ヴァンゲルは並木道の近く、木立の下に現れる。コートをはおり、束ねていないその髪は濡れている』」

ナディンが新しい見物客を連れて戻ってきた。彼らが座ると、髪の毛を逆立てた男が台に飛び乗り、コートをひったくった。そして、それを示しながら大声で言った。

「なぜリアリズムという名の十字架にイプセンを磔にせにゃならんのだ？　マントで十分だ。マントらしきもので十分だ。われわれは魔術的な側面を強調すべきなんだよ。エリダは、灯台から海を見た少女、そして何といっても、邪悪な船乗りと出会う少女だ。邪悪なものは女を惹きつける。エリダは船乗りに魅了される。これがストーリーだ。アントニオが振りかざしているバイブルによるとね」こう言いながら、台本を手にしている小男を指さした。「しかしながら、妖精のような存在を置き去りにして平気でいられる人間なんているだろうか？　援助の手を差し伸べることを拒む人間はいないだろう。われわれのドラマのなかでは、エリダはいわばセイレンなんだ。バリェステーが登場する場面と同じようにね。彼女は神秘的な雰囲気に包まれて海からやってくる。そしてヴァンゲルと結ばれる。ふたりは家を建て、幸せな日々を送る。むしろこう言ったほうがいいかもしれない。誰もが知るように、幸福は、ふたりが住む家のなかにたしかに存在しているはずなのに、彼らはいずれも幸福ではない。海に魅了されたエリダが次第に衰弱していくからだ」ここでいったん言葉を切り、ふたたび語りはじめる。「でくの坊どもに説法するのはもうたくさんだ」そう言うと舞台を飛び降りた。「リハーサルをつづけろ！」

演者たちは、何事もなかったかのように演技をつづけた。そのうちのひとりがこう言った。

「灯台での暮らしは、消すことのできない痕跡を彼女に残した。彼女を理解する者はここにはひとりもいない。彼女は海の貴婦人と呼ばれているんだ」

するとと、もうひとりの演者が大仰な驚きを示しながら答える。

「本当かい？」

台本を手にした小男のアントニオは、いらだちを見せながらこう尋ねる。

「マントはどこで手に入れるつもりなんだ？」

「ここだよ」髪の毛を逆立てた男が怒声を発しながら、積み上げられた木箱のほうへ歩み寄った。

すると、巨体のA・ナディンが両腕を高く掲げながら駆け寄り、こう叫んだ。

「自分の命だろうと家だろうとこの小屋だろうと、なんでも差し上げますが、商品だけは勘弁してください！　商品に手を触れてはいけません！」

ブラスタインは平然と木箱を開けている。そしてこう尋ねた。

「黄色い布はどこにあるんだ？」

「本当に困った人だ」ナディンはうめくように言う。「商品には手を触れないでください」

「黄色い布をどこに隠したと訊いてるんだ」ブラスタインが容赦なく責め立てる。

ブラスタインがついに黄色い布を見つけ出した。彼が鋏を所望すると、ナディンはため息を漏らしながらそれを手渡した。ブラスタインは、腕を広げて二巾分の長さを測り、乱暴に布を切り裂いた。

切り裂かれた布に目をやったナディンは首をふり、緑や赤の宝石をちりばめた大きな手で頭を抱えこんだ。

「ここはもうめちゃくちゃだ」ナディンが言った。「しまいには女中が商品に手を出すことにもなりかねない」

ブラスタインは、切り取った布を黄金色の炎のようにひるがえしながら舞台へ戻った。

「なにをぼけっと突っ立ってるんだ。塩柱になってしまったソンサ・ブリアノ〔アルゼンチン生まれの彫刻家〕じゃあるまいし」

そう言うと舞台に飛び乗り、スミレ色の仕切り板の後ろに消えた。そのままリハーサルがつづけられた。ガウナは突然、クララの声を耳にしてどきっとした。

「ヴァンゲル、そこにいるの?」

演者のひとりが答えた。「そうだよ、ぼくの愛しい人」

仕切り板の後ろから、黄色いマントをはおったクララが登場した。すると、相手役の俳優が彼女に両手を差し出し、ほほ笑みを浮かべながら叫んだ。「ここにいるのは、ああ、セイレン」

クララは生き生きとした身振りで前へ進み出ると、相手の手をとってこう答えた。

「ついにあなたに会えたのね。ここへはいつ?」

ガウナは、口をなかば開けたままリハーサルを熱心に見守り、相反する感情が心のなかに渦巻くのを感じた。最初に感じた失望は、いまだ余韻となって尾を引いていた。それは、自分自身を前に屈辱を味わうようなものだった。「劇場がフレイレ通りにあると聞いたときに、なぜおかしいと思わなかったんだろう?」彼はそう考えた。しかしいま、当惑をおぼえながらも誇らしげな気持ちで、彼のよく知るクララがエリダという名の未知の女に生まれ変わっているのを目にしていた。彼が身をゆだねている喜び――彼の虚栄心をくすぐる喜び、まるで夫が感じるような喜び――は、リハーサルを熱心に見守る男たちの無表情な顔が、彼の手からクララを奪い取るかもしれないという、あるいは、彼のものであるクララを、一見なんら変わっていないにもかかわらず、嘘や裏切りを仕込まれた女にしてしまうかもしれないという、そんな避けがたい筋書きを示唆することさえなければ、よりいっそう完璧なものとなっていただろう。

ガウナは、クララが安心したような喜びの表情を浮かべて自分を見たことに気づいた。リハーサルがいったん打ち切られた。そこにいる誰もが、ドラマの筋立てやその解釈をめぐって、大きな声で議論を始めた。ガウナは、自分だけが間抜けな人間として取り残されてしまったように感じた。彼だけが、何も言うべきことをもっていなかったからである。若さと美しさ、新鮮な優越感に輝いているクララは、舞台を下りると、他人には目もくれず、ガウナだけを見据えながら近づいてきた。その様子はまるで、純真で完全な愛のこもった言葉を受け取ろうと、彼ひとりを脇に取りのけておいたと言わんばかりだった。そのとき、ふたりのあいだにブラスタインが割って入った。ブラスタインは、黄金の巨人ともいうべき、まるで沸騰寸前の熱い湯に入ったばかりのように肌をピンク色に上気させた身ぎれいな男の腕をとっていた。おろしたての新しい服を着こんだ巨人は、灰色と茶色を基調としたフランネルやカーディガン、パイプなどを好んで身につける人間であるようだった。

「クララ」ブラスタインが大きな声で呼びかけた。「友人のバウムガルテンを紹介しよう。少壮気鋭の演劇評論家だ。私の理解が正しければ、彼は衛生事業クラブに所属していて、〈ドン・ゴジョ〉誌のカメラマンの甥の同僚でもあるんだ。今度の舞台について短評を書いてくれるそうだ」

「それはすてきね」クララはそう言うと、ガウナにむかってほほ笑んだ。

ガウナはクララの腕をとると、脇へ引き寄せた。

16

ガウナは夜になると、クララといっしょにリハーサルへ向かった。昼下がりに仕事を終えたときも、彼女に付き添ってリハーサルへ足を運んだ。リハーサルがない日は、ふたりで公園を散歩した。何日かはそうやって過ごした。木曜日がやってくると、ガウナはクララに会うべきか、それともバレルガ博士の家を訪れるべきか迷った。そして、よく考えた末に、今晩は会えないことを彼女に伝えようと決心した。クララは、落胆の色を隠さなかったが、ガウナの言葉を素直に受け入れた。

ガウナはラルセンを伴って、夜の十時ごろ博士の家に到着した。〈バローロ宮殿〉ことアントゥネスは、経済に関する話をしていた。業界の面汚しともいうべき一部の金貸しが要求する法外かつ犯罪的な利子や、夢想家であり野心家でもある彼の計画がうまく運べばきっと生み出されるにちがいない四十パーセントの利率について語っていたのである。ガウナの姿を目にしたバレルガ博士はこう言った。

「わが友アントゥネス君は壮大な計画を温めているところだ。商売に気があるようだね。自由市場に野菜販売所を開きたいんだそうだ」

「ところが、せっかくの計画も、肝心なところで頓挫している」ペゴラロが引き継いだ。「つまり、元手が足りないんだ」

「おそらくガウナ君がささやかな協力を申し出てくれるにちがいない」マイダナが卑屈な笑みを浮かべ、身を縮めながら言った。

「ほんのかたちばかりでいいんだよ」アントゥネスが冗談めかすように言った。

バレルガ博士は、真剣そのものといった表情でガウナの目をのぞきこみ、彼のほうへ身を寄せた。ガウナはのちに、あのときはまるで、イギリスの船で運ばれてきた水道局の豪壮な建物が上からのしかかってくるような感じがしたよ、と語った。バレルガはこう尋ねた。

「カーニバルのどんちゃん騒ぎのあと、所持金はどれくらい残ったんだね？」

「そんなものは残っちゃいませんよ！」怒りにわれを忘れたガウナが答えた。「一銭も残っていません」

仲間たちは、ガウナが気のすむまで不平を並べ、うっぷんを晴らすのを黙って見ていた。やがてガウナは、さっきよりも弱々しい声で言い添えた。

「五ペソ紙幣一枚たりとも残ってないよ」

「五百ペソのまちがいだろう」アントゥネスが片目をつむりながら言った。

沈黙が訪れた。そして、怒りのあまり顔の青ざめたガウナが言った。

「いったいみんなはぼくが競馬でいくら稼いだと思ってるんだい？」

ペゴラロとアントゥネスが何か言いかけた。

「もう十分だ」博士がさえぎった。「ガウナは本当のことを口にしたんだ。彼の言うことに納得できない者はここを立ち去るべきだ。野菜の屠殺人になりたいやつもな」

アントゥネスは口ごもりながら何か言いかけた。すると博士は、彼の顔を興味深そうに見つめた。

「そこで何をしているのかね」博士が尋ねた。「ミミズに驚いている子羊みたいに目を白黒させて。わがままはいい加減にして、セミでもなんでもいいから、とにかく君の声を聞かせてくれたまえ」博士はこのうえなく穏やかな口調で話しかけた。「いつまでわれわれをじらすつもりだい?」そして、声の調子を変えていった。「さあ、歌うんだ。さあ」

アントゥネスはしばし虚空を見つめ、目を閉じ、そして開いた。つづけて、震える手にハンカチを握り、額と顔をぬぐった。ハンカチをしまうときの彼は、不思議なことに、ハンカチの白さを吸い取ってしまったのではないかと思われるくらい真っ白な顔をしていた。ガウナは、ここで誰かが、おそらくはバレルガが何か言葉をはさむべきではないかと思ったが、相変わらず沈黙がつづいた。アントゥネスがついに、椅子の上で体をもじもじさせはじめた。いまにも泣きだすのではないか、あるいは気を失うのではないかと思われた。そして、立ち上がりながらこう言った。

「なにもかも忘れてしまったよ」

ガウナが早口でタンゴの歌詞をつぶやいた。

〈あの人は並ぶ者なきタンゴの歌い手……〉

アントゥネスは、わけがわからないような顔をしてガウナを見つめた。そして、ハンカチでふたたび顔をぬぐった。ついでに、乾ききった唇にもハンカチを走らせた。いかにも苦悶に満ち、硬直した様子で、やっとのことで口を開いた。柔らかな声とともに歌が流れだした。

なぜ私を捨てたの
いとしいフリアン
私は死ぬほどつらい

悲しみと狂おしさのあまり

ガウナは、自分が大きな過ちを犯してしまったことに気づいた。なぜ憐れなアントゥネスに、よりによってこんな曲を歌うよう促してしまったのだろう？　きっと博士はアントゥネスを冷やかすことだろう。ガウナは、博士の口にするにちがいない冗談を思い浮かべて、うんざりした気分になった（「おいおい、正直に白状するんだ。〈いとしいフリアン〉とはいったい誰のことなんだね？」等々）。そして、なかば観念して目を上げた。バレルガは邪気のない穏やかな表情を浮かべて耳を傾けている。やがて上体を起こすと、ガウナにむかって、自分のあとについてくるように目顔で知らせた。アントゥネスは歌を中断した。

「私の見るところ、君のバネはすぐに切れてしまうらしいな」博士が詰問するような口ぶりで言った。「われわれが戻ってくるまで歌をつづけないと、人間蓄音機になりたいという思いが二度と頭をもたげないようにしてやるぞ」そう言うとガウナに向き直った。「あの甘ったるい声なら、売春宿のバイオリン弾きとコンビを組むべきだな」

アントゥネスは〈ミ・ノチェ・トゥリステ〉を歌いはじめた。仲間たちはじっとしたまま歌に耳をすませた。ガウナは、冷静さを装いながらも落ち着かない気分で、バレルガのあとについて隣室に入った。部屋には、マツ材の小さなテーブル、黄金色の木材で作られたニス塗りの洋服ダンス、灰色の毛布で覆われたベッド、座部が藁でできた椅子が二脚、それに——質素な部屋にはそぐわない女性的な贅沢ともいうべき——ウィーン風の肘掛け椅子が置いてあった。表面がはがれ落ちた壁の中央には、ガラスのはめられていないフレームに入った、ハエの卵が付着した円形の小さな写真が飾られている。およそ信じられないことだが、若いころの博士を写した写真だった。マツ材の小さなテーブルの上には、青みを帯びたガラスの水差しと、ナポレオンの肖像が入ったマテ茶の缶、砂糖壺、上部に銀の縁取りがついたマテ茶の容器、金の装飾がほどこされたマテ茶用の管《ボンビージャ》、銀のスプーンなどが置いてある。

博士はガウナのほうに向きなおり、その肩に手を置きながら――人の体に触れることを本能的に嫌っているらしいバレルガ博士にしては珍しいことだった――こんなことを言った。

「これから君に、ごく親しい友人にしか見せないものを見てもらおう」

そう言うと、洋服ダンスから取り出した〈ベジャス・アルテス〉印のクッキー箱を開け、中身をテーブルの上にばらまいた。写真や手紙が詰まった封筒が三つ四つ出てきた。博士は人差し指で写真を示すと、こう言った。

「君がそれを見ているあいだに、いっしょにマテ茶を飲むことにしよう」

博士は洋服ダンスのなかからほうろう引きの湯沸かしを取り出すと、そこに水差しの水を入れ、コンロの火で沸かしはじめた。ガウナは、ラルセンと共用のコンロよりも大きいことを見てとり、うらやましくなった。

かなりの数の写真があった。鉢植えの植物や、手すりや欄干の小柱が写りこんだ写真もあれば、写真家のサインが入ったものもある。そこまで構成がしっかりしていない素人の手になる写真もあった。年配の男女や、小さな子ども（服を着て立っていたり、裸のまま寝かされたりしていた）の写真も数えきれないくらいある。写真に写っているのは、ガウナのまったく知らない人たちだった。博士が時おり説明を加えた。「父のいとこだ」「おばのブランカだよ」「金婚式の日に撮った私の両親の写真だ」それ以外のときは、ガウナが写真をよく見ることができるように気づかいながら、何も言わずに相手の反応をうかがっていた。見終わった写真の山に新しい写真が無造作に重ねられると、叱責とも励ましともつかない口調でこう言った。

「なにも急《せ》かしているわけじゃないよ。急いでも仕方がない。もっとゆっくり見たらいい」

ガウナは感無量だった。なぜバレルガがわざわざ写真を見せてくれるのか、彼にはわからなかった。それでもガウナは、自分の範とする人物が、敬意をもって、そしておそらくは友情をもって自分に接していることを厳かな態度で示してくれているのだと考えると、当惑と同時に感謝の念を禁じえなかった。博士に認められることは、どんな場合であっても、このうえなく感動的なことであったはずだ。しかし、その夜の感慨はひとしおだった。というのも、自分はもはや以前の自分ではなく、バレルガが理解していたような人間、特定の人物だけに忠誠を尽くすような人間でもないと思うことができたからである。とはいえ、実際はそのような人間だったのかもしれない。そう、ガウナは、自分は何も変わっていないのだと確信していたのだ。しかし、その瞬間の彼にとってなによりも重要だったのは、博士の厳格な基準からすれば、自分はもはや以前の自分ではないということだったのである。

ふたりはマテ茶を飲んだ。ガウナは椅子に座り、博士はウィーン風の肘掛け椅子に腰を下ろしていた。言葉を交わすことはほとんどなかった。もし誰かがこのとき部屋のなかをのぞいたとしたら、ふたりのことを親子だと思ったことだろう。ガウナもそう感じていた。

隣の部屋では、アントゥネスが三度目となる〈忘却の酒《ラ・コパ・デル・オルビド》〉を歌っていた。

バレルガが口を開いた。

「あいつのやかましい口をふさがねばならん。しかしその前に見せたいものがある」

博士はしばらく洋服ダンスのなかをごそごそ探っていた。そして、ブロンズのスコップを手にして戻ってきた。

「このスコップを使って、サポナロ博士は、ここからすぐの角を曲がったところにある礼拝堂の礎石にモルタルを注いだんだ」

ガウナは、スコップを敬虔な面持ちで受け取ると、さも感心したように眺めた。バレルガは、スコップを元に戻す前に、ガウナの湿ったぎこちない指が触れたブロンズの表面に輝きを取り戻そうと、服の袖で素早くこすった。そして、あの無尽蔵の洋服ダンスからギターを取り出した。若き友であるガウナが従順なそぶりでギターを受け取ろうとしたとき、バレルガは彼を引き離すようにしながら言った。

「事務室へ戻ろう」

アントゥネスが、前よりも意気があがらない様子で〈ミ・ノチェ・トゥリステ〉を歌っていた。博士は、勝ち誇ったようにギターを高々と掲げながら、耳をつんざくような声で言った。

「ギターがあるというのに、ひとり寂しく歌だけで済まそうなんて、いったいどういうつもりだね?」

アントゥネスはもちろん、そこにいた若者たちはみな博士のとっさの思いつきに心の底から笑った。その笑いはおそらく、緊張を強いられる時間はもう終わったのだという直感に促されたものだった。それに、バレルガの顔を見れば、彼が上機嫌であることは誰の目にも明らかだった。畏怖の念から解き放たれた若者たちは、目に涙を浮かべて笑い興じた。

「では」博士は、アントゥネスを押しのけるようにして腰を下ろした。「この老いぼれの腕前をとくとご覧いただこう」

博士は笑顔を浮かべながら、あわてずにゆっくりとギターの音合わせをはじめた。彼の指が時おりギターの弦を巧みに繊細な調子ではじくと、メロディーの予兆のようなものが流れ出るのだった。そして、とても柔らかな声で、鼻歌のように歌いはじめた。

不幸せな母よ
さあ、ウェジャ〔ラプラタ地方の田舎の民族舞踊〕を踊ろう
来る日も来る日も
マテ茶を淹れるだけなんて

博士は歌をやめると言った。

「みんな、タンゴはよそうじゃないか。そんなものはならず者か、売春宿のバイオリン弾きにでも任せておけばいい」そして、いっそうしわがれた声でつづけた。「あるいは、野菜の屠殺人にでもな」

博士は、至福に満ちた笑みを浮かべ、いとおしむようなやさしい指さばきで、まるで時間など存在しないかのように、ふたたびギターの音合わせをはじめた。そして、真夜中過ぎまでつづくギターの夕べを、疲れたそぶりも見せず、心ゆくまで楽しんだ。和やかな雰囲気と友愛に満ちた喜びが一座を支配した。博士は、そろそろ引き揚げるよう若者たちを促す前に、ペゴラロに言いつけて台所からビールとグ

ラスを持ってこさせた。そして、一同の幸福を祝して乾杯した。誰もがほんの少しだけビールに口をつけただけだったが、酒に酔ったときのような高揚感に浸った。若者たちは全員そろって博士の家を辞去した。閑散とした通りに足音や歌声、叫び声が響き渡った。犬が吠え、若者たちの騒ぎに目を覚ました鶏が、われを忘れて時をつくり、歓喜に満ちた夜明けと人里離れた田舎の風趣を夜の闇に持ちこんだ。最初にアントゥネスが、つづいてペゴラロとマイダナが別れを告げてそれぞれ家路についた。ガウナとふたりきりになると、ラルセンが問いかけた。

「正直言って、アントゥネスに対する博士の残酷な仕打ちは度を越していたと思わないか?」

「まったくだ」ガウナは答えた。ラルセンとわかり合えることがなんだか奇跡のように思われた。「ぼくも同じことを言おうと思っていたんだ。ギターの件についてはどう思った?」

「傑作だったな」笑いに体を震わせながらラルセンが答えた。「それにしてもやっこさん、家にギターがあるなんて、よく思いついたな。君は知っていたのか?」

「いや、知らなかった」

「おれもだ。《ひとり寂しく》なんて言うあたり、ちょっとお下劣だったじゃないか」

ガウナは壁に寄りかかるようにして笑い転げた。品のない冗談に対するラルセンの偏見をよく知っていたのである。ラルセンの偏見を擁護するつもりはなかったが、ある種の共感を抱いていたことは事実だった。それに、とにかくおかしかったのだ。

「それにだよ」ガウナは大胆にも認めた。「ぼくも包み隠さずに白状するが、ギターを爪弾くバレルガ博士よりも、アントゥネスのほうがよっぽど上等な歌い手だったじゃないか」

ふたりは腹の皮がよじれるほど笑った。うずくまるように前かがみになって、うなるような声を発しながら、歩道をジグザグに歩いた。ややあって落ち着きを取り戻すと、ラルセンが尋ねた。

「ところで、バレルガは何のために君を隣の部屋に連れていったんだ?」

「ぼくの知らない人たちの写真をたくさん見せるためさ。何とかいう博士がどこぞの教会の礎石を据えるために使ったブロンズのスコップまで見せられたよ。あのときのぼくを見たら、君はきっと大笑いしたぞ」そしてさらにつづけた。「何よりも奇妙だったのは、バレルガ博士が〈魔術師〉タボアダに似ていることを発見したことさ」

沈黙が訪れた。というのも、ラルセンは〈魔術師〉とその家族についての話題に触れないように注意していたからである。沈黙はすぐに破られたが、ガウナはそれにほとんど気づかなかった。ラルセンと自分を否応なく結びつけている親密な連帯感をいま一度確かめるという喜びに身をゆだねていたかったのだ。そして、自分たちを結びつける友情に誇りのようなものを感じながら、ふたりいっしょにいるときに発揮される洞察力は、離れているときにおのおのが発揮するそれよりもはるかに勝っているのだと考えた。ついには、運命がかいま見えるノスタルジアを予感しながら、ラルセンとのこうした会話がいわば自分の心の古里のようなものであることに思いいたった。ガウナは、恨みがましい気持ちでクララの顔を思い浮かべた。

ガウナはこう考えた。明日は彼女に、デートするつもりはないことを告げることができるはずだ。いや、やっぱりそれはできない。自分の意志が弱いとか、そういうことじゃない。それに、そもそもどうしてぼくは、いっしょに出かけようなどとわざわざ平日にラルセンに持ちかける必要があるのだ? ぼくらは、何もすることがないときはいつだって顔を合わせることができる。そう考えたガウナは、悲しくなって心のなかでつぶやいた。「日に日にぼくらは顔を合わせることが少なくなっていくんだろうな」

家に着くとラルセンが言った。

「正直に告白すると、最初は事の成り行きが気に入らなかった。みんなが君を食い物にしようとたくらんでいるんじゃないかという気がしたんだ」

「ぼくに言わせると、みんなしてバレルガをうまく操ろうとしたにもかかわらず」ガウナが言った。

「バレルガはそれに気づいて、それでみんなにつらく当たるようになったんだよ」

17

つぎの日の昼下がり、ガウナは喫茶店〈アルゴナウタス〉でクララを待っていた。腕時計に目をやっては、店内の壁にかけられた時計と見比べていた。あるいは、判で押したように同じ動作でガラス扉を静かに押し開けて入ってくる客の姿を眺めていた。ちょっと信じられないことだが、暇そうにしているそれらの男性客や、隅から隅までぞっとするような出で立ちの女性客のなかのひとりが、いつかクララの姿となって店内に現れるのだろう。一方、ガウナは、ウエイターに見られていた、あるいは、見られているような気がしていた。店内を歩きまわるこの監視人は、ガウナのテーブルに近づくと、「注文はあとにします。待ち合わせているんです」と言って一時的に追い払われるのだった。ガウナは考えた。このウエイターは、ぼくがお金を払わずにここに居座るための口実をひねり出しているのだと思っているにちがいない。ガウナは、もしクララが現れなかったら、ウエイターの疑惑が見事に裏づけられてしまう、そうなったらきっと、女にだまされた男、〈アルゴナウタス〉で待ちぼうけを食わされたみじめな男としてこのぼくをあざ笑うにちがいない、そう考えて心配になった。クララがなかなか姿を見せないことにやきもきしながら、女のせいで男が送る羽目になる生活について思いをめぐらせた。「友だちと疎遠になる。定時よりも前に仕事を切り上げて自動車修理工場をいそいそと出るようになり、そのせいで同僚から疎んじられる（あるいはそのせいで、思わぬときに仕事を失うことになるかもしれない）。骨抜きにされる。喫茶店で待ちぼうけを食わされる。店内で無駄な出費を強いられ、ようやく女が現れたと思ったら、今度は甘い言葉やら嘘八百やらを並べ立てて、口をぽかんとあけながら、延々とつづくおしゃべりに付き合わされることになる」ガウナは、キャンディーが詰めこまれ、金属のふたのついた円筒形の巨大なガラス容器を見つめていた。そして、夢でも見ているように、この甘いお菓子のなかに沈んでおぼれ死んでしまう自分を想像した。ぼんやりしているあいだにクララが入ってきて、彼の姿に気づかずそのまま店を出て行ってしまったのではないかという不安に駆られられたとき、入り口のそばに立っている彼女を見つけた。

クララをテーブルに案内したガウナは、彼女に気をつかい、その姿を眺めることに夢中になっていたせいか、待ちぼうけを食わされながら物思いに耽っているあいだに思いついた計画、勝ち誇った目でウエイターを見つめて溜飲を下げてやろうという計画をすっかり忘れてしまった。クララは紅茶とサンドイッチ、パンケーキを、ガウナはブラックコーヒーを注文した。ふたりは互いの目を見つめ、元気にしているか、昨日まで何をしていたのかなどと尋ね合った。ガウナは、自分がそれとなく示すやさしい気づかいのなかに、遠くはるかな、想像を絶した計画、おそらくは屈辱的なものであるにちがいない計画の痕跡を見出した。それはいつしか、有無を言わせない明白な事実として立ち現れるのだった。ガウナは口を開いた。

「昨日の夜はどうだった?」

「よかったわ。あたしの出番はほとんどなかったんだけど、第一幕のリハーサルがあったのよ。いちばん大変だったのは、バリェステーがセイレンについて語るところ」

「どんなセイレンなの?」

「海へ帰る道がわからなくなってしまった瀕死のセイレンよ。バリェステーが出る場面なの」

ガウナは当惑を浮かべながら彼女を見つめた。そして、決心したようにこう切り出した。

「ぼくのことが好きかい?」

彼女はほほ笑んだ。

「そんなにすてきな緑の目をしているんですもの、好きにならないわけがないでしょう」

「誰といっしょだったんだ?」

「みんなよ」クララが答えた。

「誰が家まで送ってくれたんだ?」

「誰にも送ってもらわなかったわ。あの背の高い人、〈ドン・ゴジョ〉に劇評を書いてくれるという人があたしを家まで送ろうとしたんだけど。でも、時間が早かったし、リハーサルの出番があるかどうかもわからなかったの。結局あの人、待ちくたびれて帰っちゃったわ」

ガウナは、純真さと厳粛さの入り混じった表情で相手を見つめた。

「なによりも大切なのは」クララの手を取ったガウナは、前かがみになりながら言った。「本当のことを言うことだよ」

「よくわからないわ」彼女が答えた。

「いいかい」ガウナはつづけた。「わかるように説明してあげるよ。人が誰かに近づくのは、気晴らしをするためか、その人を好きになるためか、そのどちらかなんだ。そのこと自体は悪いことではない。ところが、あるとき突然、その人は相手を苦しめないように何かを隠そうとする。相手はそれに気づくんだけど、何を隠しているのかわからない。そして、それを突き止めようとしたり、相手の説明に耳を傾けながらその全部を信じているわけではないことを悟られないようにしたりする。こうして悲劇がはじまるんだ。お互いに傷つけ合うような関係にだけはなりたくないんだよ」

「あたしもよ」クララが応じた。

ガウナはつづけた。

「わかってほしいんだ。ぼくらはお互いに自由だ。それはよくわかっている。少なくともいまは、ぼくらはお互いに完全に自由だ。君は何でも好きなことをすればいい。でも、どんなときにも本当のことを言ってほしいんだ。ぼくは君のことが好きだ。そして、ぼくにとって何よりも大切なのは、君とわかり合えることなんだ」

「そんなこと言われたの、あたし初めてよ」クララが言った。

輝きを放つ彼女の澄んだ褐色の瞳を見ていると、ガウナは恥ずかしくなり、自分が丸裸にされてしまったように感じた。そして、自由と率直さについて自分が口にした考えがすべて即興で思いついたものであり、ラルセンとの会話を慌ただしく記憶によみがえらせたものであることを認めてしまいたいような気持ちになった。そして、クララの行動を詮索しようとしていることを隠すために、また、クララと行動を共にしなかった昨夜の彼女の行動を是が非でも知ろうとしていることを隠すためにそうした考えを口にしたことを、あるいは、自分の心を思いがけなくも支配することになった切迫した思い、嫉妬の思いを多少なりともごまかすためにそうした考えを口にしたことを認めてしまいたい気分だった。ガウナは、口ごもるように何か言いかけたが、クララが感情をこめて言った。

「あなたってすてきね」

ガウナは、自分がからかわれているのではないかと思った。クララの顔をうかがうと、彼女が本気で、熱をこめてそう言ったことがわかった。彼はますます気恥ずかしくなった。そして、彼女の言葉を自分は信じているのか、彼女と心を通い合わせることを自分は心の底から望んでいるのか、それほどまでに彼女を愛しているのか、いずれについても確信がもてずにいることに思いいたった。

18

ガウナはクララと別れ、帰宅した。ラルセンはもう寝ていた。ガウナは部屋の電気をつけずにそっとベッドに横たわった。そして叫ぶように言った。

「調子はどうだ?」

ラルセンは同じような口調で答えた。

「順調だ。そっちはどうだ?」

ほとんど毎晩、ふたりはこんな調子で、暗闇のなか、互いのベッドに寝ころんだまま言葉を交わした。

「ぼくはときどき」ガウナが話しはじめる。「昔風に女を扱うべきじゃないかと考えることがあるんだ。博士がいつも言うようにね。寡黙に、甘い言葉も控えて、帽子を目深にかぶって、見下すように話しかける」

「そんな態度で人に接するもんじゃないよ」ラルセンが反論した。

ガウナはつづけた。

「いいかい。なんて言ったらいいんだろう、ある理想が誰にとっても好ましいとはかぎらない。ぼくは思うんだが、君もぼくも物わかりがよすぎるんだ。こんな調子じゃどんな恥をかかされることになるかわからないし、どんな臆病なまねをする羽目になるかわかったもんじゃない。ぼくらは人の意に反することができないんだ。すぐに白旗をあげてしまう。ぼくたちはもっと毅然たる態度をとるべきだ。それに、そもそも女というやつは、思いやりやら気づかいやらによって男を駄目にしてしまうものなんだ。女というのはつくづく憐れなもんさ。まったく見るに忍びないよ。たとえば君が何か馬鹿なことを言ったとする。すると女たちは、まるで学校の子どもの話を聞くように、口をぽかんと開けて君の言うことに耳を傾ける。そんな女たちにいちいちかまっていられないことは君にもよくわかるはずだ」

「そこまではっきり言いきる自信はぼくにはないな」もう眠りかけていたラルセンが口を開いた。「女ってやつは男をちやほやするのが何よりも好きなんだ。ところが君の知らないうちに、いつのまにか君よりもずっと賢い人間になっちまう。いいかい、君が修理工場で昼間から汗みずくになって働いているときに、女は〈パラ・ティ〉だのファッション雑誌だのに次から次へと手を伸ばしては、そこで仕入れた知識をせっせと頭に溜めこんでいるんだ」

19

ガウナはふたたびリハーサルを見物した。舞台の上には、ヴァンゲル役の俳優と、エリダに扮したクララが立っていた。男優が演劇口調で台詞を口にする。

「君はこの土地になじむことができないんだ。われらの山々は君を押しつぶし、君の心に重くのしかかる。ここでは十分な光が君に与えられることもないし、さえぎるもののない空や水平線、広々とした大気を君が手にすることもない」

クララが答える。

「そのとおりよ。夜であろうと昼であろうと、冬であろうと夏であろうと、わたしは海に引き寄せられるの」

「わかっている」クララの頭をやさしく撫でながらヴァンゲルが答える。「だから、心を病んだ憐れな君は、君の家に戻らねばならないのだ」

ガウナはそのまま聞いていたかったが、〈ドン・ゴジョ〉の批評子が話しかけてきた。

「われわれの演劇界が抱えている問題について、わかりやすくご説明しましょうか。新進気鋭のアルゼンチン人作家は、おのれの空想世界が形になるのを目にするチャンスに恵まれず、窒息寸前といったありさまです。それがいかに嘆かわしい状況か、芸術面にかぎって具体的にお話しすることにしましょう。じつはわたし自身、かつて聖体神秘劇を書いたことがあるのです。完全に現代風にアレンジしたものですがね。マリネッティ、ストリンドベリ、カルデロン・デ・ラ・バルカをソースのように混ぜ合わせて、それを夢幻的な魔女集会《アケラーレ》のただ中で、十分に熟していないわたし自身の分泌腺が生み出す体液に溶かしこんだわけです。ところが、どんな保証が与えられたというのでしょう？　いったい誰がそれを上演してくれるというのでしょうか？　上演してもらいたければ、警察の騎馬隊を引き連れて劇団に圧力をかけ、脅迫するしか手はないでしょうね。見込みのない無名作家、未完成の作家と言ってもかまいませんが、そんな作家が駄作を公にする機会にも恵まれず、ベッドにくすぶっているあいだに、腹の突き出た観客たち、フリーメーソン流の自由主義を編み出したこのブルジョアの神、金にものをいわせて手に入れた快適な特等席にゆったりと腰を下ろしたこのブルジョワの神は、世界のもっともすぐれた作品のなかからお気に入りのものを選んで、というのも彼らはうすのろではないからですが、鑑賞するというわけですよ」

　ガウナは心のなかでつぶやいた。「あんたはさぞかし物知りだろうし、たくさんの本も読んできたことだろう。それでも、もしクララとデートできるなら、ぼくのような無知な人間と体が入れかわっても意に介さないことだろう」バウムガルテンはつづけた。

「本の世界でも同じようなことが起こっているという話を聞いたことがありますよ。わたしのいとこの話をしましょうか。彼はわたしにそっくりな若者で、とてもよく似ています。大柄で金髪、色白で健康、それにヨーロッパ人の血を引いています。彼は野心を抱いていましてね。すでに本を一冊出しています。

『トスコ　巨大な小人《こびと》』という本なんですが、バ・ビ・ブなるペンネームを用いるこの若き才人は、表紙に載せる人形の絵を自分で描いてそれに署名しているんです。その本を出版するために、家族全員が出資したんですよ。美しい本です。薄い本ですが、大きな判型で、このぐらいあります――バウムガルテンはそう言うと、ふくらはぎを手のひらでぴしゃぴしゃ叩いた――広告なんかによく使われる黒い字体で、余白も十分すぎるくらいとってある。で、その本を本屋に注文すると、書店員は地下の第二書庫まで探しに行かないといけない。書庫には、くだんの本が、老舗印刷所の〈ラニョ〉製の包装紙にくるまれて眠っているというわけです。新聞の新刊図書案内のページを開くと、退屈きわまりない書評が載っている。おもしろいものはひとつもない。ひどいもんですよ。書評に目を通すと、歴史アカデミー準会員が出したソネット集にでもあてはまりそうな駄文です。時代の趨勢はいまや署名入りの記事、それも思慮分別に富む記事です。この国のぶんや連中の精神的かつ肉体的な義務は、とにかく攻撃を仕掛けることなんですな。われわれは、アルゼンチンで発行されるあらゆる本が、それらが要求するまじめな、そしてとりわけ好意的な研究の対象となるまでは、けっして気を抜くべきではありません。わたしのいとこは、もうこれ以上書き続けるのはやめにしようと宣言して奥さんをびっくりさせることがあるんです」

ガウナは心のなかでつぶやいた。「少し黙ったらどうなんだ？　結局のところ、あんたのその緑のカーディガンも、ビロードのジャケットも、ピンクのきれいな二重あごも、あんたのいとこはもちろん、あんたの親類のみんなに共通するものなんだろう。でも、そんなものは、リハーサルを終えたクララとデートするためには、たいして役には立たないだろう。あんたにとってはそれだけが唯一の関心事だというのに」

われに返ると、すでに話を終えた大男が舞台の脇に立っているのが見えた。クララがふたりのほうへやってきた。

「もしよろしければ」バウムガルテンはきわめて用心深い笑顔を浮かべ、手を洗うようなしぐさを見せていたが、実際は両手をこすり合わせているだけだった。「今晩ごいっしょさせていただいて、自宅までお送りしたいのですが」

クララは相手の顔を見ないで答えた。

「もう十分ごいっしょしたはずよ。あたしはガウナと帰ります」

クララは、通りを歩きながらガウナの腕をとり、それにぶら下がるようにしながら甘えた声で言った。

「どこかへ連れてってよ。あたし喉がからからなの」

ふたりは疲れるまで界隈を歩きまわった。カフェも食料雑貨店《アルマセン》も、開いている店はひとつもなかった。

クララは店に目をやろうともせず、喉の渇きと疲れを繰り返し訴えた。ガウナは、なぜ彼女は家へ送ってもらうだけで満足しようとしないのだろうと考えた。まさか、水を飲んだりゆっくり入浴したりするための水道栓がないとか、最後の審判の日まで女王のように眠るためのベッドがないとか、そういうわけでもないだろう。それにガウナは、女の気まぐれにはうんざりしていた。とはいえ、疲労については何も言うべきことはなかった。彼は、つぎの日の朝、自動車修理工場に向かうために六時に起きたとき、はたしてどんな気分がするだろうかと想像してみた。おそらく、バウムガルテンが口にしていた本のことがまだ頭に残っていたのだろう、クララが身長五センチの小人《こびと》であればいいのにと思った。そうすれば、彼女をマッチ箱のなかに入れて――このとき彼の脳裏には、学校の友だちに羽をむしられたハエの記憶がよみがえった――それをポケットに押しこみ、そのままベッドに行くこともできるだろう。そのときクララが感慨深げに言った。

「こういう夜にあなたと出歩くことがどれほど楽しいか、あなたにはわからないでしょうね」

ガウナは彼女の目をのぞきこんだ。そして、彼女のことを心の底から愛していることを感じた。

20

翌日はリハーサルがなかった。仕事から帰ったガウナは、店からクララに電話をかけ、どこへ行こうかと尋ねた。クララは、田舎からマルセラおばさんが出てきているから、おそらく彼女と外出することになるだろうと答えた。そして、十分後にもう一度電話してほしいと言った。そのときまでにマルセラおばさんとも話し合って、どうするか決めているはずだから、というのである。ガウナは店主の娘に、もうしばらく店に残っていてもいいかと尋ねた。娘は、西洋梨のような形をした緑色の大きな目でガウナを見つめた。二本の長い三つ編みの髪を垂らした彼女は、肌が青白く、どことなく薄汚れた印象を与えた。わざわざガウナのためを思って、蓄音機に〈アディオス・ムチャチョス〉をかけてくれた。その間、店主は、「高級品のフェルトのスリッパ」を宣伝する行商人と骨の折れるやりとりを繰り広げていた。店主は伝票の整理をしながら、この商売をはじめて二十五年になるが、フェルトの履き物なんて聞いたことがないと言っていた。おそらく、行商人も店主も、発音に注意を払う習慣が生まれつき備わっていなかったため、前者が口にしているのが「フェルト」であり、後者が購入を拒んでいるものが「フィルター」であることに気づいていないのだろう。ふたりはいつまでたっても話がかみ合わず、互いに相手を見くびりながら自説を繰り返すばかり、相手の言葉に耳も貸さず、苛立ちつつも根気よく反論のチャンスをうかがっていたのである。

ガウナはふたたびクララに電話した。クララが言った。

「決まったわ。やっぱりあなたに会うことはできないの。明日の午後、劇場で待ってるわ」

その後にあった出来事のために、その日の午後に起こったことはとても重要な意味をもつことになった。あるいは、もっぱらガウナの心のなかで重要な意味をもつことになった。ガウナは店を出ると、蓄音機から流れていたタンゴの曲を鼻歌まじりに口ずさみながら帰宅した。ラルセンはどこかへ出かけて留守だった。ガウナは、カフェ〈プラテンセ〉に行って仲間たちに会ってこようかと考えた。あるいはバレルガの家を訪れようかとも考えた。いずれにせよ、カーニバルの三日目の晩に何が起きたのかを解明するための聞きこみ、いまとなっては遠い昔の出来事のように記憶から失われつつある聞きこみをつづけることができるだろう。しかし、こうしたことを考えただけでも意気消沈し、ほとほと嫌になってしまうのだった。ガウナは何をする気にもなれなかった。おとなしく部屋に閉じこもっているのも気が進まなかった。こうして、あれほど待ちわびた、何もすることがない自由な午後を迎えたのである。

クララへの恨みがふたたび沸き起こるのを感じながら、ひとりでいる習慣をすっかりなくしてしまっている自分に気づいた。殺風景な壁をいつまでもぼんやり眺めたり、埒もない物思いに耽ったりしているわけにもいかないので、部屋を出て映画館へ向かった。通りを歩きながらふたたび〈アディオス・ムチャチョス〉を鼻歌まじりに口ずさんだ。メリアン通りとマンサナレス通りの角で、白い大きな斑点のある馬に引かれたパン屋の荷車を見かけた。ガウナは中指と人差し指を交差させ、クララとうまくやっていけるように、カーニバルの三日目の晩の真相を解明することができるように、そして、この先幸運に恵まれるように祈った。ちょうど映画館に入ろうとしていると、やはり白い大きな斑点のある馬に引かれた別の荷車が通りを走ってゆくのが見えた。ガウナは重ね合わせた指を引き離すことができた。

ハリソン・フォードとマリー・プレヴォーが出演する映画の最後の場面を見ることができた。思う存分笑ったガウナは、満ち足りた気分に浸った。小さな子どもたちが走り回り、チョコレート売りが行ったり来たりする休憩時間をはさんで、『愛はけっして死なない』がはじまった。センチメンタルな愛をテーマにした長い物語で、それは死によっても終わることがなく、若く美しい女たちや無欲で高潔な青年たちがスクリーンに登場した。観客の見ている前で次第に年老いていく彼らは、結末近くで、髪が白くなり、目にも隈ができ、腰の曲がった体を杖で支えながら、雪の降り積もる墓地に集まった。どこまでも善良な人物がいるかと思えば、どこまでも悪辣な人物がおり、このうえなく無慈悲な運命の仕打ちが描かれていた。映画館を出たときのガウナは、内にこもったような不快な気分を味わっていたが、それは、外の世界の新鮮な夜の空気を吸いこんでもなかなか消えなかった。ガウナは羞恥心とともに、自分が何かにおびえていることを自覚した。あらゆるものが突然、苦悩と不幸に汚染されてしまったように感じた彼は、いいことは何も期待できないのだという心境に陥ってしまったのである。そこで、〈アディオス・ムチャチョス〉を口ずさもうとした。

帰宅してみると、ちょうどラルセンが出かける準備をしていた。ふたりは連れ立って、ビデラ通りにある、路面電車の車掌がよく食事をしに集まるレストランへ出かけた。いつものように、年老いたフランス生まれのトラック運転手ドン・ペドロが、重い体を椅子にあずけながら叫んだ。

「卵入りのフリカンドーだ」

するといつものように、カウンターの後ろから店主が尋ねる。

「水にしますか、ソーダ水にしますか、ドン・ペドロ？」

ドン・ペドロは、やはりいつものように、しゃがれた声で、レストランのウエイターのような口ぶりで答える。

「ワインだ」

その夜は、ガウナとラルセンのあいだにとりたてて話すべきことはなかった。そこでガウナはクララについて話しはじめた。ラルセンはほとんど口をはさまなかった。ガウナは、相手がいい加減に話を聞いているような気がして、なんとかして好意的なコメントを引き出してやろうと、こと細かに説明し、彼女との関係を正当化するために言葉を尽くした。クララに対して好印象を抱いてもらいたいと思う反面、彼女にのぼせあがってすっかり骨抜きにされてしまったと思われるのではないかと考えると不安だった。そこでガウナは、クララの悪口を言ってみたが、ラルセンがうなずいて同意するのを見ると、不愉快な気分になった。ガウナはとにかくひとりでしゃべりつづけ、最後には自分でもすっかり嫌気がさして気が滅入ってしまった。まるで、クララの悪口を言い、ラルセンを困惑させ、精神のバランスを欠いた愚かな人間のごとくふるまうように促した一時の興奮が消え去り、力つきて腑抜けになってしまったかのようだった。

21

ナディンの家にやってくると、空色の服と薄紫色の小さな帽子を身につけたクララが現れた。
ナディンが扉を開けて言った。

「一番乗りですね」ナディンの黒々とした巨大な眉毛が弓なりになっている。笑顔を浮かべたその顔にはたくさんのしわが寄り、ほくろがちりばめられ、赤い唇は湿っていた。「われらがブラスタインさんもまだ到着していませんよ。通路に立ちっぱなしというのも落ち着かないでしょうから、どうぞ小屋までお通りください。そこまでの行き方はもう知っているでしょう。私はあいにく、鉱石ラジオの調子が悪いんで、いま手が放せないんです」

そして、まるで重要きわまりないことを、たとえば何かの危険を知らせる用事を急に思いついたとでもいうように、後ろを振り返って尋ねた。

「それにしても、この暑さはいったいどういうわけなんですかね？」

「さあ」ガウナが答えた。

「私もどう考えるべきかわからないんですよ。まったく気が変になりそうです。まあ、これ以上お引き止めするつもりはありません。どうぞ先へ進んでください。私はラジオの修理に戻ることにします」

クララが先に立って歩いた。ガウナは心の内で思った。「ぼくは彼女の服をみんな知っている。黒い服、花柄の服、空色の服、みんな知っている。ぼくは、子どものように真剣になったときの彼女の目に浮かぶ驚きの色を知っている。金の指輪に隠された中指のほくろも、髪の生え際のうなじの白さやその形も」そのときクララが口を開いた。

「アラブ人のにおいがするわ」

ふたりは小屋の前に着いた。クララは扉を開けるのにいくぶん手間どった。ガウナはその様子を黙って見ていた。思うように動かないノブをあちこち動かし、しきりに何か考えながら作業に没頭している彼女の表情には、どことなく気高いものが感じられた。クララは唇をかみしめ、両手でドアの取っ手を押し、膝の力を使って悪戦苦闘していたが、ようやく開けることができた。彼女の顔にうっすらと赤みがさしていた。ガウナは不動の姿勢のまま、その様子を見ていた。「健気な子だな」心のなかでそうつぶやくと、彼は、やさしさの感情と同情の気持ちが不意に沸き起こるのを感じ、思わず彼女の頭をなでた。

ガウナは、クララの姿をほんのちょっと見かけるだけだった日々を思い出した。あのころはまさか、彼女と恋人同士になるなんて思いもしなかった。当時の彼女は、街の若者たちとよく出歩いていて、彼らは車に乗って彼女を迎えに来ていた。自分はとても彼らと張り合うことはできない、ガウナはそう感じていた。彼女は別の世界の人間であり、それは彼のまったく知らない世界、そして、疑いもなく忌むべき世界だった。彼女のような女と付き合ったら、きっと笑いものになるだろうし、苦しい思いを味わうことにもなるだろう。彼にとってクララは、いわば高嶺の花、界隈でいちばん大切な人であり、けっして手の届かない存在だった。彼女のことをあきらめる必要すらなかった。そもそも、彼女をものにしようなどという大それた望みを抱いたことなど一度もなかったからである。ところがいまや、彼女は自分の手のなかにある。大切に扱わなければいけないいたいけな小動物、一輪の花、申し分のない小さなオブジェのような彼女は、まちがいなくいま、彼の手のなかにあるのだった。

ふたりは小屋へ入った。クララは明かりをつけた。壁には羊皮紙のような大きな幕がかかっている。そこにはふたつの仮面が金色の線で描かれていた。いずれの仮面も口を異様に大きく開けている。幕を指さしながらガウナが尋ねた。

「これは何だい？」

「新しい幕よ」クララが答える。「ブラスタインの友だちが描いたのよ。こんなに大きく開いた口を見ていると、なんだか吐き気がしてこない？」

ガウナは何と答えればよいかわからなかった。大きく開いた口を見ても、べつに吐き気を催すわけでもなかったし、何かを感じることもなかった。彼は、クララが口にした無意味な言葉が、誰もが一度は味わったことがあるような、とりあえず何かを言わなければならないという気持ちに促されたものではないかという疑念にとらわれた。クララの態度は、そわそわして落ち着きがなかった。ガウナの目には、彼女の手がかすかに震えているように見えた。そして、驚きとともにこう考えた。「もしかしたら、ぼくは彼女をおびえさせているのだろうか？　ぼくが誰かをおびやかすなんて、そんなことがあるだろうか？」彼はふたたび、クララに対してやさしい気持ちになっていることに気づいた。彼女のことを、あたかも庇護を必要とする小さな子どものように見ていたのである。気がつくとクララは何かしゃべっていた。少し遅れて、ガウナの耳に彼女の言葉が届いた。クララはこう言ったのだった。

「あたしにはマルセラおばさんなんていう人はいないのよ」

うわの空のガウナは、相手の言葉の意味が理解できないまま曖昧な笑みを浮かべていた。クララは繰り返した。

「あたしにはマルセラおばさんなんていう人はいないのよ」

相変わらず笑みを絶やさずにガウナは尋ねた。

「じゃあ、昨日は誰といっしょだったんだい？」

「アレックスよ」クララが答えた。

彼女が口にした名前は、ガウナの頭のなかでなんらの形もなさなかった。クララはつづけた。

「昨日の昼過ぎにあの人から誘われたの。あたし断ったのよ。あの人とデートするつもりなんてなかったし。そしたら、あなたから電話がかかってきたの。またいつものように、あなたといっしょに歩いたり、映画を見たりするんだろうなって思った。正直言ってもう耐えられなかったの。それで別の人とデートする気になったのよ。十分後に電話してってあたし言ったけど、そのあいだにあの人に電話して、まだあたしとデートする気があるか聞いてみたわ。そしたらあの人、デートしたいって」

ガウナは尋ねた。

「誰とデートしたんだい？」

「アレックスよ」クララが同じ名前を繰り返した。「アレックス。アレックス・バウムガルテン」

ガウナは、立ち上がって彼女をひっぱたくべきか迷った。座ったまま、ほほ笑みを浮かべ、あくまでも平静を保っていた。そうした完璧なまでの冷静さ、とりわけ、見せかけの冷静さを保つ必要があった。

というのも、彼の頭はますます混乱してきたからである。よほど気をつけなければ、何をしでかすかわからなかった。気を失うかもしれないし、泣き出すかもしれなかった。彼はおそらく、あまりにも長いあいだ黙っていたのだろう、何か言わなければならなかった。ついに言葉を発することを決心したとき、彼の心を占めていたのは、その言葉が意味するものではなく、それを声に出すことができるかどうかということだった。そして、最初に思いついたことを口にした。

「今夜も彼とデートするのかい？」

クララがほほ笑んでいるのがわかった。彼女は頭を横に振った。

「しないわ」クララが断言した。「もうあの人とはデートしない」そして、しばしの沈黙のあと、声の調子を微妙に変えながら――おそらく、もはやバウムガルテンのことなど問題にしていないことを示そうとしたのだろう――、こう言った。「好きになれなかったの」

ガウナは、あたかも眠っていた人が、はじめはぼんやりと、やがて鮮明な意識で周囲の話し声に耳を澄ましていくように、ブラスタインやナディンの娘、劇団員たちが矢継ぎ早に発する叫び声や笑い声を聞いた。彼らは小屋に入ると一瞬立ち止まり、挨拶しながらふたりの肩を手のひらで軽くたたいた。その間、ガウナは笑みを浮かべ、自分がその場の中心にいるような感覚にとらわれた（そんなことは初めてだった）。そして、彼らが早くその場を立ち去ってくれることを願った。「体の具合が悪いのか」とか「何かあったのか」などと聞かれるのが嫌だったのである。そのときブラスタインが大声で言った。

「遅くなってしまった。ガウナ君が傲慢な笑みを浮かべて、しびれを切らして待ってるぞ。さあ、リハーサルの準備だ」

そう言うと、舞台に飛び乗り、仕切り板の後ろに消えた。クララはガウナに言った。

「あたしも準備しなくちゃ」

ガウナの頰に急いでキスすると、ほかのメンバーとともに姿を消した。

ガウナはひとり取り残されると、自分でも気づかない一瞬のあいだに心を決めたかのように、逃げるようにその場を立ち去った。扉口まで来ると、中庭を横切り、通路を進んで往来へ出た。

22

ガウナは南にむかって歩いた。グアイラ通りを曲がって左へ進み、メリアン通りに入った。心のなかでこうつぶやいた。「あの嫌味な男にお株を奪われてしまった。あのでぶ野郎、潔癖症のうぬぼれ男に。それなのに彼女は、ぼくらが相変わらず親密な関係で結ばれていると言うつもりだろう。カーディガンを着たあのでぶ野郎が彼女のお気に入りだというなら、彼女の趣味がぼくの趣味とはおよそ相いれないというなら、どうしてぼくらが親密な関係で結ばれているなんて思えるんだ?」ガウナはそう考えると愉快な気分になり、ほほ笑みを浮かべた。「女ってやつはみんな、ぼくの趣味とは相いれないんだ」ガウナはふと、道を歩く少年が驚いた顔で自分を見つめていることに気づいた。「無理もないな。にやにやしながら歩いてるんだから」ガウナは、まるで酒でも飲んだみたいに、妙に気が大きくなっているのを感じた。「まるでクララの質《たち》の悪い裏切りの酒を飲んだみたいだな」彼は、この言葉のせいで悲しい思いを味わうことになるだろうと考えた。ところがなぜか、そんなことにはならなかった。彼は声に出して言ってみた。「質《たち》の悪い裏切りの酒」そしてタンゴを口ずさんだ。気がつけば〈アディオス・ムチャチョス〉を口ずさんでいた。手で口をぬぐい、唾を吐いた。

午後の締めくくりをカフェ〈プラテンセ〉で迎えるのがいちばんいいだろう、そう考えたガウナは、そこに集まっているにちがいない面々を思い浮かべた。ペゴラロ、マイダナ、アントゥネス、それに、ガタ・ネグラもいるだろう。彼はつぶやいた。「誰かが喧嘩を望むなら、ぼくが相手になってやる」（仲間たちはみな仲がよかったので、彼がこう考えたのは奇妙である）カフェに行けば心配事を忘れることもできるだろう。心配事を忘れるために、たとえば衛生局の作業員をしているドン・ブラウリオよりも愉快な男を演じるつもりだった。華々しい勝利と雄弁、その場かぎりの忘却からなる夜の光景を想像すると、ガウナの胸は苦しくなった。

やがてガウナは、劇団のリハーサルに居合わせるべきではないかと考えた。「ぼくがいなくなったことにみんな気づくだろう。クララはもちろん、ブラスタインも、ほかのメンバーたちも。クララはおそらく事情を説明するだろう。ほかの女とちがうのだから」

ガウナはつづけて考えた。「みんなが何を知ろうとぼくには関係ない。ぼくがみんなの前に姿を現すことはもう二度とないだろう。クララに会うこともないだろう。最悪なのは、今晩クララが、ぼくの不在を理由に、あのいけ好かない男とデートするかもしれないということだ。いや、そんなことを気にしてはいけないんだ。自動車修理工場や家の前で、ぼくが出てくるのを彼女が待ち伏せすることになったら、そして、彼女にむかって弁明をはじめることになってしまったら、それこそ最悪だ」ガウナは、弁明について考えただけでも意気消沈してしまうのだった。できることならクララに往復ビンタを食わせて、そのまま彼女を捨ててしまいたかった。しかし、そんなふうにふるまうことはとてもできないだろう。そんなふうにして彼女をびっくりさせるだけの強さを自分は持ち合わせていないだろう。彼女に見つめられたら、せっかくの意気込みもどこかへ吹き飛んでしまう。「そうなってしまうのも、物わかりのよすぎる友だちとしてふるまってきたからだ。それほど自分は間抜けな男だったということだ。女と友だちになるなんて、まったくたいした意気地なしだ」

道は軽い下り坂になって百メートルほどつづき、木々のあいだに吸いこまれるように前方へ延びている。ガウナは、どこまでもつづくぼんやりとした街路、屋根と中庭、枝葉を包みこむ黄昏を眺めながら、岸辺から眺める海の景色が呼び起こす郷愁を感じた。そして、はるか彼方に思いをはせ、広大なアルゼンチンの国土を思い浮かべ、鉄道で長旅に出て、サンタ・フェあたりで収穫の仕事を見つけたり、あるいはパンパ地方をさまよい歩くことを夢想した。

しかし、それはしょせん叶わぬ夢だった。ラルセンと話し合いをしないまま旅立つことはできない。そうかといって、クララから受けた仕打ちをラルセンに話すのも気が進まなかった。

劇団のリハーサルに戻るしかなかった。そして、愛情に満ちた陽気な態度を示さなければならない。「たとえどんなに小さな亀裂であろうと、クララがそれに気づくことのないように、とにかく共同戦線をはることだ。そして、彼女への無関心が少しずつ形になるようにふるまい、彼女から離れていくことだ。けっして急がず、慎重に、巧妙にふるまうことだ」そう考えながら、まるでおのれの武勲を目の当たりにしているような、自分自身の姿を眺める観客にでもなったような、そんな高揚感をおぼえるのだった。「クララが、ぼくが彼女から離れていくのは、彼女がバウムガルテンとデートしたからだと考えることのないように、とにかく巧妙にふるまうことだ」クララにとっては、彼はあくまでも彼女のことが好きではなくなったからこそ離れていくのだ。彼女を恨んでいるとか、彼女に裏切られて心をずたずたにされたとか、そんなことではけっしてないのだ。ガウナは、こうした考えにすっかり心を奪われている自分に気づいた。

バウムガルテンとデートした日に何をしたのかを訊く理由などなかった。「ぼくは自信に満ちた男、けれど女にだまされた不幸な男、つまり女々しい男なんだ」

あのいけすかないバウムガルテンを空き地で待ち伏せて挑発することも考えられるだろう。「やつが殴り合いを望むなら、骨の柄までナイフを深々と突き刺してやる。クララの前で狂人のようにふるまうことだけは何としても避けなければいけない。ラルセンに対しても釈明のしようがないだろうし、きっと彼の目には、手の施しようのない狂人に見えてしまうことだろう」

ガウナは、メリアン通りとオラサバル通りの角にある食料雑貨品店《アルマセン》――緑色の建物で、胸壁のついた小さな城のようだった――に入った。カウンターの後ろには、汚れた身なりのやせこけた男が立っていた。男は、湿った布巾を片手に巻きつけ、金属製の蛇口の上にかがみこんでいた。細い首筋が、匕首《あいくち》のようにとがった顔を支えている。そして、悲哀をにじませた無気力な表情で、グラスが隙間なく並べられた流しを見ていた。ガウナはラム酒を注文した。三杯目を飲み干したとき、喉の奥から出てくるような甲高い声、悪魔的ともいうべき声が「占いだよ」と繰り返しているのが聞こえた。右を向くと、一羽のオウムがカウンターの端に沿って近づいてくるのが見える。その後方には、小さな椅子の上で体をぴんと伸ばした男が、ほとんど地面に寝そべるような格好で、顔を天井に向けて目を閉じていた。男の体と並行して、同じような椅子の背もたれに箱のようなものが立てかけられている。箱の中央から、長い棒が脚のように突き出ていた。オウムは、「占いだよ、占いだよ」と繰り返しながら、すぐ近くまで寄ってきた。ガウナは勘定を済ませて店を出ようとしたが、カウンターの後ろにいた男は、薄暗い敷地に面した店の奥の扉から出ていったようだった。オウムは羽を震わせ、くちばしを開き、緑色の羽毛を逆立てたかと思うと、ふたたび滑らかな毛並みを取り戻した。そしてもう一歩、ガウナのほうへ近づいてきた。ガウナは、椅子の上で体を伸ばしている男に話しかけた。

「オウムが何か欲しがっているみたいですよ」

男は身じろぎひとつせずに答えた。

「あんたの運勢を占いたいんですよ」

「いくらです？」ガウナが尋ねる。

「いくらもかかりませんよ」男が答える。「あんたなら二十センターボでけっこう」

男はそう言うと、箱を持ち上げながら、すばやい動作で上体をぴんと起こした。ガウナは、男の片脚が棒でできていることを見てとった。

「そんなばかな」ガウナはそう言うと、オウムがなにやらわけ知り顔に頭を振りながら彼の手の上に乗ろうとするのを見て、不愉快な気分になった。

男はすぐさま言い添えた。

「十センターボでいいよ」

男はオウムをつかむと、箱の前に置いた。するとオウムは、緑の紙片を箱から引き出した。男は紙を受け取り、それをガウナに渡した。ガウナはさっそくそこに書かれている文句を読んでみた。

われは、すべてお見通しのインコ、教えて進ぜよう
神々は、そなたが望み、探し求めているものを
おお！　きっと与えてくれるであろう　その間
この世の饗宴を、せいぜい楽しむがよい

ガウナは言った。

「どうりでご機嫌斜めな鳥だと思っていましたよ。ぼくが幸運に恵まれることを望んではいないようですね」

「そんなことを言うなんて許しませんよ」怒りをあらわにした顔をガウナに向けた男は反論した。「わたしもこの鳥も、いつもお客さんの幸運を祈ってるんです。その紙切れを見せてください。ほら、まさか字が読めないわけでもないでしょう。ここにはっきり書かれているじゃないですか。あんたが望み、探し求めているものを、あんたはきっと手に入れるでしょうって。ほんのはした金でそれ以上のことを望むなんて虫がよすぎますよ」

「なるほど」ガウナは打ち負かされたような気分で言った。「でも、その紙切れにはインコと書かれてますよ。本当はオウムなのに」

男は答えた。

「オウムインコです」

ガウナは男に硬貨を渡すと、ラム酒の代金を払い、店を出た。メリアン通りを下ってパンパ通りまで行き、そこを右に曲がってフォレスト通りに入った。あたり一帯は、ガウナの住んでいる界隈とはだいぶ様子がちがっていた。見捨てられたような小さな家、ガウナにはざっくばらんで明るい雰囲気をたたえているようにみえる小さな家のかわりに、瀟洒な別荘が並んでいた。それらの建物は、秘密の見取り図にしたがって配置されたかのような庭や、枝葉を絡ませる木々、整然とした生垣などに囲まれていた。ガウナは、横柄な管理人たちが軽蔑の入り混じった疑惑のまなざしを自分に向けているところを思い浮かべてみた。すると、怒りが湧いてくるのを感じた。いつでも遊びに付き合ってくれるサアベドラ地区の仲間たちを呼び集めて羽目をはずしたいという気持ちもないわけではなかった。とはいえ、彼らはおそらくガウナについてきてはくれないだろう。エゴイズムがはびこるいまの世の中、不幸なことに、勇気ある行動というのは、誰の力も借りず、男がたったひとりで引き受けるべきことなのだ。とはいえ、ひとりの男にいったい何ができるというのだろう?

ガウナは自分の住んでいる界隈を思い浮かべた。彼にとってサアベドラという地名は、堀に囲まれ、風に揺れるユーカリの木々に美しく飾られた公園を思い起こさせるものではなかった。かわりに、人気《ひとけ》がなく、幅の広い通り、高さのまちまちな、低層の家が軒を連ねる通り、シエスタの時間になるとすべてを隈なく照らし出す光に包まれる通り、そんなものを想起させた。

つかみどころのない不可解な建造物の広がる夜のなかで、そして、誰かの死につづく広大な夜明けのなかで、深い悲嘆に包まれながら、ぼんやりとした考え、忘れ去っていた考えに不意に出くわす人のように、ガウナは、「いったいこれは何なんだろう」と自問した。そして、苦悩へ、孤独へ、クララのもとへ戻ることを欲した。

ガウナは、不幸のそもそもの原因が、自分自身の行動に含まれる明白な過ちのなかにあるのだと考えた。しかし一方で、すべての原因は、つかみどころのない深い関連性の糸によって、一見するとクララの意思とは無縁のもろもろの行動に求められるのではないかという気がした。たとえば、〈アディオス・ムチャチョス〉を口ずさんだとか、朝、右の靴紐ではなく左の靴紐を先に結んだとか、昼下がりに見た映画『愛はけっして死なない』に描かれた不幸の世界にどっぷり浸ったとか、そんなことである。

ガウナは夢遊病者のようにさまよい歩いた。何を見ることもなく、あるいは無意識のうちに、目についた物に注意を向けるのだった。たとえば、フォレスト通りを歩いているときに、土がむき出しの歩道に立つ一本の太いねじれた木、青緑色に染まった枝葉が、はらはらと降りかかる柔らかな落葉のなかでしなっているように見える一本のねじれた木を、画家のように執拗な目で眺め、どうしてこの木は切り倒されなかったのだろうと考えた。そして、西へ向かって歩きつづけた。ふたたびクララのことを考えた。気がつけば、自分の住む界隈の家並みによく似た（「とはいえ、まったく同じというわけではないな」と彼は考えた）小さな家屋が立ち並ぶ一画に戻っていた。見知らぬ通りをどこまでも歩いていった。いくばくかの寂しさを感じながら、すでに日脚が短くなっていることに気づいた。目についた食料雑貨品店《アルマセン》に入り、ラム酒を注文すると、すぐに二杯目に口をつけた。店を出てふたたび歩きはじめた。トゥリウンビラト通りに差しかかると、左へ曲がった。

ガウナは、クララを罰し、バウムガルテンを罰したいという衝動に駆られた。「騒動が大きければ大きいほど、今日一日の苦しみは遠ざかるにちがいない」たとえ彼が受けた辱めがほかの人に知れ渡ろうと、彼はそれを忘れることができるだろう。新しい状況に立ち向かうためにも、とにかく忘れることが肝心だ。何としても避けなければならないのは、あるとき突然、心の動揺が収まっているというのに、今日の出来事を不意に思い出してしまうことであり、クララに言われたことが記憶によみがえってしまうことである。復讐のやっかいなところは、恥辱を永遠に生き長らえさせてしまうことだ。クララに欺かれたという事実が消えないかぎり、彼女をひっぱたいても、あるいは、たとえ彼女を殺そうとも、しょせん無意味である。「そうではなく」彼はつぶやいた。「彼女を忘れるために、彼女の心を奪うことができたら……」不幸なことではあるが、もう一度もとに戻って、自己犠牲の道を、偽善の道を歩みつづけねばならないだろう。それよりも思慮に欠けることかもしれないが、彼女に平手打ちを食わせ（はじめに手のひらで、ついで手の甲で）、彼女から永遠に遠ざかるほうが、ずっと気分がすっきりするにちがいない。

ガウナは、永遠と思われる時間を歩いた。チャカリタ墓地の塀に沿って進み、線路を横切り、建物のあいだに見える路面電車に目をやった。資材置き場とレンガ工場を通り過ぎ、物思いに耽りながら、天を突き抜けるドームのような暗色の木々の下を、アルティガス通りに沿って進んだ。ふたたび線路を横切り、フローレス広場まで歩いた。そして不意に、歩き疲れていることに気づいた。カフェかレストランに入ってゆっくり腰を落ちつけ、何か飲まなければいけない。しかし、どこも混雑していた。ガウナは腹を立て、そのまま歩きつづけた。すると、二十四番の路面電車が通過していくのが見えた。通りを走って路面電車に追いついた。いつものようにデッキに立っていようと思ったが、足が震えていた。

「ぼくの両脚は座りたがっている」彼はそんな言葉を内心つぶやき、車両の奥へ進んだ。今日はついていると思った。というのも、車両の座席に敷物が敷かれていたからである。彼はゆったりと腰を下ろし、切符代を払って、多少の誇りを感じながら（自分の名前が選挙人名簿に載っているのを見出したときに誰もが感じるような誇りを感じながら）、車内の標識に目をやった。〈座席数：三十六〉ガウナはズボンのポケットから〈バリレテ〉の緑がかった包みを取り出した。そして、たばこを一本抜き出して火をつけ、落ち着いた気分で煙を吸いこんだ。

23

路面電車が東に向かって道を下り、南に向かって進むあいだ、ガウナはクララのことやバウムガルテンのことを考え、クララの面前でバウムガルテンを殴りつけたり、クララを手荒く扱った末に許しを与えたりする場面を、あるいは、体重やリーチで勝るバウムガルテンの反撃やクララの嘲笑によってそういった試みが失敗に帰するところを想像した。そして、底なしの憂鬱な孤独に追いやられ、サアベドラの住民の遠慮がちな噂の種になるところを想像しては暗澹たる気分になるのだった。レールの上を進んでいく車輪の音、速度を上げてカーブを曲がる際に瞬間的な絶頂を迎える車輪の音は、ガウナの物思いを促した。ガウナは、完全なる不幸を感じた。そして、みじめな気分に陥った。自分が置かれている状況はあくまでも例外的なものであると考えた彼は、その場で紙と鉛筆を渡されたら、そして、音楽の基礎を身につけていたならば、あるいは、従妹のなかでいちばん醜い女の子のピアノの腕前の半分もあれば、いますぐここでタンゴを作曲してみせるのに、と考えた。そうすれば、自分はたちまち偉大なるアルゼンチン国民が愛するタンゴ界の大スターにだってなれるだろうし、自分が作曲したタンゴがガルデルやホセ・ラッツァーノといった巨匠たちをうならせることにもなるだろう。しかし現実はそう甘くない。彼にとっての世界は何も変わらないだろうし、未来はすでに描かれてしまっているのだ。たとえば、路面電車に乗っている時間も、遅かれ早かれサアベドラに帰り着くことも、すでに決められたことなのだ。さらに困ったことに、ガウナの頭のなかも何ら変わることはないだろう。そこには相変わらずクララの裏切りが存在するだろうし、そのせいでガウナは孤独を追い求め、そのなかに引きこもることを強いられるだろう。そこには相変わらずクララとの関係が、つまり、恋愛関係でありながら、ものわかりのよい友人同士の関係、説明を求めたり責任感を引き合いに出したり、理にかなったこと――和解や忘却、恨みを抱いた自尊心の放棄――を要求したりする関係でもあるような、そんな関係が存在することになるだろう。そこにはまた、ラルセンをはじめとするサアベドラ地区の人々が存在するはずだ。彼らは、恥じらいや驚き、軽蔑の念をもってガウナの恥辱を眺めることだろう。そうしたもののすべてを変えるには、何か常軌を逸したことをしなければならない。しかし、たんに常軌を逸したことでは駄目である。そんなものは恥の上塗りになるだけだ。そうではなく、常軌を逸していながらも巧妙に仕組まれたふるまいが必要なのだ。すべてを変え、周囲の人々の頭を混乱させ、見るに堪えない見世物《みせもの》の記憶を消し去り、あらぬ方向を見るよう彼らを促すふるまいが。とはいえ、そんな巧妙さをガウナに求めるのは無理な話である。それどころか、彼は、物笑いの種になるようなことをしでかしてしまうのではないかという気がした。あるいは、そうならないかもしれない。おそらく彼には、押しの強さが欠けているのだろう。彼には依然としてふたつの道が残されていた。ひとつは、感情を押し殺し、彼にとってのいちばんの問題である遺恨を呑みこみ、心を偽ってクララのもとへ帰ることであり、孤独に浸って遠くから復讐を果たすことである。もうひとつは、闘いのチャンスを探ることである。それこそ真の解決法にほかならなかった。闘いが終われば、すべてが変わっているだろう。その変化は、本質的なものではなく、微妙な変化といった程度のものだろう。しかし、それでも十分すぎるくらいである。では、誰と闘うべきか？　まず考えられるのはバウムガルテンだ。とはいえ、別の人間を探さねばならない。クララの裏切りとは一見結びつかない誰かを探す必要がある。人々の注意を別の方向へそらしてくれるような、ガウナ自身の注意さえそらしてくれるような何かを試みなければいけないのだ。路面電車の乗客は、頭を左右に揺らしながら、バラカス地区の殺風景な通りを運ばれてゆく。ガウナは、歩道に輝く光を目にした。そして席を立った。デッキへ移動したときには、路面電車はもう角に差しかかっていた。彼は後方に目をやった。路面電車から軽々と飛び降りると、通りの真ん中を、レールを見ながらゆっくりと歩いた。レールの上を移動する青みがかった光の反射は、不安に満ちた瞬間的な思い出の感覚を彼のなかに呼びさました。しばらくすると、照明を浴びた玄関ホールにたどり着いた。ホールの扉が半開きになっている。ガウナは呼び鈴を押さずにそのまま中へ入った。「人が多すぎる」彼は心のなかでつぶやいた。「立ち去ったほうがよさそうだ」ガウナは、喪服を着た男の背中とパン屋のような格好をした男の肩にぴったりはさまれるようにして立っていた。つま先立ちになり、奥の様子を確かめようと人混みをかき分けながら、こう考えた。「なにかやっかいなことが起こっていなければいいんだけど。たんなる傍観者でいたいものだ」そのとき誰かに腕をつかまれるのを感じた。見ると、とても小柄な年配の女性、仰々しいほどの金髪と、仰々しいほどの緑の服が目を引く女性が立っていた。ガウナは、興味津々といった様子で目の前の女性を見つめた。濃い口紅がにじみ、頬のつけぼくろが煤で描かれているように見えた。女は外国人ふうの粗野な抑揚がまざったスペイン語で話しかけてきた。

「結婚式の最中ってこと、あなたご存じ？」

「いいえ、知りませんでした。知り合いがひとりもいないんです」ガウナは答えた。

「それでは明日もう一度来てくださらないと」女はそう言うと、すぐに言い添えた。「でも、今日はちょっとしたパーティーにお付き合いください。サラゴサのワインを、あるいはせめて〈エル・アブエロ〉を一杯お飲みになって、ケーキも召し上がってくださいな」

ふたりは人混みをかき分けるようにして、やっとのことでケーキの盆が載せられたテーブルにたどり着いた。ガウナはそこで食べ物をふるまわれ、フォーマルな出で立ちの二人組の令嬢を紹介された。ひとりは弓なりの目をした猫のような顔の女で、嘆声を発しながらよくしゃべった。もうひとりは口数の少ない地味な女で、会話における彼女の役割は、ただたんにそこにいること、淡い質素な身なりの体をただそこに置いておくことに限られているようだった。ガウナは、彼女たちがロサリオで働いているという話をぼんやりと聞き、ブエノスアイレスよりもずっと陽気で楽しい街、いつか訪れたいと思っている街、アルゼンチンのシカゴともいうべき街のとどまるところを知らぬ成長ぶりを称賛した。

「わたしたちは家に閉じこもりっぱなしですから」話好きなほうの令嬢が恨みがましく言った。「ロサリオが陽気な街だからといって、どうということもありませんわ」

外国人ふうの女がガウナを相手に、結婚式について語りだした。

「きっと、こんなものはちゃんとした式じゃないと悪口を言う人もいるでしょう。神父さんもいなければ婚姻届けもないんですからね。でも、最近の結婚式なんてそんなものですわ。〈困った君《エル・ペサード》〉はとてもいい青年ですから、今日から新婦のマギーも、診断書や役所の認可といったもろもろの手続きに頭を悩ますこともないでしょう。夫がすべて引き受けてくれるんですからね。女がそれ以上のものを夫に求めるなんて、とても考えられませんわ」

つづいて彼女は、二つ目のケーキをガウナに差し出し、新郎新婦を祝福しに行きましょうと言い出した。ガウナは言い訳を考えて辞退しようとしたが、女に連れられて人混みをかき分け、新郎新婦が招待客からお祝いの言葉をかけられている食堂の片隅へ出向く羽目になった。招待客が口にするお祝いの言葉は、堅苦しさなどご無用といわんばかりに、また、独特のセンスにも促されて、あらゆる種類の卑猥な冗談や品のない軽口へと自在に変わってゆくのだった。新婦は青白い肌の、おそらくは金髪の女で、円形の帽子を目深にかぶり、丈の短い服を着て、ハイヒールの靴を履いていた。新郎は恰幅のいい白髪まじりの男で、その黒い服と、誰が見ても明らかな身だしなみのよさは、ブエノスアイレスを訪れるために地方から出てきた人であることを物語っていた。それと矛盾するように、両手は小さくすべすべしていて、手入れが行き届いていた。新婚夫婦に挨拶したガウナは、肘で突いたり押したりして人混みをかきわけながら、中庭のほうへ進み出た。屋内の淀んだ空気のなかでは呼吸もままならず、新鮮な空気を肺に送りこむ必要があったのである。彼は、冷たい汗をかいているのを感じ、気を失って倒れてしまうのではないかと思った。そして、独り言のようにつぶやいた。「そんなことにでもなったら、みっともないことこのうえない」そのとき、涙を誘うバイオリンの音色が彼の注意を引いた。ようやくのことで中庭にたどり着いた。中庭はどちらかというと狭く、黒ずんだ赤い板石が敷かれていた。植木鉢や缶には、白い花や黄色っぽい花を咲かせた植物が植えられている。バイオリンを弾いている男が細い鉄柱に寄りかかるようにして庭の片隅に立ち、興味を引かれて集まってきた人々に取り囲まれている。外国人ふうの女がガウナの耳元に口を寄せて尋ねた。

「新郎新婦をどう思いまして？」

何か答えなくてはいけないと思い、ガウナは言った。

「花嫁さんは悪くないですね」

「明日もう一度来ていただかないと」女が言った。「花嫁は今日、あなたのお相手をすることができないんですの」

女のそばを離れたいという漠然とした思いに促されて、ガウナはバイオリンの男に近づいた。男の額に冠のようなものが描かれている。それは色のあせたいくつもの小さな焼き印で、おそらく傷痕なのだろう、人形のような、あるいは菱形の模様のような形をしている。年は三十前後、帽子をかぶらず、長くて細い栗色の髪が、ある種の華麗な、正真正銘の威厳を漂わせながら波打っていた。奇妙に大きく見開かれた目は痛々しく、青ざめた顔の下端に、先のとがった柔らかそうな顎ひげが生えていた。子どもがひとり、男の横で、ぼんやりとした目で帽子をもてあそんでいる。

「ワルツをもう一曲お願いしますよ、マエストロ」媚びるような調子でガウナは言った。

バイオリンを手にした男は、ゆっくりと、あたかも恐ろしい威力を秘めたパンチ、とはいえ、スローモーションのようなパンチをさえぎろうとするかのように両腕をあげると、鉄柱にはりつけにされた格好になり、しゃがれたうめき声を発した。そして、おびえた顔で後退したかと思うと、その場から逃げ出した。途中、何度も何度も中庭の壁に激突した。うわの空で帽子をもてあそんでいた子どもは、われに返ると、バイオリンの男に駆け寄り、その腕をつかんで出口のほうへ引きずった。あっけにとられたガウナは、この思いがけない逃走劇が何を意味するのかを考えるかわりに、子どものころ、ビジャ・ウルキサのおじ夫婦の家の窓から飛びこんできた一羽の鳥の絶望的な飛翔を思い起こした。ふとわれに返ると、そこに居合わせた人々が不信の目で、そしておそらくは一目置くようなまなざしで自分を見つめていることに気づいた。外国人ふうの女はガウナに何か話しかけようとしていたが、どういうわけか言葉がうまく出てこないようだった。ガウナは、女が話しかけてくる前に、彼のために道を開けた人々のあいだを通って、彼らの視線を浴びながら出口へ向かった。通りへ出ると、反対側の歩道に渡ってゆっくりと歩きだした。二百メートルばかり進んだところで後ろを振り返った。誰にもつけられていなかった。ふたたび歩きだした彼は、しばらくたってから、いったい何が起こったんだろうと自問した。

もちろんその答えは彼にもわからなかった。〈アディオス・ムチャチョス〉のメロディーと歌詞が彼の口からひとしきり流れた。

24

部屋に戻ると、ラルセンが寝ていた。ガウナは静かに服を脱いだ。流しの蛇口をひねって水を出し、その下に頭を差し入れ、しばらくそのままじっとしていた。そして、濡れた髪のままベッドに入った。

目を閉じると、さまざまなイメージが浮かんできた。活発に動きまわる小さな顔が、まるで泉から湧き出てくる水のように、次々と現れた。それらはいろいろな表情を浮かべながら消え去り、ほかの似たような顔——似てはいるが微妙に異なる顔——にとって代わられた。そうやって、あお向けになったまま無意識のうちに浮かんでくる心のなかのドラマを眺め、果てしなくつづくかに思われる時間を過ごした。いつのまにか眠りこんでしまったが、たちまち目覚まし時計の音に起こされた。朝の六時だった。ガウナにとって幸いなことに、その日はラルセンがマテ茶の当番だった。

ラルセンが言葉をかけた。

「昨日の夜はずいぶん遅かったな」

ガウナは曖昧に「ああ」と返事をして、コンロの火をつけているラルセンを見やった。そしてこう考えた。「ラルセンはいつだってクララを非難するための口実を見つけ出すんだな」ガウナは思わず、前の日は彼女に会わなかったことを説明し、「昨日はクララのせいで遅くなったわけじゃないんだ」と弁解しそうになった。そして、自分が何よりもまず彼女を弁護する衝動に駆られたことに思いいたり、苛立ちをおぼえた。ガウナとラルセンは順番に顔と首を洗った。マテ茶を飲み終わるころには、ガウナはすでに服を着ていた。そしてラルセンに尋ねた。

「今晩の予定は？」

「とくに何も」ラルセンが答えた。

「晩飯をいっしょに食べよう」

ガウナは扉口で一瞬立ち止まり、クララと喧嘩でもしたのかとラルセンに訊かれることを覚悟した。

しかし、隣人に期待できることといえば、せいぜいのところ無理解にもとづく無関心であるというのが世の常である。ラルセンが沈黙を守っていたおかげで、ガウナはそのまま家を出ることができた。わずらわしい弁明はこうして、おそらくは永遠に後回しにされたのである。

外に出ると、真っ白な日差しがあたりを隈なく照らし、頑固に居座った正午のような暑さが垂直に降り注いでいた。牛乳売りの荷車が音を立てながら無人の曲がり角を通り過ぎ、まだ早い時間帯であることを告げていた。ガウナは日陰になった歩道を歩きながら、新年の祝日をどうやってクララと会わずに過ごそうかと考えた。そして、二十四日はその夏いちばんの暑さだったことを思い出し、哲学者のような笑みを浮かべながら、雪の降るクリスマスを描いた挿し絵を記憶によみがえらせた。自動車修理工場に足を踏み入れると、息ができなくなるのではないかと思うほど風が入らず、むっとするような熱気が淀んでいた。彼は考えた。「午後の二時になるころには、車のボディーが竈《かまど》のように熱くなっていることだろう。今日はクリスマスイブに勝るとも劣らない猛暑日となるにちがいない」

ランブルスキーニは、しゃがんだ姿勢のまま整備工たちと輪になってマテ茶を飲んでいた。フェラーリは、細く縮れた薄毛の持ち主で、目は青く、ひげの生えていない青白い顔には人を小ばかにしたような表情が浮かんでいた。その唇には、焦げたたばこの吸い差しがいつもはさまっている。口が半開きになると、もろそうな長い歯といっしょに洞穴のような口腔がのぞいた。体つきは華奢で不格好、ばかでかい足は、信じられないくらい左右に大きく開くのだった。用事を言いつけられると、足をさすり——彼はどういうわけか、裸足であろうと靴を履いていようと、いつも足をさすっていた——、やる気がなさそうにこう言うのだった。「偏平足につき用足しは御免被りたし」一方、ファクトロビッチは、栗色の髪の持ち主で、その褐色の目は相手をしっかり見据え、きらきらと輝くのだった。色が白く、妙に角ばった大きな顔は、まるで木に彫り刻まれたかのようで、大きな耳と鼻は、見るからに鋭い輪郭を描いている。カサノバは、艶のある銅色の肌をした男で、ニスを塗ったような光沢を放っていた。黒々とした髪の毛が頭蓋骨を帽子のように覆い、眉毛のあたりまで届いているところはまるで、黒いストッキングを頭からかぶっているようだった。背はかなり低く、首がほとんどないので、太っているというよりも、パンパンに膨らんでいるといった感じだった。しかし、動作は滑らかで機敏だった。笑顔を絶やさなかったが、友だちと呼べる仲間はひとりもいなかった。彼のような人間と付き合うにはランブルスキーニのような忍耐力が必要だとささやかれていた。

彼らは郊外への遠出について話し合っているところだった。ランブルスキーニの妻の親類の家を訪ねようというのである。

「一日《ついたち》の明け方に出発する」ランブルスキーニはガウナに向かって言った。「君ももちろん来るだろうな」

ガウナはすばやく頷いた。そして、ほかのみんなが話し合いをはじめると、本当に自分は行けるのだろうかと自問した。新年最初の日をクララと離れて過ごすなんて、そんなことができるのだろうか。

「参加者は何人だ?」ランブルスキーニが尋ねる。

「何人だったかな?」フェラーリが言った。

「いちばん大切なことを忘れてるぞ」ファクトロビッチが割って入った。「車だよ」

すると、カサノバが意見を述べた。

「アルファさんのブロークウェーよりほかに考えられないぜ」

「お客さんの車に手をつけることはできんよ」ランブルスキーニがきっぱりと言う。「整備のためにどうしても乗る必要があるというんなら話は別だがね。軽トラックで間に合わせることにしよう」

25

それからしばらくのあいだ、ガウナは、固い意志をもってクララに会うのを避けた。新年最初の日の午前三時、彼はラルセンといっしょにランブルスキーニの家を訪れた。軽トラック——もともとは古い緑のランチアで、ランブルスキーニの手によって運転席と荷台につくりかえられていた——が路上に停車している。薄闇のなかでガウナは人の顔を見分けることができなかったが、すでに数名の参加者が軽トラックの荷台の手すりに寄りかかり、出発の遅れと厳しい寒さのためにそわそわと落ち着かない様子で待っていた。ふたりが到着すると、荷台の上から「新年おめでとう」という叫び声が聞こえた。ガウナとラルセンも同じ挨拶を返した。ガウナは、まぎれもないフェラーリの声を耳にした。

「新年の挨拶はもういい加減にしたらどうなんだ？　ばかみたいだぞ」

天候の話になった。誰かがこんなことを言った。

「まったくあてにならないよ。いまはこんなに寒くて体の芯まで冷えきっているが、あと数時間もすれば汗だくになっているぞ」

「今日は暑くならないわよ」女の声が言った。

「そうかい？　いまにわかるさ。クリスマスに較べればたいしたことはないだろうがね」

「あたしが言いたいのはそのことよ。このごろの天気は本当にどうかしちゃってるわね」

「おいおい、冷静にならなくちゃ。まだ午前三時だぜ」

　ガウナは家のなかへ入り、ランブルスキーニが軽トラックへ荷物を運びこむのを手伝うことにした。そして、こうしたふるまいが自分の卑屈でさもしい性格を物語っているのではないかと自問した。ガウナは依然として成長の過程にあった。ほかならぬ彼自身、将来は勇敢な人間にも臆病な人間にもなれるし、寛大な人間にも内気な人間にもなれることを理解していた。また、自分の心が相変わらずさまざまな決断や偶然に左右されるものであり、自分という人間がいまだ何者でもないことを理解していた。ランブルスキーニ、ファクトロビッチ、子どもたち、ふたりの婦人が姿を見せた。新年の挨拶と抱擁が交わされた。ガウナとラルセンは、車の部品や工具、小さなスーツケース、コンロなどを軽トラックに積みこむのを手伝った。ランブルスキーニと婦人たち、それに子どもがひとりかふたり運転席に乗りこんだ。残りの者は軽トラックの荷台に腰を下ろした。抱擁がまだ終わっていないのに軽トラックが走り出し、揺さぶられたり振り落とされたりする者が出て笑いが起こった。一座が騒然とするなか、ガウナはすぐ近くから話しかけてくる声に気づいた。「あたしにも新年の挨拶をしてくれたっていいでしょ」気がつくとクララに抱きつかれていた。

　彼女はつづけた。

「このあいだランブルスキーニの奥さんに小間物屋で会ったの。そこでピクニックの話を聞いて、あたしも仲間に入れてって頼んだのよ」

ガウナは何も答えなかった。

「ナディンの娘さんも連れてきたわ」クララはそう言うと、薄闇のなかで友だちを指さした。そしてゆっくりとガウナの肩に腕を回し、自分のほうへ引き寄せた。

軽トラックは市街を端から端まで横切った。エントレリオス通りを走ってアベジャネダ橋からブエノスアイレス州に入り、パボン通りを進んでロマス、テンパリー、モンテ・グランデへ向かった。クララとガウナは、凍えるような寒さに震えながら身を寄せ合い、おそらくは幸せな気分で、新年最初の夜明けに包まれた大地を眺めた。カニュエラスのあたりを走っているときに、一台の車が軽トラックを何度か追い越そうとしてついに目的を達した。

「F．N．だ」ファクトロビッチが言った。

ガウナが尋ねた。

「どこの車だ？」

「ベルギーさ」カサノバが割って入り、ふたりを驚かせた。

「まさに世界中の車が見られるってわけさ」ファクトロビッチが得意げな様子で言った。「アルゼンチンの車まであるんだからな。アナサガスティさ」

「ぼくがもし政府のお偉いさんだったら」ガウナは宣言した。「外国の車は一台もアルゼンチンに入れないんだけどな。そうすればアルゼンチンの車がどんどん増えていくことになる。たとえどんなにひどい代物でも、アルゼンチン人は文句も言わずに大枚をはたいて車を手に入れることになるんだ」

一同はガウナの考えに賛同し、つぎつぎに新たな主張を口にした。やがてトラックのタイヤがパンクした。タイヤの交換が終わるとふたたび走り出したが、しばらくするとまた停車してタイヤを交換した。そして、燃料ポンプを点検して分解し、きれいに掃除して組み立てなおした。軽トラックは路面の穴や土くれのあいだを縫うように前進し、ようやくのことでサラド川にたどり着いた。大人も子どもも、船で川を渡ることに興味津々だった。ラルセンは、軽トラックが重すぎて船が沈むのではないかと気が気でなかった。船員たちがどれほど心配ないと請け合っても、彼の不安はなかなか消えなかった。まともに取り合ってくれる者がひとりもいなかったためラルセンもついにあきらめ、軽トラックも人間も一緒くたに船で運ばれることを甘んじて受け入れるしかなかった。とはいえ、出発の直前になると、自分はたしかに船が沈むかもしれないと警告した、万が一のことがあっても自分にはいっさい責任はない、そんなことを執拗に繰り返すのだった。にもかかわらず、船に積み込まれた軽トラックのタイヤを固定する作業にいちいち口出しすることを忘れなかった。タイヤを固定するためのワイヤーを点検し、作業のあれこれをめぐって船員たちと大声でやりあった。子どもたちを除けば、まともに取り合おうとする者はいなかった。無事に対岸にたどり着いたときには、彼の不安もようやくおさまっていた。

十一時ちょっと前にモクマオウの木陰で昼食をとった。女たちが食事の準備をしているあいだに男たちは小さな火をおこし、マテ茶のための湯を沸かした。暑かったので、一行は食後に昼寝をした。

ふたたび車に乗りこんだときには二時近くになっていた。ラス・フロレスを通過してラ・コロラダを走っているときにラルセンが言った。

「ここからはよく注意して見ていないといけないな」

「そうだな」ファクトロビッチが応じた。「道を曲がるところさえ気をつけていればいいわけだ」

「まず橋まで行く必要がある」ラルセンが言った。

全員が行く手に真剣なまなざしを注ぎはじめた。やがて橋が現れ、板敷きが大きな音を響かせるなかを軽トラックは無事に対岸へたどり着いた。彼らは橋の上から、まっすぐに伸びる干上がった水路を眺めた。ラルセンは目的地へたどり着くための指示を思い出しながら言った。

「シナシナノキに囲まれたユーカリの山が正面に見えたら、左に曲がるんだ。そうすれば山と国道が右手に遠ざかっていくことになる」

「落ち着けよ」フェラーリに向かって片目をつぶりながらガウナが言う。「道に迷うのがいちばんさ。それがぼくらの定めなんだから」

「もう帰ったほうがいいよ」フェラーリが言う。

ナディンの娘が言った。

「まったくどうしようもない人たちね」

「おい山だ！　山だぞ！」ラルセンが興奮のあまり叫んだ。

勝利の余韻に浸っている暇はなかった。ランブルスキーニがすばやく左にハンドルを切り、山が後方へ遠ざかってしまったからである。ラルセンは後ろを振り向いて山を見やった。ナディンの娘が言った。

「まるで船長さんね」

「海賊のリーダーだ」フェラーリが言った。

みんながどっと笑った。はじめは道幅が狭かったが、自動開閉式の柵を超えると、道の両側に見えていた有刺鉄線がなくなり、広大な平野の藪のなかを延びる小道になっている。クララは、馬だの牛だの羊だのチマンゴカラカラだのフクロウだのカマドトリだのを指さしては、子どもたちの相手をしていた。彼女の説明は、行く手に目を凝らしていなければならないラルセンには耳障りなようだった。一行は何度も道に迷い、どこかの集落に出るたびに「なんてこった」と嘆声を発し、付近の住民に道を尋ねてはまた道に迷うのだった。しきりに軽トラックを止めてはラルセンとランブルスキーニが車外に出て四方を見回し、何事か相談をはじめた。子どもたちも軽トラックを降り、クイに土くれを投げつけて追いかけたりした。子どもたちが戻ってくるまでしばらく待たなければならなかった。大人たちは拍手をしてはやしたてた。

「あたしはルイシートを応援するわ」クララが言った。

「ぼくはクイだ」フェラーリが応じた。

「子どもたちよりも始末に負えないな」ラルセンが不平を漏らした。「道を探すよりもクイを追いかけるほうに夢中なんだから」

「雨が降らなきゃいいけど」ナディンの娘が心配そうに言った。

風向きが変わり、南から灰色の雲が迫ってきた。あたりはひっそりしている。背の高い藪が、いまにも雨が降り出しそうな暗い空を背景に、風にあおられて揺れている。クララは、内から沸き起こる興奮に促されたのだろう、ガウナの腕にしがみつくと、押し殺した声で叫んだ。

「小川よ」

ほかの者もつられてそちらに目をやった。小川は、鮮やかな深緑色の草が生えている土手のあいだを縫うように流れている。どれほどの深さがあるのかわからないが、静かな流れがカーブを描いている。

ラルセンが叫んだ。

「チョレンの山林が見えるぞ」

彼らの目は、数本の柳の木と黒いポプラの木、それにユーカリの木をとらえた。

「すばらしいわ」ナディンの娘はそう言うと、笑い声をあげ、小さく叫びながら小躍りをはじめた。

「やっと着いたのね」

「こんなところにいたら、きっとえらい目にあうぞ」フェラーリはそう言うと、演技ではなく本当に体を震わせた。「家に帰るのがいちばんだよ」

一行を乗せた軽トラックは山のふもとで停車した。正面には、ずいぶん昔に修繕した跡がうかがえる粗布と錆び付いた有刺鉄線の柵が控えている。ランブルスキーニが繰り返しクラクションを鳴らした。どことなく人間を思わせる顔をした、額のでっぱった黄褐色の牧羊犬が二匹、かすれた声で吠え立てた。そして、すぐにおとなしくなると、軽トラックのタイヤに小便をしてそのまま尻尾を振りながら遠くへ行ってしまった。ランブルスキーニはふたたびクラクションを鳴らした。すると、まぎれもないスペイン人の声が聞こえた。

「いま行くよ」

ぼろを着た小柄な男が現れた。頭は禿げ、眼鏡をかけていた。厚みのある硬そうな口ひげの下には、幅の狭い、笑みを絶やさない口、笑うと臼歯の見える口がのぞいていた。固まったようなざらついた短い手を差し出して、一人ひとりに「ようこそ。新年おめでとう」と言葉をかけ、いとこのランブルスキーニ夫人には「調子はどうだい」と言いながら両頬にキスした。夫人は嫌そうな顔をしていた。男は、黄ばんだ何本もの歯を見せ、両腕を広げながら、どうぞお入りくださいと言った。彼は、感じ入ったような口調で話した。

「どうぞお入りください。トラックはどこでもお好きなところに停めてください。ここなら申し分ないでしょう」そう言うと、土壁ではなく、木とブリキ、それに埃でできたような小屋を指さした。「昼食をご一緒しようとお待ちしていました。昼食はまだですか？　ここでは食べ物に困ることはありませんよ。ええ、そんなことは絶対にありません。たいして快適な場所ではありませんがね……」

ランブルスキーニ夫人は、男の話をさえぎって一行の紹介をはじめようとしたが、それも叶わなかった。ランブルスキーニが軽トラックを停めているあいだ、ほかの者は男の家に向かった。日干し煉瓦で作られた平屋の建物には軒がついていた。建物の正面に扉が三つある。寝室と空き部屋と台所の扉である。

「雨は降りますかね？」ラルセンが尋ねた。

「降らないでしょう」チョレンが答えた。「気持ちのいい風が吹いていましたし、南風になりましたから、うまい具合に晴れるでしょう」

「それはついてるな」ラルセンが感嘆の声をあげた。

「そのとおり」チョレンが応じる。「下品な言い方ですが、どえらくついてるってやつですよ。こんなひどい旱魃《かんばつ》は初めてです」

ガウナは、いかにも田舎暮らしに精通した人間を気取ろうと、牛の様子を尋ねた。

「牛《アシエンダ》は悪くないんですが」チョレンが答えた。「でも、羊《マハダ》が病気にやられましてね。旱魃が原因ですよ」

牛と羊の微妙な使い分けを耳にしたガウナは、自分はタパルケにルーツをもつ一族の出だが、田舎暮らしについての知識がほかの仲間たちよりもずっとあるわけではないんだな、と感じた。

ランブルスキーニ夫人は、軽トラックでここへ来る途中、いとこのチョレンが所有する果樹園の話をみんなに聞かせていた。ファクトロビッチとカサノバ、それに子どもたちは、誰も見ていない隙に家を抜け出して果樹を見に出かけた。そして、実をつけていない桃の木が二、三本、病気にかかった西洋ナシの木が一本、赤い小さな実をつけたプラムの木が一本あるのを見つけた。夜になると、彼らは体の具合が少し悪くなった。

ガウナとクララ、ラルセン、ナディンの娘も仲間たちから離れた。木々の下、茂みのあいだを歩きながら小川へ出た。ガウナとクララは、岸の斜面に生えたテレビンノキの枝に腰かけた。枝は川面の上に低く伸びている。クララはガウナに、目に入るものを片端から示しはじめた。日没、さまざまな色合いの緑、野生の花々。ガウナは言った。

「まるで目の見えない人間を相手にしているみたいだな。何から何まで教えてくれるなんて」

遠くのほうでは、ラルセンとナディンの娘が石を小川に投げこみ、水面に二度、三度と跳ね返る様子を見て楽しんでいる。

家に戻ると喉が渇いていた。チョレンは安物の容器を探してくると、ポンプを何度か動かして容器に水を注いだ。フェラーリが近づいてきて水を飲んだ。そしてこう言った。

「苦いな」

「苦いですよ」チョレンが陽気に答えた。「体にいいというんで、わざわざ遠くから水を飲みにやってくる人がいるんです。どうだかわかったもんじゃありませんがね。わたしは潰瘍を患っているんですが、医者は水のせいだと言うんです」

チョレンがいなくなると、フェラーリは言った。

「早く潰瘍になってみたいもんだな。そのほうが気が紛れるってもんだ」

そして、考えこむような表情で靴底をなでた。

「あなたって、何に対しても素直に喜べないのね」ナディンの娘が言った。

午後になると、一同はほうろうの碗でマテ茶を飲み、クラッカーを食べた。フェラーリはクラッカーに手をつけなかった。固すぎて塩辛く、なんとなく土のような味がしたからである。夜には羊の煮込みが出た。フェラーリは言った。

「潰瘍にかからなかったやつも、これで病気になっちまうぞ」

クララはガウナに、ワインを飲まないように言った。

「一杯だけだよ」ガウナは言った。「羊の脂を落とさないと」

最初の一杯が終わると、二杯目、三杯目に手をつけた。ふたりの婦人が寝室のベッドで眠り、クララとナディンの娘が簡易ベッドに寝た。子どもたちは空き部屋に積み重ねられた藁の上で眠った。男たちもそれにならった。フェラーリは軽トラックで寝てくると言って出ていったが、しばらくすると戻ってきた。チョレンの姿はどこにも見当たらなかった。台所で寝ているという者もいれば、家の外の馬車の下で寝ているという者もいた。

翌日の昼食と夕食にふたたび羊の煮込みが出た。ランブルスキーニが不平を漏らすように言った。

「この家の主人はほかの食べ物を知らないとみえる」

「賭けてもいいけれど、ヒヨコマメも見たことないのよ、きっと」ナディンの娘が応じた。

「ミラノ風カツレツを見れば」フェラーリが口をはさんだ。「レモンを添えたミラノ風カツレツを見れば、きっと目が覚めるんだろうけどな」

「そんなの期待するだけ無駄よ」クララが言った。

食事が済むと、女たちは台所で後片付けを手伝いながら、食事のメニューを変えるようにチョレンを説得した。そして、最後の夜は網焼き肉《アサード》にすることに決まった。

昼下がりの散歩の最中にガウナはクララに言った。

「ぼくらは不便や不都合に出くわすたびに、じつはそれが人生でいちばん幸せな時だということがわからずに、ずっと笑っていたね」

「いいえ、わたしたちにはちゃんとわかっていたのよ」クララが答えた。

ふたりはほろりとするような悲しみを感じながら歩きつづけた。クララはガウナの足を止めると、クローバーや、小さな黄色い花の酸っぱい香りを嗅ぐよう促した。ここへ来る途中の出来事と、ここへ来てからの出来事を愉快に思い返しながら、まるでそれらがずっと昔の出来事であるかのように語り合った。クララは思い入れをこめて、田舎の夜明けの光景――まるで世界が小さな湖や透明な洞窟で満たされたかと思われる光景――について語った。チョレンの家に帰り着いたときはふたりとも疲れ切っていた。心行くまで愛し合ったからである。

ガウナとクララは、ランブルスキーニ夫人に変な目で見られているような気がした。三人でいるときに夫人はクララに言った。

「あなたはエミリオと結婚する運命にあるんだわ。わたしがこれまで見てきたかぎり、理想的な結婚相手というのは年寄りじみた男なのよ」

ガウナは胸がいっぱいになった。そして、そのことが気恥ずかしかった。夫人の言葉を耳にしたことで、どこかへ逃げ出したい気持ちになった。クララへの限りないやさしさが芽生えるのを感じた。

ふたりはその夜、こっそり家を抜け出すことにした。みんなが寝静まったころに起き出し、足音を忍ばせ、家の裏で落ち合おうというのである。ガウナは、家を出るときに誰かに見られたような気がした。そのことが心に引っかかっているのかどうか、彼自身にもわからなかった。クララは犬といっしょに、彼が出て来るのを待っていた。

「あたしが先に家を出てよかったわ。あなただったら、きっと犬に吠えられていたでしょうね」

「そうだね」ガウナは感心しながら言った。

ふたりは小川まで下りていった。ガウナは、彼女のために枝をかき分けながら先に進んだ。彼らは川岸で服を脱ぎ、水浴びをした。ガウナは水のなかでクララを両腕に抱きしめた。彼女は月の光に輝き、ガウナの愛に素直に応えた。彼女はうっとりするほど美しく、限りなくいとしかった。ふたりは柳の木の下で愛し合い、セミの鳴く声や遠くから聞こえてくる動物の唸り声にしばしば驚かされた。そして、自分たちの心のときめきを見渡すかぎりの大地と分かち合っているのを感じた。家に帰り着くと、クララはジャスミンの花を折り、ガウナに差し出した。ガウナはそれをつい最近まで手元に置いていた。

26

その若い女たちは金髪だったにちがいなく、立ち居振る舞いにはどことなく彫像を思わせるものがあり、〈自由の女神〉を思い起こさせた。肌は黄金色で目は灰色か、あるいは少なくとも青かった。クララは痩せていて肌の色は浅黒く、ガウナの嫌悪する秀でた額をしていた。ところが彼は、初めから彼女が好きになった。湖の出来事も忘れ、仲間たちや博士のことも忘れ、サッカーのことも忘れた。競馬について言うと、感謝の気持ちもあって、ほんの数週間とはいえ、土曜日から月曜日にかけて、勝敗をめぐる〈メテオリコ〉の運命を追いつづけた。その運命は、名前の由来である神秘的な輝きのようにはかないものだった。彼が仕事を失うことはなかった。ランブルスキーニが善良で寛大な人物だったからである。ラルセンとの友情が失われることもなかった。なぜなら友情というものは、高貴にして謙虚なる僕《しもべ》、さまざまな不足や不都合に慣れっこになっている僕だからである。ガウナは、長きにわたる辛抱や屈辱を耐え忍び、巧妙な手段に訴えながらクララの心を奪うことに専念したが、それが原因で、付き合いのあるすべての人間にとって嫌悪すべき人間となってしまった。クララは最初のころ、ガウナを苦しめ、嘘偽りのない率直な関係をふたりのあいだに築いたが、そうした率直さはおそらく、嘘よりも悩ましいものだった。そのようにふるまったからといって、彼女に悪意があったわけではない。彼女は疑いもなく純真だったのであり、常と変わらず誠実だったのだ。ふたりに関するあらゆることが知れ渡るようになったが、ラルセンも仲間たちも、ガウナがなぜそこまで我慢しているのか不思議に思ったものである。当時のクララは界隈でも評判の娘で――献身的で従順なパートナーという後々のイメージのおかげで、そうした事実はわれわれの記憶から消されがちだが――、誰かが考えたように、ガウナが示す情熱においては、純真さが虚栄心よりもはるかに勝っていたということはないだろう。しかしそのことは、いまとなっては確かめるすべがないのだから、また、結局のところそれは、皮肉な邪推、すべての愛を疑うことすらできる邪推にすぎないのだから、ある夜ガウナがラルセンに向かって口にした言葉を思い起こしておくほうが――それがいっそう事の本質を衝いているという理由から――いいだろう。彼はこんなふうに言ったのである。「ぼくは、彼女のことが忘れられるように、そのために彼女の心を奪ったんだ」（友の言うことなら何でも信じたラルセンだが、そのときはガウナのことを不誠実な男だと思った）バウムガルテンとの不可解なデート事件のあと、クララはガウナを愛し、周りの人たちが口にしていたように、腰を落ち着けて真剣に彼と付き合いはじめた。エレオ劇団の仲間たちとも疎遠になっていった。『海の貴婦人』の比類のない上演、神聖とすら称された上演には、役者として参加した（ガウナは自尊心ゆえに、とはいえ嫉妬心に駆り立てられたことは否めないが、上演を観にいくことはなかった）ものの、それを最後に劇団員たちとふたたび顔を合わせることはなかった。ナディンの娘に言わせると、郊外への遠出のあと、クララは本気になってガウナを愛しはじめたのである。

ガウナの毎日――仕事とクララのあいだを行き来する毎日――は、あっという間に過ぎていった。打ち捨てられた坑道のような秘められた世界においては、愛する者たちは、愛ゆえの異議申し立てや互いへの賛美を除けばとりたてて何事も起こらない平穏な時間のなかにも、そこにひそむ微妙な色合いの変化を敏感に感じとるものである。とはいえ、結局のところ、七時から八時にかけて腕を組みながら歩く午後の時間は、やはり七時から八時にかけて腕を組みながら歩く別の日の午後に似ているのであり、サアベドラ公園の散策のあと五時から八時にかけて映画を観る日曜日は、やはりサアベドラ公園の散策のあと五時から八時にかけて映画を観る別の週の日曜日に似ているのである。互いに似通ったそれらの日々は、矢のように過ぎていった。

そのころラルセンをはじめとする仲間たちは、どこか遠くの海で船に乗って働きたいとか、サンタ・フェやパンパ地方へ行って収穫の仕事をしてみたいとか、そんなことをガウナが口走るのを耳にした。ガウナは時おり、そうした逃亡生活に思いをはせることがあったが、それ以外のときは忘れていることが多く、そんなことを考えたことがあるということさえ否定したであろう。彼はよく、男が女を愛しながら、女から自由になることをひそかに、絶望的に願うことはできるのだろうかと考えた。何かよからぬことがクララの身に起こっているのではないかという思いにとらえられたときは——彼女が何らかの理由で苦しんだり病気になったりすることもあるだろう——、彼のかたくなな無関心はたちまち消え去り、泣きたい気分に襲われるのだった。あるいは、彼女がほかの誰かを好きになったり、自分を捨てたりするのではないかという予感にとらわれたりすると、体の具合がおかしくなり、憎しみが湧いてくるのを感じるのだった。そして、彼女のそばにいようと一生懸命になった。

27

日曜日の午後、ガウナはひとり部屋に閉じこもり、たばこを吸いながら、素足にスリッパをつっかけ、両脚を高く組んで、ベッドにあおむけに横たわっていた。クララは自宅に戻っていた。父親のドン・セラフィンの具合がよくないというので、世話をしなければならなかったのである。ガウナは七時に彼女の家を訪れることになっていた。

ふたりは結婚を決めていた。誰に促されたわけでもなく、ふたりだけで話し合い、無意識のうちに、また必然的にそういう結論にたどり着いたのである。

ラルセンが帰宅した。マテ茶のための菓子を買いに近所の店に行っていたのである。

「クリオーリョ風パンしか買えなかったよ。まったくひどいもんだ。大勢の人間が菓子やパンを食べるんだからな」包み紙を開けながらそう言うと、ガウナに中身を示した。ガウナはほとんど目を向けなかった。「いっそのこと、パン屋をいっしょにやらないかと君に提案したいところだ」

ガウナは、ラルセンが単純素朴な世界に生きているのだと考えてうらやましくなった。そしてこう考えた。実際のところ、ラルセンはまっすぐで飾り気のない人間だ。しかしその性格には強情なところもある。彼らは、クララについて話すことはなかった（あるいは少なくとも、気楽に話し合うことはできなかった）。というのも、田舎への遠出の前は、ラルセンはクララに不信感を抱いており、また、クララとガウナの生活を、秘められたものでありながら公然の見世物のようなものに変えてしまった恋の情熱に対しては、非難の気持ちを抱いていたからである。ラルセンは、ガウナとクララの情熱を、そして、ありとあらゆる情熱を非難していたのだ。一方、田舎への遠出のときにクララと知り合ってからは、ガウナのいかなる不実も厳しくとがめたであろうし、どこか遠くへ行きたいというガウナの望みも、ラルセンにはおよそ理解できなかったはずだ。おそらくラルセンは、ほかの女には感じることのない友情や敬意をクララに対して抱いていたのだろう。そしておそらくは、ラルセンの素朴さのなかに、ガウナの理解を越えた繊細さがあったのだろう。

ふたりがクララについて自由に話すことができないからといって――ガウナは考えた――、すべてがラルセンのせいというわけではなかった。事実、ラルセンがその話を持ち出そうとしたことも一再ならずあったが、そういう場合はいつもガウナのほうから話題を変えてしまうのである。クララについて話し合うことは、それがどのような内容であれ、ガウナには気に入らなかったし、彼の機嫌を損ねることすらあった。いまやすっかり懇意の仲となったフェラーリとは、女という手に負えない存在について、さまざまな逸話をまじえながら、力をこめて論じ合ったものである。女に対するこうした悪口は、ことガウナについていえば、クララひとりに向けられたものだった。そのような調子であれば、彼女を話題にすることも気にならなかったのである。

「おいおい、いいご身分だな」ラルセンは戸棚からマテ茶の容器を取り出しながら、からかうような口調で言った。「まさかベッドに縛りつけられているわけじゃあるまいし、パンを焼いてくれたっていいじゃないか」

ガウナは何も答えなかった。そして、結婚したほうがいいとほのめかした人間がいるとすれば、それは疑いもなくクララでもなければ彼女の父親でもないのだと考えた。「認めなければならないが、おそらくは」彼は考えた。「ぼく自身がそれをほのめかしたんだ」ガウナは、彼女といっしょにいるときに、やさしさに駆り立てられ、混乱した気持ちのまま、彼女と結婚したいと思い、その場で求婚したのだろう。彼女に何も拒みたくはなかったし、自分自身に対しても、何も留保したくはなかったのだ。しかし、いまや本当のことを知ることはできないだろう。彼女といっしょにいるときのガウナは、ひとりきりでいるときのガウナから遠くかけ離れていた。彼女といっしょにいると、ひとりでいるときに考えたことが偽りだらけに思われ、まるで赤の他人の考えを押しつけられたような苛立ちをおぼえた。ガウナは、彼女から離れているいま、結婚すべきではないという考えにとらえられるのだった。ところが、あとで彼女と顔を合わせたときには、ランブルスキーニの自動車修理工場やラルセンとの共同生活を中心とした変わることのない未来などというものは、もはやどうでもよくなっているだろうし、そもそもそんなものはどこにも存在しなくなっているだろう。そして、彼女といっしょにいる時間を引き延ばすことだけを望むようになるだろう。

ガウナはベッドから起き上がり、ゆがんだ錫のフォークを戸棚から取り出した。そして、パンにフォークを差しこみ、コンロの火に当てた。

「ほら」二つ目のパンを火にかざしながらガウナは言った。「もっと早くにパンを焼いていたら、いまごろはすっかり冷めてしまっていたぞ」

「そうだな」ラルセンはそう言いながら、マテ茶をガウナに差し出した。

「君はどうするんだ？」ガウナは言いにくそうに、そして悲しそうに尋ねた。「ぼくがここを出ていったら、君はどうするつもりなんだ？　ここに残るのか？　それともどこかへ引っ越すのか？」

「どうしてここを出ていくんだ？」ラルセンは驚いた顔をして尋ねた。

「おいおい、ぼくは結婚するんだよ」

「そうだったな」ラルセンは認めた。「考えたこともなかったよ」

ガウナはクララへの怒りが不意に湧いてくるのを感じた。彼女のせいで、自分の人生の何かが、そして、なお悪いことに、ラルセンの人生の何かが死んでしまうのだ。ガウナとラルセンはもう何年も前からいっしょに暮らしてきたのであり、ふたりにとってそれはいわば平穏な習慣となっていたのである。それを壊すのはよくないことに思われた。

「ぼくはここに残るよ」ラルセンは相変わらず戸惑いの表情を浮かべながら答えた。「家賃は少々高いが、新しい部屋を探すよりはいいからね」

「ぼくが君でもやっぱりそうするだろうと思う」ガウナが応じた。ラルセンがマテ茶を淹れた。そして慌てて言い添えた。

「ぼくはなんて気が利かない男なんだ。たぶん君たちはこの部屋が気に入るだろう。気がつかなかったけど……」

「君たち」という言葉を聞いて、クララに対するガウナの憎しみがさらに募った。そしてこう言った。

「君からこの部屋を取り上げるつもりはないよ。それに、この部屋はぼくらには狭すぎる」

「ぼくら」と言ってしまったことでガウナはまた苛立ちをおぼえた。

「独身生活がきっと懐かしくなるだろうな。女ってやつは男の羽をむしり取ってしまうものなんだな。いろいろ世話を焼くことで、男を分別のある人間に、なかばフェミニストみたいな人間にしてしまうんだ。ギムナジウムのドイツ人が言っていたようにね。何年も経たないうちにぼくはきっと、あのパン屋の猫よりも従順な人間になってしまっているんだろうな」

「馬鹿なことを言うなよ」ラルセンがまじめな口調で答えた。「クララは素敵な女性なんてもんじゃない。とびきり素敵な女性なんだ。ぼくや君、パン屋の女主人、猫なんかよりもずっと価値のある人間だ。それにしても、そんな冗談を口にするのはいいかげんにやめたらどうなんだい？」

28

夕暮れ間近にガウナが出かける準備をしていると、急に雨が降り出した。雨が止むまで彼は玄関にたたずんでいたが、そのあいだ、界隈を彩るさまざまな色、たとえば木々の緑——空き地の奥で風に揺れているユーカリの明るい緑、歩道のタイワンセンダンを染める暗い緑——、建物の扉や窓の褐色や灰色、家々の白壁、街角の小間物屋を彩る黄土色、不首尾に終わった土地の区分けを知らせる大きな赤い張り紙、正面の店の名前が書かれた青いガラスなど、さまざまな色が押しとどめようもなく一斉に生気を帯びるさまを眺めた。まるで大地の奥底から湧き出る恐ろしい勢いの高揚があらゆる色を浸しているかのようだった。普段はそういうものにほとんど注意を向けないガウナだが、周囲の光景に目をとめると、それをクララに話さなくてはと思った。愛する女がいかにわれわれの感覚を鋭くするものか、まさに特筆に値するものがある。

通りには水が溜まり、街角では通行人が急ごしらえの渡し板を伝って道路を横断していた。デル・テハル通りでガウナはペゴラロに出くわした。ペゴラロはガウナの体に触れ、まるで目の前の男が幽霊ではないことを確かめようとするかのように、抱きしめながら感激の声をあげた。

「こいつは驚いた。いったいどこから出てきたんだ？　ずっと姿をくらましていたようだが」

ガウナは曖昧な答えを口にしながら先へ進もうとした。ペゴラロはいっしょに歩きはじめた。

「ここしばらくクラブに顔を出していないようだな」ペゴラロはガウナの歩みを止め、手のひらを上にしながら、両手を広げて言った。

「しばらく行ってないな」ガウナは答えた。

〈魔術師〉の家へ向かう前に、どうやってペゴラロから逃れるべきか考えた。行く先を知られたくなかったのである。

「新しいチームを一目見れば、昔の楽しい思い出がよみがえってきて、やっぱりサッカーほどいいものはないと思うぞ。クラブは見違えるほど変わったんだからな。このお守りをくれたお袋にかけて誓ってもいいが、あんな見事なフォワードが揃ったことはいまだかつてなかったことだよ。ポテンソーネを見たかい?」

「いや」

「そんな調子じゃサッカーについて語る資格はないな。口を閉ざして黙すべしだ。ポテンソーネは新しくチームに加わったセンターフォワードだ。華麗なボールさばきはまさに天才的としか言いようがない。でも、ゴール前に来るとなぜか勢いがなくなって腰抜けになっちまう。せっかくのチャンスも台無しだ。ペッローネも見たことないのか?」

「ないよ」

「おいおい、いったい何やってるんだ? 人生で最高の楽しみを逃してるんだぞ。ペッローネはいままで見たなかでいちばん足の速いウイングだ。まれにみる選手だよ。ゴールめがけて矢のように突っ走る。

ところが肝心のところで冷静さを失ってチャンスを逃してしまう。ネグローネは見たことあるのか？」

「ぼくが見ていたころはもうベテラン選手みたいなもんだったよ」

相手の言葉には耳を貸さずネグローネの欠点をまくしたてるペゴラロを前に、ガウナは、いつか日曜日にでもうまい口実を見つけてクラブに顔を出さないといけないなと考えた。そして、ノスタルジックな気分に浸りながら、欠かさず試合を見に行っていたころを思い出した。

ペゴラロが尋ねた。

「で、これからどこへ行くんだい？」

ガウナは、通りに面した入り口できっとクララが待っているだろうと考え、ペゴラロに行き先を知られてもかまうもんかと思った。そして、クララについてラルセンが口にしたことを思い出しながら、満足の笑みを浮かべた。

「タボアダの家だよ」ガウナは答えた。

ペゴラロはふたたびガウナを引き留め、手のひらを上にしながら、両手を下方に広げた。そして、首をかしげながらこう尋ねた。

「あの男が本物の魔術師だってことを知ってるか？　みんなでいっしょに彼の家へ行ったときのことを覚えてるだろう？　おれの脚はふきでものに覆われてるんだが、あの男は、よく聞きとれない言葉を二、三つぶやくと、指先で宙に何か書いたんだ。するとどうだ、つぎの日になってみると、ふきでものがきれいさっぱりなくなってたんだよ。このお守りにかけて誓うよ。もちろんまだ誰にも話してない。魔法にたぶらかされているなんて思われたくないからな」

クララは、通りに面した入り口でガウナを待っていた。遠くから見ると、彼女はそれほど魅力的な女には思えなかった。彼女と通りで待ち合わせたり、公の場で顔を合わせたりしていた最初のころは、彼女と腕を組んで歩いている自分を見て、周りの人たちはきっとうらやましそうな顔をするにちがいないと考え、ひとり悦に入っていたことを思い出した。ところがいまや、彼女が本当に魅力的な女なのか確信がもてなかった。ガウナはペゴラロと別れた。ペゴラロは言った。

「クラブにはいつ顔を出すんだ？」

「近いうちに行くよ。約束する」

ペゴラロが行ってしまうまで、ガウナは道を渡らなかった。すると、クララのほうから近寄ってきて彼にキスをした。彼女は扉を閉め、照明のスイッチを押した。ふたりはエレベーターに乗りこんだ。

「雨はどんな具合だった？」上昇するエレベーターのなかでクララが尋ねた。

「ひどい降りさ」

ガウナは、にわか雨のあとで目にした鮮やかな色彩と強烈な光について彼女に話すつもりだったことを思い出した。しかし、突然の怒りに襲われて黙ってしまった。ふたりは小さな広間に入った。

「どうしたの？」クララが尋ねる。

「何でもないさ」

「何でもないことないでしょ。どうしたのよ？」

何か説明しなければならなかった。ガウナは訊いた。

「いつもバウムガルテンと会ってるのか？」

ガウナは、動揺を隠すためにことさら大きな声を出した。クララは、話を聞かれてしまうわよと身振りで伝えた。答えがすぐに返ってこないことにガウナのいらだちは募った。

「答えろよ」ガウナはやけっぱちになって迫った。

「彼とは一度も会ってないわ」クララが断言した。

「でも、あいつのことをいつも考えてるんだろ」

「考えたこともないわ」

「それなら、どうしてあの日、あいつとデートしたんだ?」

ガウナは長椅子に彼女を追い詰め、激しく責め立てた。クララは彼の顔を見つめた。

「どうしてだ? どうしてなんだ?」ガウナはなおも迫った。

クララはガウナの目を見据えた。

「あんたのせいで気が変になりそうだったのよ」クララは答えた。

ガウナは、心もとない様子で訊いた。

「いまはどうなんだ?」

「いまはそんなことないわ」

そう言うと、彼女は穏やかな笑みを浮かべた。ガウナは彼女を長椅子の背にもたせかけ、自分もその横に腰を下ろした。そしてこう考えた。「彼女は小さな動物みたいなものなんだ。憐れな動物なんだ」彼女にやさしくキスすると、さらに考えた。「近くから見るとクララは魅力的だな」彼女の額に口づけし、それから瞼と口にキスした。

「君のお父さんに会いに行こう」ガウナは言った。

クララは相変わらず長椅子の背にもたれ、目を閉じていた。そして、ゆっくり体を起こすと、鏡の前に立ち、曖昧な笑みを浮かべながら自分の姿を眺めた。「なんて顔なの！」そう言うと頭を振った。身なりを整えると、ガウナの髪とネクタイを直し、その手をとって父親が寝ている部屋の扉をノックした。

「お入り」タボアダの声が聞こえた。

〈魔術師〉はベッドに横たわっていた。胸のところが大きく開いた、ゆったりとしたパジャマを着ているせいか、その体は著しく小さく、痩せこけて見えた。その大きく波打ったグレーの髪は、秀でた狭い額を露出させ、ぞんざいに後ろに流されているところは、どことなく気品のようなものを漂わせていた。シーツは染みひとつなく真っ白だった。

「雨はどうだったかね？」タボアダは、ナイトテーブルの上の灰皿にたばこを押しつけながら尋ねた。

「ひどい降りでした」ガウナが答えた。

無関心と気取りの入り混じったその部屋は、あまり感じのよくない、そしてかなりみすぼらしい混交――それはおそらくスタイルの不在によるものだろう――と、不完全でありながら不愛想な印象を与える飾り気のなさを示していた。それらはいずれも、都会であれ田舎であれ、あるいは屋内であれ屋外であれ、アルゼンチンの家屋にさほど多く見られるものではなかった。タボアダの寝ている鉄製の白いベッドは幅が狭く、白い木製のナイトテーブルはとてもシンプルな作りだった。ウィーン風の椅子が三脚あり、片方だけにひじ掛けのついた小さなソファーが壁際に置かれ、いずれもクレトンに覆われている（クララが四歳か五歳のころは、それらは馬の毛の織物で覆われていた）。部屋の片隅に置かれた三角形のテーブルには、電話が置かれているのが見える。それは、黒人女をかたどった布製の人形のなかに入れられていた（ティーポットカバーとして使われる、互いによく似た雌鶏の人形もいくつか見える）。黒光りのする取っ手のついた現代的なデザインの杉材の整理ダンスの上には、天気がいいときはピンク色に、雨模様のときは青に染まる一輪の花のほかに、〈マル・デル・プラタの思い出〉という銘の入った、真珠層が貼りつけられた螺旋形の箱や、細かいビーズがちりばめられたビロードの額縁に入れられた、タボアダの両親の写真（昔気質の彼らは、疑いもなくタボアダよりも粗野な人たちであったろうが、近隣の住民の先祖たちに較べると、その足元にも及ばなかっただろう）、そして、打ち出し加工が施された革装丁の、ホセ・インヘニエロスの『生存競争における似非才人たち』が置かれていた。

「それは」ガウナが興味深そうに整理ダンスの上の品々を見ているのに気づいたタボアダは言った。「みんなクララが持ってきてくれたものだよ。たくさんの贈り物で父親を骨抜きにするつもりらしい」

クララは部屋を出ていった。

「体の具合はいかがですか、ドン・セラフィン?」ガウナが尋ねた。

「悪くないよ」タボアダはそう答えると、笑みを浮かべながらつづけた。「しかし、今度ばかりはクララも驚いたようだね。ベッドから起き上がるのを許してくれないんだ」

「贅沢を言っちゃいけませんよ。いまはゆっくり休むことです。ほかの人間があくせく働いているあいだに、あなたはソファーに寝そべって悠々と新聞を読んだりたばこを吸ったりしていればいいんです」

「忍耐と我慢のソファーに寝そべって、ということだね。しかし、そんなことは何でもない。あの子がいったい私に何をしてくれたか、君はもちろん知らないだろうね」タボアダは笑いながら言った。「きっと父親を打ちのめすつもりなんだろう。誰にも言ってはいけないよ。あの子は医者を呼んだんだ、私に断りもなくね」

ガウナは興味深そうにタボアダを見つめ、真剣な口調で言った。

「養生するのがいちばんですよ。それで、医者は何て言ってるんです？」

「ブエノスアイレスで冬を越すべきじゃないと言い出したんだ。私とふたりだけになったときにね。しかし、このことは絶対にあの子には言わんでくれよ。自分のやるべきことにいちいち口出しされるのはごめんだからね」

「で、あなたはどうするつもりなんです？」

「医者の言うことを聞くつもりはない。これまでずっと暮らしてきたブエノスアイレスを離れるつもりはないし、コルドバくんだりまで出かけていって、田舎訛りを口にしながらあてもなく山をうろつきまわるなんてまっぴらごめんだね」

「でも、ドン・セラフィン」ガウナはなおもへつらうように言った。「なんといっても健康のためですから」

「おいおい、いい加減にしてくれ。私はこれまで人さまの運命を変えてきた。あるいは、そう信じてきた。自分自身の運命は、なるようにしかならないし、成り行きにまかせるしかないんだよ」

ガウナはそれ以上言い返すことができなかった。クララが部屋に戻ってきたからである。彼女はコーヒーを載せたトレイを運んでいる。三人は結婚式について話し合った。

「バレルガ博士を招待しなければいけないと思うんです。それに仲間たちも」ガウナが言った。

するといつものようにタボアダが反論した。

「いったいその人は何の博士だと言うんだい？　どうせ若者たちや愚かな連中ににらみを利かせることに長けた人物といったところだろう」

「ご想像におまかせします」ガウナは腹を立てることもなく答えた。「しかし、博士を招待しなければいけないでしょうね」

タボアダは、きわめて穏やかな口調で言い添えた。

「いいかい、エミリオ、君にできる最善のことは、あの連中と縁を切ることだよ」

「あなたといっしょにいるときは、ぼくもそう思うんです。でも、彼らはぼくの友だちですし……」

「いついかなるときにも何かに忠実でありつづけるなんてことはできないものだよ。われわれの過去というのは、だいたいにおいて恥ずかしいものだ。われわれは、現在に対して不誠実であるという犠牲を払ってまで、過去に忠実でありつづけることはできないものだ。要するに、自分自身の判断に耳を傾けない人間ほど不幸なものはいないということだ」

ガウナは何も言わなかった。タボアダの言葉にはそれなりの真実が含まれているように思われたし、とりわけ、たとえ彼が議論を仕かけても、タボアダは、相手を徹底的にやりこめるだけの主張に事欠かないだろうと考えたからである。とはいえ、ガウナはやはり、友への忠誠は何よりも大切な美徳のひとつだと確信していたし、タボアダのまとまりのない発言をあらためて思い返しながら、彼だってきっと同じように考えるだろうと思った。

「私の場合」タボアダは、大きな声で独り言を言うように話した。「どんちゃん騒ぎが原因で結婚から遠ざかることになってしまったんだ」

　クララが言った。

「わたしたちが結婚するときは、誰かを招待したりパーティーを開いたりする必要はないわね」

「ぼくはてっきり、女性にとって花嫁衣装を着ることは人生で何よりも大切なことだと思っていたよ」

ガウナが言った。

　タボアダは新しいたばこに火をつけた。するとクララは、それを父の口から抜き取り、灰皿に押しつけた。

「今日はもう十分吸ったでしょ」

「この子にはかなわないよ」タボアダは無関心な様子で答えた。

　ガウナは時計を見て立ち上がった。

「エミリオ、いっしょに食事をしていかないのか？」〈魔術師〉が訊いた。

　ガウナは、ラルセンが待っているので帰りますと言った。そして家を出ようとした。

「お前たちふたりに頼みがあるんだが」タボアダは、ベッドの上で姿勢を正そうとクッションの位置をずらしながら言った。「今度お前たちが出かけるときに、グアイラ通りまで行って、私の家を見てきてほしいんだ。地味でむさくるしい家だが、仕事をしている人間には悪くないと思う。私からの結婚祝いだ」

　ふたりに別れを告げたガウナは、きっとクララにとって、父親をひとり家に残して出ていくことは、自分がラルセンを残して出ていくことよりもつらいだろうと考えた。魔術師だろうと何だろうと、タボアダは同情に値する人物のように思われ、彼から娘を奪うことが残酷きわまりない仕打ちであることに思いいたった。クララも同じように感じているにちがいなかった。しかしそれを口にしたことは一度もなかった。ガウナは、自分がクララに抱いているような恨みを、ひょっとするとクララも自分に対して抱いているのかもしれないと考えた。

29

ガウナとクララのふたりは、新居に落ち着くのに忙しく、結婚という事実そのものは――セラフィン・タボアダとペドロ・ラルセンが立会人となって式が行なわれた――、当の主役にとってさえその意味を失うことになり、多忙を極めた日々のなかに取り紛れてしまった。タボアダとラルセンは、そんな無関心を彼らと共有することはなかった。

かねて約束していたとおり、タボアダは新婚夫婦に、自分の唯一の財産であるグアイラ通りの持ち家をプレゼントした。あと数カ月残っていたローンの支払いは、ガウナが引き継ぐことになった。ガウナとクララは、そんな大層な贈り物を受け取るわけにはいかないと言ったが、タボアダは、占いの仕事から得られる収入さえあれば、質素な生活を維持してゆくには十分だと答えた。

結婚式に誰かを招待したわけでもないのに、新婚夫婦は、ランブルスキーニや自動車修理工場の仲間たち、ナディンの娘、ラルセンから贈り物をもらった。ラルセンは、贈り物を買うために貯金の多くを使い果たしたにちがいない。というのも、食堂用の家具一式をプレゼントしたからである。エレオ劇団の座長を務めているブラスタインは、金属製の白いカクテル用シェーカーを贈ったが、引っ越しのときにガウナがなくしてしまった。ふたりの結婚のニュースは界隈の誰もが知るところとなったが、内々に結婚したということで彼らを中傷するものもいた。

ガウナは修理工場に休暇を申し出ると、それから二週間というもの、クララとともに引っ越し作業に専念した。作業に熱中するあまり、結婚生活によって自由が失われてしまうという問題についてゆっくり考える暇もなかった。家のローン、家具の配置、防水性の白いペンキを使った壁塗り、敷物、棚、湯沸かし器、電気、ガスなど、さまざまな問題にかかりきりだったのである。大の読書家のクララのためには、とりわけ入念に小さな書架を作りつけた。

寝室にはダブルベッドを運び入れた。ガウナは、どちらかが病気になったときのために簡易ベッドを購入しようと持ちかけたが、クララは、病気になるなんて考えられないと言って取り合わなかった。

ガウナは、ごくたまにカフェ〈プラテンセ〉に顔を出した。彼がそうしたのは、自分が仲間たちに対して怒っているとか、彼らを軽蔑しているとか、クララにがんじがらめにされているとか、そんなふうに思われたくなかったからだった。ガウナの結婚のあと初めてバレルガの家にみんなが集まった日の午後、アントゥネスはガウナを困らせてやろうと切り出した。

「みなさん、本日ご臨席のわれらの友人がめでたく夫婦《めおと》の契りを交わしたことはご存じでしょうか?」

「して、その幸福なるお相手とはいったい誰なんだい?」博士が尋ねた。

ガウナは、博士がわざと知らないふりをしているのだと考え、これは厄介なことになったと内心つぶやいた。

「〈魔術師〉の娘さんですよ」ペゴラロが答えた。

「その娘さんのことは知らんな」博士はまじめな顔で言った。「父親のほうは知っているがね。立派な人物だ」

ガウナは、博士について話すときのタボアダの軽蔑するような態度を思い出し、情け深い親愛の念とともに博士を見つめた。同時に、警戒心を怠ってはならないという行動原則に照らし合わせてみると、タボアダの軽蔑が正当なものであるような気もした。こうした考えを遠ざけようと、ガウナは口を開いた。

「内々に結婚したんです」

「まるで結婚を恥じているみたいだな」アントゥネスが口をはさんだ。

「そのことばはどうも適切ではないようだ」博士は、にらみつけるような視線をアントゥネスに投げかけながら、また、「ことば」を「とば」のように発音しながら言った。「派手な騒ぎが好きな人間もいれば、そうでない人間もいる。私が結婚したときもガウナと同じだったよ。赤い天幕もなければ、間抜けな野次馬連中もいなかった」そう言うと、若者たちの目を見据えた。「反論したい者は?」

博士は、今度はいかなる音も省略せずに言った。湖での出来事について、ガウナはほとんど何も覚えていなかった。しかし彼は、眠れない夜を過ごしながら、謎に満ちたあの出来事に思いを馳せ、ばかげた高揚感をおぼえながら、いつかかならず謎を解明してみせると心に決め、その決意を忘れまいとみずからに誓った。パレルモの森へ出かけて、そこで夜明けを待てば、きっと何かわかるはずだ、そんな確信がガウナにはあった。それに、サンティアゴにあらためて話を聞かなければならない。おそらく〈だんまり〉が本当のことを知っているだろう。さらに、カフェを訪ね歩かなくてはいけない。必要とあらば、勇気をふりしぼって、借りてきた服に身を包んで〈アルメノンヴィル〉にも行かなければならないだろう。そうすれば、踊り子の誰かが、一杯おごってもらう代わりに、自分が目撃したことや、人づてに聞いたことを話してくれるにちがいない。

ガウナはさらに、かねて心に思い描いていたバウムガルテンとの決闘について考えた。偶然の成り行きによって決闘が後回しにされ、ついには沙汰やみになってしまったことを彼は承知していた。しかしながら、同時に、事の本質を理解している人に言わせれば、自分はきっと臆病者ということになってしまうのだろうということをも承知していた。ガウナは、そうした判断がまちがっているという絶対的な確信をもつことができなかった。

30

そのころお金の不足を嘆いていたふたりは、ローンの支払いにも苦労するようになり、不自由な思いを味わうこともあった。それでも彼らは幸せだった。ガウナは、自動車修理工場の仕事を終えるとまっすぐ家に帰った。土曜日になると、ふたりで昼寝をして映画に出かけた。日曜日には、ランブルスキーニ夫妻がランチアで迎えに来て、サンタカタリナやティグレへ連れて行ってくれた。四人でサンマルティンのレース会場を訪れたこともあった。夫人たちはさも自動車レースに興味があるようなふりをした。ラプラタへ出かけたときには、自然科学博物館をぼんやりと歩きまわったりした。帰宅すると、ガウナとクララのふたりは、歯科医をしている男が貸してくれた『青春の宝』の一巻をひもとき、大昔の動物を描いた、自然界から抜け出してきたかと思われる挿絵を、驚きとともに眺めた。夏になると、ラルセンも誘ってバランドラの浜辺で海水浴をし、川面を等間隔に覆う波頭を眺めながら、遠い国々や想像上の旅について語り合った。現実の旅について語り合うこともあった。たとえば、ラス・フロレス川のほとりに暮らすチョレンの家をふたたび訪れる計画が話題に上った。しかしそれが現実のものとなることはなかった。クララとガウナは、お金を貯めてT型フォードを購入し、自分たちだけで遠出を楽しむ夢をあきらめなかった。

修理工場での仕事を終えると、ガウナは〈魔術師〉の家へ立ち寄ることもあった。そこにはクララが先に来て待っていた。ラルセンもたいがいそこに居合わせた。ガウナは、本当は彼らこそ同じ一家の人たちで、自分はよそ者ではないかと思うこともあったが、そう考えたことをすぐに恥じた。

ある昼下がり、彼らは勇気について語り合った。ガウナは、ラルセンよりも彼のほうが勇気があると主張するタボアダの言葉を聞いて、驚くと同時に反論を試みた。ラルセンはタボアダの意見を、議論の余地のない事実として受け入れているようだった。ガウナは、ラルセンは決闘でどんな相手にもひるまないだけの心の準備ができている、それに対して自分は、自分は、自分は……と、正直に、無邪気に自説を展開しようとしたが、誰も彼の話を聞こうとはしなかった。タボアダはこう言った。

「ガウナの言う勇気はそれほど重要なものではない。男にとって大切なのは、ある種の哲学的な寛大さ、あるいは宿命論的な諦観ともいうべきものだ。それがあるおかげで、人は中世の騎士のように、いついかなるときにも、すべてを失う覚悟を決めることができる」

ガウナは、タボアダの話に感服しながらも、疑問を感じないわけにはいかなかった。

そのころタボアダは、「狭い額を押し広げるため」と称して、彼らに代数学や天文学、植物学の手ほどきをした。クララも勉強に加わった。彼女の頭はおそらくガウナやラルセンのそれよりも柔軟だった。

「ぼくが午後のひとときをバラの勉強に費やしているなんて知ったら」ガウナはあるときこう言った。「仲間たちはきっとびっくりするだろうな」

するとタボアダが言った。

「君の運命は変わったんだよ。二年前の君は、バレルガ博士になり変わるプロセスの真っただ中にいた。ところが、クララが君を救ったんだ」

「クララはもちろんですが」ガウナが応じた。「あなたもぼくを救ってくれました」

一九二九年の冬がはじまると、ランブルスキーニはガウナに、自動車修理工場の共同経営者にならないかと持ちかけた。ガウナはそれを受け入れた。いまはお金を稼ぐのに絶好のチャンスだと思われたのである。新車を買う者など誰もいなかった。古くなった車は解体され、フェラーリが口にしていたように、「動けるやつはみんな修理工場行き」という状況が生まれていたのである。ところが、経済危機の衝撃はあまりにも大きく、人々は自動車を修理工場へ持ちこむよりも、それを手放すことを選んだ。とはいえ、そのことがガウナの幸福に影を落とすことはなかった。

いっしょに暮らしている人間は、はじめは蔑みの目で、やがて憎しみの目でにらみ合うようになるものだ、そんなことをガウナに吹き込む者もいた。しかし彼は、クララをどこまでも必要としていることを自覚していた。クララをよく知り、彼女にできるだけ近づくことを必要としていたのである。彼女といっしょに過ごす時間が長くなるほど、彼女への愛は募った。結婚生活を通じて自由が失われるかもしれないというかつての懸念を思い出すと、彼は自分が恥ずかしくなった。そうした懸念は、嫌悪すべき無邪気な気取りに思われたのである。

31

冬の日曜日の昼下がり、ガウナはポンチョにくるまって、挿絵が掲載された新聞のページが散らかっているベッドに横たわり、天井に映るさまざまな影が織りなすかすかな模様をぼんやり眺めていた。家には誰もいなかった。父親に会いに出かけたクララは、映画の時間に間に合うように五時に帰宅することになっていた。出かける前に彼女は、ファン・バウティスタ・アルベルディ広場へ行って日光浴をするようガウナに勧めた。その日のガウナは、マテ茶の湯を沸かしに小さな台所へ行ったことを除けば、まったく足を動かしていなかった。ふたたびベッドにもぐりこむと、片手を出してすばやくマテ茶に湯を注ぎ、金属製の管から二口、三口吸うと、フランスパンの皮をかじった(何も食べずにマテ茶を飲むと胃が痛むぞとラルセンに言われていた)。ナイトテーブル代わりの椅子にマテ茶とパンを置き、ふたたびポンチョにくるまった。そして、もしベッドから離れることなく帽子に手が届くのなら——帽子は、ドアの近くの枝編み細工のテーブルに載っていた——、いますぐそれをかぶるのにと考えた。とはいえ、帽子のつばが項《うなじ》にあたって邪魔になるだろう。昔の人はやはり正しかったのだ。ナイトキャップをかぶる習慣が失われたことで、人間の頭部は不当な扱いを受けることになったのだ。そう考えると、耳も鼻も気の毒に思われてくる。ガウナは、耳あてや鼻あてについて考えてみたが、そのとき誰かがドアをノックした。

ガウナはぶつぶつ文句を言いながら起き上がった。寒さに震え、体を覆うポンチョの端を踏みつけながら、なんとか扉へたどり着いた。

「ご面倒だけどね」大工の食事の世話をしている女が言った。「あんたに電話よ」

小柄な体に灰色の服をまとった、どことなくネズミを思わせる女は、そう言うとすぐに立ち去った。

ガウナは、ただならぬ不安を感じながら手早く身づくろいを済ませると、服を着かけたまま大工のところへ走った。クララは、いつもとはちがう声で、父の具合があまりよくないことを告げた。

「これからそっちへ行くよ」ガウナは言った。

「その必要はないわ」クララがきっぱりと答えた。「そんなに心配することないから。でも、父をひとりにしておきたくないの」

彼女はガウナに、外に出て気分転換するように強く勧めた。というのも、ここ一週間というもの、冷えこんだ修理工場のなかで働きづめだったし、休養を必要としていたからである。それに、彼女の目には、ガウナがここ最近、痩せて神経質になっているように見えた。クララは、広場へ行って日光浴をしたかと尋ねた。そして、ガウナが嘘を口にする前に、ひとりで映画を見に行って、二人ぶん楽しんできてちょうだいと言った。彼は、クララの話を聞きながら、うん、うんと返事をしていた。クララはつづけて、八時ごろ迎えに来てほしい、夕食は何か適当なものを食べましょう、まだ一度も開けたことのない缶詰で間に合わせることもできるから、と言った。

電話を切ったガウナは、大工に礼を言い（大工は何も答えず、顔をあげることすらしなかった）、待ちに待ったチャンスがようやく訪れたことを悟った。これからすぐ、湖の出来事の真相を、カーニバルの三日目の夜の真相を解き明かすための探索を行なうのだ。焦燥や不安はまったく感じなかった。彼は、みずからの決意が、いつも手の届くところにありながら、しかるべき時が来るのをじっと待ちかまえていたんだと考えると、それだけでうれしくなった。そして、さほど観察力に恵まれていない人間ならば、ぼくのことを意志薄弱な男、あるいは少なくとも、自分にかかわる謎を解き明かす意志すら持ち合わせていない不甲斐ない男とみなしていたはずだ、そんなことを考えた。しかし実際はちがうのだ。ようやく好機が到来したいま、それを証明することができる。はっきりしているのは、彼が抱いている曖昧な計画を実行するために、わざわざ土曜日や日曜日を選んで、今日はいっしょに出かけられないんだとクララに告げることとくらい間の抜けたふるまいはなかっただろうということである。あるいは、夜間に外出を決行し、彼女に不審の念を抱かせてしまうのも同様である。弁明を余儀なくされたら（というのも、女はしつこいから）、きっと大嘘つきか、頭がどうかしてしまったと思われるのが落ちだろう。

ガウナは、マテ茶の道具を台所へ運び、使い終わった葉を流しに捨てようとしたが、思い直して水を注ぎ、口に含んでみた。ところが、顔をしかめてすぐに吐き出してしまった。そして、マテ茶の容器を洗い、食器棚に道具一式をしまった。

ウールのシャツがあったが、ガウナはクララが編んでくれたカーディガンをはおった（彼はつねづねカーディガンが好きではないことを口にしていた。とりわけクララが編んだカーディガンの色は、男が着るには派手すぎるように思われたし、少々奇抜に見えた。しかし、せっかくのプレゼントをないがしろにするとクララが悲しむだろう。おまけにその日は寒かった)。できるだけ重ね着をしたが、コートを着なかったのは、それを買う機会が一度もなかったからである。

寒さに負けないように力強い足どりで、とはいえ疲れた物憂げな様子でサアベドラ駅にやってきた。パレルモまでの切符を買い、ベンチに座って電車を待った。ベンチに腰を下ろすや、湖で起こった出来事の謎を解明してみせるという計画がいまだ十分に熟していないことに思いいたった。そして、このままではきっと、憐れな狂人よろしく、疲れた足を引きずってパレルモの森をさまよい歩く羽目になるだろうと考えた。それに、そんなことをしていったい何の意味があるというのだ？　それよりも、あらためて入念な行動計画を立てることにして、とりあえず今日はラルセンといっしょに映画でも観にいくほうがましである。ガウナは、ポケットのなかの切符を持て余していたが、切符売り場にいるのが見知らぬ男だったので、払い戻しをする勇気はなかった。ベンチから腰を上げ、駅を出て歩きながら、ラルセンがもし家にいなかったら、そのときはポケットのなかの切符を使うことにしようと考えた。それにしても、ラルセンが家にいないなんてことがあるだろうか？

見覚えのある懐かしい界隈に帰ってくると、ガウナはいつもノスタルジックな思い——それは、心の温まる思いであると同時に、不愉快な思いでもあっただろうが——にとらわれるのだった。彼は、心ここにあらずといった様子で建物に入り、以前住んでいた部屋の前に立った。ノックをしたが応答はなかった。管理人の女——ガウナは彼女を大声で呼んだのだが、丁重な問いかけや挨拶といった礼儀作法をないがしろにする彼のせっかちな態度は、彼女の機嫌を損ねてしまった——は、ラルセンさんはさっき部屋を出ていきましたよと答えると、ドアを閉めてしまった。通りへ出たガウナは、駅に戻るべきか、それともタボアダの家に行くべきか迷った。そのとき、手深い顔に満面の笑みをたたえた〈エル・ムセル〉（〈ラ・スペリオラ〉の従業員として働いていた彼は、何かといえば自分の生まれたスペインのエル・ムセル港を思い出すところから、近所の人たちにそう呼ばれていた）が、空色の三輪車をこぎながら現れた。ガウナは彼をつかまえて、ラルセンがどこへ行ったか知らないかと尋ねた。

「知らないな」エル・ムセルはそう言うと、さらにつづけた。「で、あんた何してるんだ？　たったひとりで。もう結婚生活に疲れたのかい？　そんなことはありえない。ありえないよ」

ふたりは親しげに手のひらで互いの体をたたいて別れた。ガウナは駅に向かって歩いた。ラルセンの行き先を〈エル・ムセル〉に尋ねたのは失敗だったと後悔した。それに、決定的な探索の機会をみすみす逃してもいいものだろうか、ガウナはそう自問した。いかに自分をごまかそうとしても、彼の心は不安におののき、落ち着きを失っていた。駅に着いたガウナは、ちょうどホームを出ようとしていた電車の最後尾の車両に飛び乗った。ベルティィス通りで下車し、橋の下を通りぬけ、バラ園を横切って森のなかへ足を踏み入れた。

32

ガウナは厳しい寒さを感じた。木の葉が落ちて丸裸になった木々のあいだを風が通り抜け、朽ち果てた落ち葉や枝に覆われた地面が湿っている。ガウナは、突然の啓示が訪れるのを待った、あるいは待ちたいと思った。そして、カーニバルの三日目の晩のことを考えたいと思った。靴が濡れているのを感じ、たとえばラルセンのように、足が濡れるとすぐに喉の痛み――「喉が締めつけられるような感じだ」とガウナは自分に言い聞かせるようにつぶやいた――に襲われる人たちがいることを思い出した。唾を飲みこむと軽い喉の痛みを感じた。「ちょっとぼんやりしているぞ」彼は心のなかでつぶやいた。気持ちを集中しなければいけない。そのとき、知らず知らずのうちに近づいてしまった車のなかから、一組のカップルが不審の目でこちらを見ていることに気づいた。ガウナは、ふたりのことを気に留めていないふりを装いながら、車から遠ざかった。寒さに震え、自分が何をやっているのかをはっきり意識し、間の抜けた怪しげな人間に見えるにちがいないと思いながらしばしさまよい歩いたガウナは、とりあえずその日は探索を打ち切ることにした。乗船場の建物に行ってみよう。おそらくサンティアゴがいるだろう。彼と言葉を交わすほうが、午後の時間を費やして人気のない森をさまよい歩くよりもよほど有意義だろう。サンティアゴと〈だんまり〉のふたりは、いまやしかるべき作法を身につけて、ペゴラロに言わせると体を温めてくれるのみならず、語らいの場を打ち解けたものに、興味深いものにしてくれるグラッパの一杯でも振る舞ってくれるだろう。

湖のほとりの乗船場の建物を訪れると、サンティアゴと〈だんまり〉はマテ茶を飲んでいた。ガウナは、今日の午後はあまりついていないなと考えながら、マテ茶で我慢することにした。ふたりはマテ茶に甘いチョコレートでコーティングしたビスケットを添えてくれた（〈だんまり〉は、まるで籤《くじ》の入った箱のなかに手を入れるようにして、大きな青い缶のなかからビスケットを取り出した）。苦いマテ茶とビスケットの取り合わせは、最初は気が進まなかったが、食べているうちにおいしく感じられるようになり、背筋を凍らせていた寒さが消えたかと思うと、なんともいえない心地よさがたちまち体全体に染みわたるのを感じた。彼らは親しげに言葉を交わしながら、ガウナが五部リーグでプレーし、サンティアゴと〈だんまり〉がピッチの整備係をしていたころの話に花を咲かせた。サンティアゴは、結婚したという噂を耳にしたがそれは本当なのかとガウナに尋ね、祝福の言葉を口にした。ガウナは言った。

「信じられないかもしれないけれど、〈だんまり〉さんが森のなかで倒れているぼくを発見したあの夜にいったい何があったのか、いまでもときどき考えることがあるんだ」

「あんたは最初から当たりをつけていたじゃないか」サンティアゴが言った。「いまは何をやっても無駄だろう。その考えをあんたの頭から追い払うことは誰にもできないんだから」

ガウナは驚いた。われわれ自身の問題について第三者が口にする考えにはいつも驚かされるものである。しかしガウナは反論しなかった。謎を解明する鍵は、いまのところ言葉で伝達することのできないものであることを、漠然と、そして十分に理解したからである。ガウナがもし、「ぼくはなにも悪いことを探しているわけじゃないんだ。人生で最高の瞬間を探し求めているだけなんだ。それを理解するためにね」と口にしたりすれば、サンティアゴは恨みと不信に満ちた目を彼に向け、この若者はなぜ俺を欺こうとしているのだろうと思うことだろう。サンティアゴはつづけた。

「俺なら、そんなばかげたことなんかきれいさっぱり忘れて、のんびり平和に暮らすね。それに、なんて言えばいいのかな。あんたの仲間たちが本当のことをしゃべってくれないなら、いろいろ嗅ぎまわっても無駄じゃないかな」

ガウナは、心にもないことを口にした。

「もしぼくのほうが勘違いしていたとしたら？　彼らを疑っていることを露骨に示すわけにはいかない

よ」そう言うと、黙ってサンティアゴの顔を見つめた。そしてこう言い添えた。「〈だんまり〉さんが森のなかでぼくを発見したときの状況について、何か新しいことはわかったかい？」

「何か新しいこと？　もう昔のことなんだから、誰も覚えちゃいないよ。それに、〈だんまり〉から何かを聞き出そうなんて、どだい無理な話だ。見てみなよ、金庫よりも固く口を閉ざしているんだから」

〈だんまり〉は、兄が言うように固く口を閉ざしているわけではなかった。というのも、喉の奥から、何かをしきりに訴えかけるような、短いうめき声のようなものを発していたからである。そして、おとなしくなったかと思うと、今度は涙を流しながら大笑いした。

「で、あんたたちがどこを出発して森までやってきたのか、あんたは覚えているのかい？」サンティアゴが尋ねた。

「アルメノンヴィルだよ」ガウナが答えた。

「それなら踊り子をつかまえて、じっくり話を聞き出すことだな。何かわかるかもしれない」

「それについてはぼくも考えてみたんだけど、でもこの格好を見てほしいな。こんな身なりでアルメノンヴィルに行くことはできないよ。服を借りるのも面倒だし、かといってこのままの格好では、きっと守衛が中に入れてくれないだろうしね。カーニバルの日が来るまで門の前でずっと待っているというなら話は別だけど」

サンティアゴはガウナの顔を真剣な面持ちで見つめ、ゆっくり話しはじめた。

「あそこに行くと飲食代にどれくらい取られるか知ってるかい？　少なくとも五ペソだぞ。いいか、少なくとも五ペソだ。テーブルにつくと、あんたが何も言わないうちにシャンパンが注がれる。女が近づいてきたと思ったら、耳の穴に指を突っこむ間もなく別のシャンパンの栓が抜かれる。最初のシャンパンは、酒の好みにうるさい彼女のお気に召さないからだ。ゆったりソファーにくつろいでいるあいだも、財布のなかにこっそり料金メーターが仕込まれていることを忘れてはいけない。これはたまらないと尻尾を巻いて逃げ出すときも、ボーイたちにチップを渡すことを忘れてはいけない。彼らの機嫌を損ねると、たちまちつまみ出されて守衛に引き渡されるからな。守衛に殴られた末に、最後は警察署で目を覚ますことになる。とどのつまり、公序良俗を乱した罪で訴えられるというわけさ」

三人はマテ茶を飲み終わっていた。いつも控えめな〈だんまり〉は、オールの革を取り替える作業に没頭していた。ぶかぶかの青いカーディガンをはおり、パイプをふかしながら乗船場を歩き回っているサンティアゴは、まるで老練な船乗りのようだった。ガウナは彼らに別れを告げた。

「それじゃ、エミリオ」何かを言い聞かせようとするような口調でサンティアゴが言った。「永遠に姿を消しちまうなんてことがないようにな」

33

ガウナは庭園を横切り、動物園に沿ってイタリア広場までやってきた。寒さのあまり足早に歩いたせいか、疲れていた。三十八番の路面電車が来るのを待った。路面電車は、競馬場から帰る人たちでいっぱいだった。ガウナは後部のデッキに足をかけ、疲れた腕と寒さに凍えた体を動かして車両の中央に移動した。レアンドロ・アレム通りとコリエンテス通りの交差点で路面電車を降りた。「五月二十五日通りのカフェに何軒かあたってみよう」と心のなかでつぶやいた（「カフェ」ではなく本当は「キャバレー」と言うつもりだった）。

一九二七年のカーニバルの三日目の晩、コスモポリタン劇場に入る前に、ガウナたちはあの界隈のキャバレーに入ったのだった。それがどの店だったのかを確かめておきたかった。しかし、あまりにも寒く、疲れもひどかったので、十分な時間を費やして探しまわることはできない。そういうわけで、最初に目についた店に飛びこんだのである。それは〈シニョール〉というキャバレーで、赤く塗られた、間口が狭く奥行きがある入り口には、炎と悪魔の絵が描かれ、明らかに地獄の入り口、あるいは少なくとも、地獄の洞穴を表していた。壁には、ショールを肩にかけ、カスタネットを手にもち、猛り狂った姿勢を見せている女たちや、燕尾服を身につけ、山高帽をかぶったダンサー、片目を閉じていたずらっぽい笑みを浮かべた、両頬にえくぼのある少女の着色写真が飾られている。店のなかでは、ふたりの女がタンゴを踊り、別の女が一本指でピアノをたたいていた。さらに別の女がテーブルに肘をついて踊りを見ている。カウンターのなかでは、ウエイターがふたりせっせと働いていた。客を迎える準備の整ったテーブルもあれば、ひっくり返された椅子が載せられたままのテーブルもある。ガウナは扉を押して外へ出ようとした。

「何かご用でしょうか？」ウエイターのひとりが尋ねる。

「店はもう開いていると思ったんだけど……」ガウナが答えた。

「どうぞお座りください」ウエイターが勧める。「まだ早いからといって追い出したりしませんよ。お飲み物は？」

ガウナはウエイターに帽子を渡すと、椅子に腰を下ろした。

「グラッパをダブルで」

ガウナは、あの日の夜に立ち寄ったのはおそらくこの店だろうと考えた。そして、女たちの様子をこっそり観察した。タンゴを踊っているふたりの女のうちのひとりは、パンパのインディオを思わせる風貌で、もうひとりの女は(のちにガウナがラルセンに語ったところによれば)、「間の抜けた顔」をしていた。ピアノを弾いている女はとても小柄で、頭が異様に大きかった。テーブルに肘をついている女は、羊のような顔をした金髪女だった。金髪女が大儀そうに立ち上がった。ガウナは、一抹の警戒心とともに「こっちへ近づいてくるぞ」と思った。女は彼のいるテーブルへ近づくと、迷惑じゃないかしらと言って腰を下ろした。ウエイターがやってくると、女はガウナにむかって「ソーダ水をおごってくれない?」と言った。

ガウナがうなずくと、女はウエイターに「ウイスキーをたっぷり入れてちょうだい」と言った。

動揺を隠そうとガウナは言った。

「ぼくは冷たい紅茶は好きじゃないな」

女はウイスキーの効能についてしゃべりはじめた。こうやってウイスキーを飲むのは、医者の処方に従ってのことであり、「それに、純粋に好きなのよね」と言い添えた。そして、さまざまな病気、おもに胃腸の病気について事細かに語りはじめた。自分は胃腸の病気に苦しめられてすっかりやせ細ってしまった、いまはレイナフェ・プジョー先生——ちなみにこの先生とは、ある明け方に偶然知り合った——がウイスキーを利用した治療法を試してくれている、ウイスキー以外の飲み物を処方されることもあるが、ウイスキーに較べるとあまりおいしくないし、飲むと胃がむかついて、オーデコロンをしみこませたハンカチをお腹の上に置いたままベッドに横たわる羽目になる、そんな話だった。ガウナは彼女の話に感心してしまった。そして心のなかで、自分が女の扱いにさほど慣れていないことを認め（それを告白するのは恥ずかしいことだった）、界隈のばかな娘たちとはちがう女に出くわすと、どうしても気後れして相手に呑まれてしまうのだと考えた。ふたりはそれぞれお代わりを注文した。ガウナは、「この女の顔をどこかで見たことがあるような気がするな」と考えた（ガウナがそう感じたのは、おそらく彼女の顔が、微妙な違いはあるものの、多くの女に共通する特徴を備えていたからである）。ガウナが三杯目のグラッパを飲み干すと、女は、〈ラ・ベイビー〉という名前であることを告げた（彼女は〈べ〉の音を開母音で発音し、〈ラ・バイビー〉と言った）。ガウナは、二年前か三年前のカーニバルのときにその店で顔を合せたことがなかったか思いきって尋ねてみた。

「ぼくはそのとき友だちといっしょだったんだ」そう言って一息ついたガウナは、声の調子を変えて言い添えた。「思い出してくれないか。年配の男もいっしょだった。どちらかと言うとがっしりした体つきで、貫禄のある男だ」

「何の話かわからないわ」〈ラ・ベイビー〉は明らかに動揺しながら答えた。

ガウナはなおも食い下がった。

「なんとか思い出してほしいんだ」

「何を思い出せっていうの？　あたしを苛立たせるなんて、あんた何様のつもり？　いらいらするのが体にいちばんよくないって医者に言われてんのよ」

「落ち着いてくれよ」ガウナは笑みを浮かべながら言った。「ぼくはなにも押し売りをしようというわけじゃないし、死体のありかを探っている警察でもない。君を怒らせるつもりもないよ」

女の怒りが少し収まったようだった。今日のような機会がまた訪れるならば、もう一度彼女に会ってみよう。時間がたてば、おそらく何かつかむことができるだろう。彼女はけっしてばかな女ではない。それは認めなければならない。

女の声には、安堵と同時に、納得するような響きが感じられた。

「もっとお行儀よくして、嫌なことを言い出して人を困らせないって約束してちょうだい」

ガウナは時計に目をやると、ウエイターを呼んだ。もう八時だった。九時前に〈魔術師〉の家に着くことは不可能だろう。女が尋ねた。

「もう帰るの?」

「仕方がないさ」ガウナはそう答えると、相手の不平を前もってさえぎるかのように、目をなかば閉じ、相手を説き伏せるように、あるいは非難するように人差し指を向けながら、確信に満ちた口調でこう言った。「その顔にはやっぱり見覚えがあるぞ」

「くどいわね」女はほほ笑みながら言った。

彼女はガウナの作戦を見透かし、冗談に付き合ったが、引き留めようとはしなかった。

ガウナはおとなしく勘定を済ませると、〈ラ・ベイビー〉にむかって「さようなら、お嬢ちゃん」と言った。そして、預けておいた帽子をすばやく手に取って店を出た。ラバージェ通りを走って路面電車に乗った。寒かったがデッキに立つことにした(車両の中は、教会の中と同じく、女や子ども、老人のための場所だった)。車掌はガウナの顔を見て、何か話しかけようとしたようだが、考えを変えてほかの乗客のほうへ向き直った。

「乗客のみなさま、どうぞ中へお詰めください」

ガウナは苛立っていた。「午後を無駄に過ごしてしまった」と心のなかでつぶやいた。英国塔の時計が八時半を示していた。タボアダはどんな具合だろう？ それなのにガウナは、森のなかで長々と世間話に興じ、羊のような顔のいかれた女のところで油を売ってしまった。〈魔術師〉の家に着いたら、クララに何と言おう？ ラルセンと出かけていたとでも言おうか。そして、明日の朝早くラルセンの家に行って口裏を合わせるように頼もうか。でも、もしクララが今日、ラルセンと行動を共にしていたら？

ガウナはハンカチで額をぬぐいながらつぶやいた。「何もかもうんざりだ」隣に立っている車掌は、パレルモの競馬に出走した馬を褒めそやす乗客の話を聞いていた。そしてこう言った。

「しかし君、この私をいったい誰だと思ってるんだい？ なんといっても、あのモンセルガの勇姿をマローニャスで拝んだことがあるんだからね！」

「時代に取り残された人間は、自分の頭に弾丸をぶち込むべきだね」男が言った。「世界は日々変わっているんだよ。何もかも進化しているんだ。ところがアルバレス、あんたときた日にゃ、まだそんな昔話をしている。いまの馬に較べたら、そんなのは亀と同じさ」

「わかったような口をきいていなさるが、お前さんがまだほんの子どもの時分、おしゃぶりをくわえていたころから、こっちはあのリコが制したレースで頑固にセリオに賭けていたんだからね。黄金杯で活躍した名ジョッキーの名前を知ってるかい？ あのときは重馬場だったな。それに、ドン・パディージャについてどう思うか、ぜひ聞かせてもらいたいものだね」

ガウナは、タボアダの家にはおそらくラルセンが来ているだろうと考えた。ラルセンとクララが今日の昼過ぎにいっしょに出かけたかどうかを知るためにはいったいどうすればいいのだろう？　何かよからぬ秘密をつかむことにでもなれば、彼らはもう二度と会ってくれないかもしれない。「なんてこった」彼はつぶやいた。「よくもそんなばかげたことが想像できるもんだ」そして、片手で両目を覆った。モンロー通りで三十八番の路面電車を降り、三十五番に乗り換えた。デル・テハル通りに着くころには、すでに九時半近くになっていた。彼は、タボアダの家を訪れるにはもう遅すぎるのではないかと考えた。クララはすでにグアイラ通りに出て彼を待つことをやめてしまったかもしれない。見上げると、タボアダのアパートに明かりがついていた。

34

建物の入り口のところですれ違った男がガウナに会釈した。エレベーターのなかには三人の見知らぬ男が乗っていた。そのうちのひとりがガウナに尋ねた。

「何階ですか？」

「四階です」

男はボタンを押した。エレベーターが四階に着くと、男は扉を開けてガウナを先に通した。ガウナが驚いたことに、三人の男たちもあとからついてきた。混乱したガウナは、口ごもるように尋ねた。

「あなたたちも……?」

アパートのドアは半開きになっていた。三人の男たちが中へ入った。室内には訪問客が集まっている。黒い服を身につけたクララが現れ――いったいどこからそんな服を出してきたのだろう?――、目を輝かせながらガウナの腕のなかに飛びこんだ。

「ねえ、あなた」クララが叫ぶように言った。

ガウナの体に押しつけられた体が震えていた。ガウナは彼女の顔を見ようとしたが、ますます彼の体にしがみついてくる。「彼女は泣いている」ガウナは考えた。クララが言った。

「パパが死んじゃったの」

しばらくしてガウナは、クララが冷たい水で目を洗っている台所の流しの前で、セラフィン・タボアダの臨終の様子を聞かされた。

「信じられない」ガウナは繰り返した。「信じられない」

前の日の晩、タボアダは気分がすぐれなかった。咳が出て胸が苦しかったのである。しかし、そのことについては何も言わなかった。今日になってクララがガウナに電話をかけたとき、タボアダはふたりのやりとりを近くで聞いていた。彼女がガウナに映画館に行くよう勧めたのは、父親の指図があったからである。「本当ならお前も行くべきだったんだ」父は言った。「しかしこれ以上言うのはよそう。どうせ私の言うことなんか聞かないだろうからね。ここにいてもやることなんか何もないぞ。嫌な思い出をつくらないようにしないといけないよ」父の言葉にクララは反発した。そして、ひとりでいたいかどうか尋ねると、タボアダはやさしさのあふれる口調でこう答えた。「人は誰でも死ぬときはひとりだよ」

タボアダは、少し休むと言って目を閉じた。クララは、父が本当に眠っているのかどうかわからなかった。ガウナに電話をかけたかったが、別の電話を使わなければいけないだろうし、父をひとりにしておくことはできなかった。やがてタボアダは、そばへ寄るようにクララを促した。そして、娘の髪をなでながら、聞き取れないほどの弱々しい声でこう言った。「エミリオの面倒を見るんだよ。私は彼の運命を断ち切った。だから、エミリオがふたたびその運命を引き寄せることのないように気をつけるんだ。あのならず者のバレルガにならないようにね」ため息をついたタボアダは、言葉を継いだ。「幸福のなかには寛大さがあり、冒険のなかにはエゴイズムがあるということを、エミリオに伝えることができればいいんだが」こう言うと、娘の額にキスし、ささやくように言い添えた。「いとしい娘よ、お前が望むなら、エミリオとラルセンを呼ぶがいい」クララは、あふれ出る感情を抑えながら受話器へ駆け寄った。電話口に出た大工は、不機嫌そうな様子だった。通話を切られたのかとクララが気をもみはじめたとき、大工がふたたび電話口の向こうから、探したけれど家には誰もいないようだ、ガウナはおそらく出かけたのだろうと答えた。クララはつぎにラルセンに電話をかけた。ラルセンは、すぐそっちへ行くよと言って電話を切った。受話器を置いたクララがベッドのそばに戻ってみると、父親は心もちうなだれるような格好でじっとしていた。クララは、父が息を引き取ったことを理解した。娘を少しのあいだ遠ざけておくためにわざわざ電話をかけるように促したことは明らかだった。死ぬところを見られたくなかったのである。父親はいつも、思い出を大切にしなければいけない、思い出こそ一人ひとりの人間にとって人生そのものなのだから、と口にしていた。

クララは父の寝室に戻った。ガウナは当惑したまま台所に残り、流しに目をやった。そこにあるさまざまな物の存在を鮮明に意識しながら、それらを観察している自分を客観的に眺めていた。台所に戻ってきたクララがコーヒーを飲みたくないか訊いたときも、彼はまだそこから動かずにいた。

「いや、いらないよ」ガウナは恥じ入るような気持ちで答えた。「何かすることはない？」

「なにもないわ、あなた、なにも」ガウナを落ち着かせるようにクララは答えた。

ガウナは、彼女にいたわってもらうのもおかしな話だと思ったが、自分などとうてい彼女の足元にもおよばない人間であることに思いいたり、何も言わなかった。そして、急に思いついたように、こんなことを言った。

「でも、葬儀屋は？　さっそく相談しに行ったほうがいいんじゃないか？」

「ラルセンが引き受けてくれたわ。それに、あなたが家にいるかもしれないと思って、ラルセンに頼んで家まで行ってもらったの。持ってきてもらいたい物もあったし」ほほ笑みながら彼女はつづけた。「あの人ったら、こんな服を持ち出してきたのよ」

いつもはほとんど目立たない、彼女のいかにも女性らしい趣味を考えると、その服には、何か突飛なもの、ガウナの気づいていない何かがあるように感じられた。

「とてもよく似合うよ」ガウナが言った。「それにしても、ずいぶん人が多いね」

「そうね」クララが答えた。「あなた、お客さんの相手をしたらどう？」

「そうだね、そのとおりだ」彼は慌てて答えた。

台所の外にいた見知らぬ人たちがガウナを抱擁した。ガウナは感極まる思いだったが、タボアダの死の知らせがあまりにも突然だったため、彼の死が自分にとってどれほどの痛手なのかを正しく認識することができないような気がした。ラルセンの姿を目にすると、ガウナの心は激しく揺さぶられた。

訪問客たちは、クララが出したコーヒーを飲んでいた。ガウナは肘掛け椅子に腰を下ろした。男たちのグループに取り囲まれていた。誰もが小声で話していた。すると突然、誰かがこんなことを言った。

「彼は自殺したんだ」

(ガウナは、この言葉が周囲に引き起こした反応を興味深くうかがった。そして、そんな自分の態度に嫌気がさした)

「彼は自殺したんだ」誰かがもう一度繰り返した。「ブエノスアイレスの冬をふたたび越すことができないことを悟っていたんだね」

「ということは、偉大なる人物としてあの世へ旅立ったというわけだ」こう断言したのは、〈教養人〉として通っており、宝くじで生計を立てているゴメス氏だった。がりがりに痩せた彼は、恐ろしく青白く、灰色の肌をしていた。頭をそり上げ、まばらな口ひげを生やしていた。よく言うところの日本人のような小さな目には、皮肉の色が浮かび、周りにはしわが寄っていた。黒っぽい服を着て、肩掛けのようなものをはおっている。体を動かすときだけでなく、話をするときにも全身を小刻みに震わせた。とりわけ記憶に値するのは、並外れて虚弱な印象を与えることだった。近所の噂によると、若いころの彼は誰もが恐れる労働組合員で、なお悪いことに、カタルーニャのアナーキストでもあったという話だった。いまは、マッチ箱の見事なコレクションによって、上流階級の人々とも付き合いがあった。ガウナは考えた。「愚にもつかないことを聞かされるのに通夜ほど格好の場所はないな」

「よく考えてみると」ゴメス氏がつづけた。「ソクラテスの死はまさに自殺によるものだった。それに、それに……」

（その先を忘れてしまったらしいぞ、とガウナは心中つぶやいた）

「ジュリアス・シーザーにしても同じだ。ファアナ・デ・アルコの場合もそうだし、先住民に食べられてしまったソリスの死だってそうだ」

「あんたの言うとおりだ、エバリスト」薬剤師の男が断言した。

ガウナは落ち着いた気分になった。空色の瞳と眠っているような顔、家のなかで寝そべっている太った猫のような面差しのポーランド人店主はこう言った。

「どうしても納得がいかないのは階段なんだよ。なにせ幅が狭いからね。あれでいったいどうやって棺台を運び出すんだろう」

「棺台じゃなくて、棺桶だろう。ばかなやつだな」薬剤師が言った。

「ああ、そうだ、棺桶だ」ポーランド人が応じた。「おれはいつも家の階段の幅がどれくらいあるかを最初に確かめることにしているんだ。それにしても、いったいどうやって棺桶を運び出すんだろう」

ガウナが不審のまなざしを向けていたおしゃれな身なりの若者――ガウナはこの若者を見ながら、ただコーヒーを飲むために通夜に顔を出す手合いではないかと疑っていた――が、勢いこんでこんなことを口にした。

「三階の住人は、じつに非常識としか言いようがないね。わざわざこんなときに、すぐ上の階で通夜があるのを知りながら、音楽をかけるんだからな。管理人に苦情を申し立てたいくらいだよ」

ふけの落ちたゴメス氏の肩越しに目をやると、誰かがクララに話しかけているのが見えた。「あの頭でっかちは誰なんだ？」ガウナは心のなかでつぶやいた。青白い肌の金髪の男だった。どこかで見たことがあるような気がした。「どうやらクララとは知り合いのようだな。誰なのか彼女に訊いてみないといけない。でも、いまはまずい。デリカシーに欠けるからな。いずれにしても、あいつが誰なのか確かめなければ」

ひ弱そうなゴメス氏がつづけた。

「われわれはみな、あらゆるしがらみでもって生に縛りつけられている。偉大な人物というのは、タボアダのように、無駄な抵抗を試みることもなく、喜びに満ちた決意を胸に、いさぎよくあの世へ旅立つものなんだ」

挨拶をするという口実のもと、ガウナは女たちのグループに近づいた。金髪の男の姿はすでに消えていた。ランブルスキーニ夫人は、あふれんばかりの愛情をもって接してくれた。ガウナはこう考えた。「ナディンの娘は日に日に感じがよくなっている。それにひきかえ、フェラーリの恋人ときたら、まったく恐ろしいくらいだ」談話とコーヒーのおかげで一夜を明かすことができた。部屋の片隅でトゥルーコをやっている連中がいたが、周りから白い目で見られていた。

35

宿命というものは、人間が考え出した便利な発明である。ある出来事のかわりに、まったく別の出来事が起こっていたとしたら、現実はいったいどうなっていただろう？　実際は、起こるべきことが起こるべくして起こったということなのだ。わたしがここで読者諸氏に語っている物語のなかで、このつつましい教訓は、目立たない光ではあるが、見まがいようのない光を放っている。とはいえ、わたしはいまも確信しているのだが、ガウナとクララの運命は、〈魔術師〉が他界することがなかったら、いまとはちがったものになっていただろう。ガウナはまた以前のようにカフェ〈プラテンセ〉に足繁く通い、仲間たちや博士と頻繁に顔を合わせるようになった。界隈の噂好きの話によると、ガウナは、こういうちょっとした外出がクララの機嫌を損なうことのないように気を配っていたし、彼が家を留守にするときには、かわりにラルセンがクララのそばにいるようになり、こうして、どちらか一方が出かけているときにもう一方が家にいることになった。こうした状況に含まれる真実が誰かの心を傷つけることはなかった。ガウナに対するラルセンの気持ち、あるいはクララに対するラルセンの気持ちは、以前となんら変わらなかったのである。〈魔術師〉の家を訪れることがなくなったラルセンの足は、ガウナの家に向かうようになった。

後見人のような〈魔術師〉がいなくなってみると、ガウナはしきりに、三日間におよぶカーニバルの出来事を話題にするようになった。ガウナを心の底から愛していたクララは、夫にかかわるどんな話題からも除け者にならないように、あるいはたんに、夫のふるまいを真似するために、ナディンの娘とふたりきりになるとこの話を進んで口にするようになった。とはいえ、クララは、過去の出来事にこだわるガウナの思い入れにひそむ暗い深淵に、みずからの幸福がいずれ呑みこまれてしまうことを予感していたはずである。しかし彼女には、あの崇高ともいうべき諦観の念が、そして、みずからの不運の中休みのあいだに幸福を味わうすべを心得た女性ならではの気高い勇気が備わっていた。実のところ、そうした中休みといえども、暗い影を、満たされぬ熱望の影をまぬかれていたわけではなかった。すなわち、息子がほしいという熱望である（ガウナを除けば、そのことを知っているのはナディンの娘だけだった）。

ガウナは次第に、カーニバルの思い出を、その三日目の晩の出来事を、その謎を解明するための混沌とした計画を、おおっぴらに口にするようになった。ラルセンの前ではそれなりに自重したが、ついにはクララのいる前で、〈アルメノンヴィル〉で出会った仮面の女の話をするようになった。自動車修理工場での稼ぎが手に入ると、フォードやミシンを買うために、あるいは家のローンの支払いを済ませるために貯金するのではなく、一九二七年のカーニバルの晩に仲間と足を踏み入れた飲み屋を訪ね歩くために費やした。こうした行き当たりばったりの探索が結局のところ無意味であると考えることもあった。たとえ同じ店を訪れたとしても、カーニバルの夜に経験した疲れや、グラスに満たされた酒、羽目をはずしたどんちゃん騒ぎといった出来事から切り離されてしまうと、もはやなんの記憶も呼び起こさなかったからである。用心深い性質が臆病さに見えてしまうことのあるラルセンは、ガウナの度重なる外出について何度も考えをめぐらせてみたが、そうした心配がクララに感づかれてしまうことも気にしなかった。ある日の午後、クララは苛立った口調で、ガウナがほかの女のために自分を見捨てることなどあるはずがないと口にした。彼女の言うことはもっともだった。とはいえ、〈シニョール〉という名の場末の酒場で客の相手をしている金髪女、あのどことなく羊を思わせる顔の金髪女が、週のほとんどの日を通じてガウナの気持ちを引きつけていたのは事実だった。少なくとも、そんな噂が近所でもささやかれるようになっていた。当のガウナはそれについて話すことはほとんどなかった。

タボアダの遺産——およそ八千ペソ——をガウナが手にすると、ラルセンは、当惑と混乱の入り乱れた三日か四日にわたる夜のためにガウナがその金を惜しげもなく使ってしまうのではないかと考えて不安になった。クララはガウナを疑うことはなかった。ガウナはローンの支払いを済ませると、ミシンやラジオを購入し、余った金を家に持ち帰った。

「君のためにラジオを買ったよ」ガウナはクララに告げた。「ひとりで留守番をしているときの気分転換になるだろう」

「わたしを家にひとりで置いておくつもり？」クララが尋ねた。

ガウナは、彼女のいない生活なんて考えられないと言った。

「どうして車を買わなかったの？　わたしたち、あんなに欲しがってたじゃない」

「九月に買うことにしよう。そのころにはもう寒くないし、ドライブにも行けるだろうからね」

雨がちの昼下がりだった。クララは窓ガラスに額を押しつけていた。

「こうしていっしょに雨の音に耳を傾けているのって素敵ね」

彼女はガウナのためにマテ茶を淹れた。ふたりは二七年のカーニバルの三日目の晩について話し合った。ガウナが言った。

「ぼくはテーブル席に座っていたんだ。仮面の女といっしょにね」

「それからどうしたの？」

「それからぼくらは踊ったんだ。すると突然、シンバルが鳴り響いて、みんなで手をつないでサロンを駆けまわった。するとまたシンバルが鳴り響いて、今度は全員がペアになって、さっきとは別の相手と踊った。そうこうするうちに仮面の女を見失ってしまったんだ。折を見てテーブル席に戻ると、博士と仲間たちがぼくを待っていた。ぼくが勘定を払うことになっていたからね。そのとき博士が、湖の周りを散歩して、警察の厄介になることのないように、少し頭を冷やそうと言ったんだ」

「で、あなたはどうしたの？」

「みんなといっしょに外へ出た」

クララは信じていないようだった。

「まちがいないのね？」

「当たり前じゃないか」

クララは食い下がった。

「仮面の女のテーブルには戻らなかったのね？」

「まちがいない」ガウナはそう答えると、彼女の額に接吻した。「君はいつか、誰も言ってくれないことをぼくに言ってくれたね。そのときは傷ついたけれど、でも君にはいつも感謝しているんだ。今度はぼくが正直に話す番だ。ぼくは仮面の女を見失ったことで、絶望的な気分になった。ところが、バーのカウンターを背にして立っている彼女にふと気づいたんだ。彼女のところへ行こうと思って席を立とうとすると、頭の大きな金髪の若者にむかって彼女がほほ笑んでいるのが見えた。彼女をふたたび見つけた喜びが大きかっただけに、ぼくは激しい怒りを感じた。あるいは嫉妬だったのかもしれないが、本当のところはわからない。ぼくは君を愛しているし、ほかの女のことで嫉妬を感じたなんてとても信じられないよ」

クララは、まるで彼の話を聞いていないかのように言葉を継いだ。

「で、それからどうしたの？」

「湖を散歩しようという誘いに乗ったんだ。席を立って、テーブルの上にお金を置いて、バレルガや仲間たちといっしょに店を出た。そのあとで言い争いがあってね。いま思い出しても、まるで夢のなかの出来事みたいだよ。アントゥネスか、それともほかの誰だったか、ぼくがみんなに話した金額よりも多くのお金を競馬で稼いだんじゃないかと言い出したんだ。ところが、ぼくの記憶はここで途切れてしまって、何もかもぼんやりした、とりとめのないものになってしまうんだ。夢のなかの出来事みたいにね。ぼくはきっと、何かとんでもない間違いを犯してしまったんだと思う。覚えているのは、博士がアントゥネスの肩をもったことや、月の光を浴びながらナイフで決闘する羽目になったことだ」

36

一九三〇年三月一日の土曜日の朝、ガウナは、コンデ通りの床屋の椅子にゆったりと腰を下ろしていた。彼は床屋の主人に話しかけた。

「ということは、プラカニコ、今日の昼の本命馬については本当に何も知らないと言うのかい？」

「競馬の話は勘弁してくださいよ。養老院でみじめに死にたくはありませんからね」プラカニコが答える。「賭け事というのは、好きな連中にとってはいいもんでしょう。ただしルーレットは別ですがね。わたしなんか、マル・デル・プラタへ行ってルーレットをしようもんなら、かならず丸裸にされちまいます。宝くじだって、毎週買っていると、マル・デル・プラタで夏を楽しむための蓄えまで食われちまいますよ」

「それにしても、あんたはそれでも床屋かい？」ガウナが言う。「以前は、床屋といえば、お得な競馬情報を客に提供してくれたもんだよ。いろいろと面白い話も聞かせてくれたしね」

「そういうことなら、わたしの過去の逸話をお話ししてもいいですよ。まるで小説のような話です」プラカニコが請け合った。「戦艦に乗っていたころの話なんかどうでしょう。恐怖のあまり船酔いする暇もありませんでしたよ。それとも、八百屋の夫がロサリオに行っている隙にその奥さんとデートした話は？」

ガウナは鼻歌まじりに口ずさんだ。

あたしが歌うのは
ひもじい生活
みじめな生活
サンタ・フェの
ロサリオを
さまよっていたあのとき
ねえ、いとしいあなた
そんな毎日を送っていたの

「よく聞こえませんでした」プラカニコが言う。

「なんでもないよ」ガウナが答える。「ちょっと思い出しただけなんだ。話をつづけてよ」

「八百屋の主人がロサリオに出かけている晩、その奥さんと逢い引きしたんです。わたしはまだ若かったし、それなりに幅を利かせてもいましたからね」

そして横を向き、上を見ながら、感心したような口調でこう言った。

「わたしは背が高かったんです」

(しかし彼は、なぜいまよりもずっと背が高かったなどということがありうるのか、何も説明を加えなかった)

「わたしと奥さんは、精いっぱいめかしこんで、〈テアトロ・アルヘンティノ〉へ踊りに行きました。わたしはタンゴの踊りでは誰にも負けませんでしたからね。一曲目を踊っていると、しゃがれ声の悪党がだしぬけにこんなことを言ってきました。『おい、あとはこのコルドバ生まれの俺さまが彼女のお相手をするぜ』その無知な男は、わたしと奥さんが二部構成の〈エスティロ〉を踊っているんだと思いこんだんですね。わたしは男にむかって、踊り疲れたから、かわりに彼女と踊ってやってくれと言い放ちました。そして、こんなやつが腹を立てたらそれこそ大変だと思って、一目散に逃げ出しました。ところがつぎの日、ウスパジャタ通り九〇〇番にあったわたしの店に彼女が押しかけてきて、踊りの最中にあんなみっともないまねをするのは絶対にやめてくれと言うんです。またあるときは、ぴったり寄り添って昼寝をしていたんですが、たわいないことが原因でちょっとした言い争いになりました。すると彼女は、突然起き上がってトランクを開けたかと思うと、ゾーリンゲン・ナイフを取り出したんです。パンとケーキを切り分けようと思ったらしいんですが、なにせこっちはそんなことはちっとも考えていなかったもんですから、驚きのあまり叫び声をあげて、聖人像のような格好で思わずひざまずきました。目に涙を浮かべながら、どうか殺さないでくれと懇願したんです」

ガウナが驚いた顔でプラカニコを見つめるので、プラカニコは得意げに、熱をこめて話しはじめた。

「わたしはね、困難な状況に立ち向かうことができない人間なんです。誓って言えますが、どうしようもない臆病者なんです。ドリータという女に言い寄ったことがあるんですが、彼女は夫と別居をはじめたばかりでした。ある夜、彼女に会いに行こうとすると、真っ暗闇のなかで彼女の夫が行く手をさえぎって、わたしにこんなことを言うんです。『ちょっと話がある』『わたしに?』『そうだ、あんたに話があるんだ』『そんな!』わたしは即座に答えました。『何かのまちがいですよ』『どんなまちがいなんだ?』男がきっぱりと言いました。『ナイフを手にとれ。こっちは準備ができている』わたしはもう全身がぶるぶる震えて、なにかとんでもない勘違いをしているにちがいないと何度も訴えました。そして、刃物を売っている店が近くに見当たらないことや、たとえそんな店があったとしても、今ごろはもうシャッターを下ろしているだろうなどと言ってなだめようとしました。さらに、どうしても決闘をするというなら、その前に幼い子どもたちに電話で別れの言葉を言い残したいと言いました。男は、わたしがこのうえもなく不幸でみじめな人間だと思ったようです。怒りがおさまると、落ち着き払った声で、ドリータのところへ行ってこい、そのあとカフェで話し合おう、と言いました。本当は、ドリータという女のことなんか聞いたこともないとしらを切りたかったんですが、お察しのとおり、そんな度胸はありません。それで、ドリータに会ってみると、いったいどうしたのと訊いてきました。わたしは、かつてないくらい元気だと答えました。でも、女というやつはなかなか引き下がらないものです。なんだか怯えているようだと言ってしつこく訊いてくるんです。で、女の家を出ると、彼女の夫がわたしを待っていて、彼の望むとおりにカフェへ行きました。わたしは率直に、友だちになってくれないかと切り出しました。彼は渋い顔をしましたが、やがて海軍の修理工場で働いていること、昇進を望んでいることを打ち明けてくれました。とっさにわたしは、彼の願いをかなえることを約束し、つぎの日からさっそく、あらゆるコネに頼って奔走しました。熱心な働きかけが功を奏して、週末までには、あの抜け目のない夫は昇進を確実にしたのです。まさかの展開ですが、それを機にわたしたちは無二の親友になりました。毎晩のように顔を合わせました。ドリータといっしょに三人で劇場に足を運んだこともあります。われわれの関係にはなんの底意もありませんでしたし、慎みのある打ち解けたものでした。そうやって日々顔を合わせる生活が五年もつづいたある日、夫は発疹にかかってぽっくり死んでしまいました。わたしはほっと胸をなで下ろしたもんです」

ガウナはネクタイを結びながらふたたび尋ねた。

「今日の本命馬については本当に何も知らないんだね?」

そのとき、先ほどからおとなしく順番を待っていた男——黒い服を着て傘を手にもち、不吉な鳥を思わせる顔をした男——が、そわそわしながらこう言った。

「プラカニコ、知っていると言ったらどうだい。このわたしが絶対確実な情報を握っているんだからね」

プラカニコは、不機嫌な顔でガウナから金を受け取った。ガウナは、ベストのポケットに路面電車の古い切符が入っているのを見つけた。そして、鉛筆を取り出すと、黒服の男に目をやった。男は、顔を大きくゆがめながら、シューシューと息の漏れる小さな声で、本命馬の名前を口にした。ガウナは切符の裏に〈カルセドニア〉と書きつけた。

37

覚えている読者もおられるだろうが、〈カルセドニア〉は、三月一日の第四レースを制した。夕暮れ時にガウナは床屋へ立ち寄り、プラカニコの手から一七四〇ペソを受け取った。角の店では、コルク臭いベルモットと、熟成しすぎて強い酸味のあるチーズで祝杯があげられた。

ガウナは、競馬で稼いだことに満足しなければならないことを認めつつも、喜びを感じることなく家路についた。思いがけない幸運が舞いこんだおかげで、人生をひそかに導く運命を覆い隠していたベールが乱暴にはぎとられ、その正体が暴かれたのである。ガウナにとってそれは、たったひとつの解釈を示唆するものだった。つまり、競馬で手に入れた大金は、一九二七年のカーニバルのときと同じように散財しなければいけない、彼はそう考えたのである。あのときのように、博士や仲間たちと夜の街を歩き、あのときと同じ場所を訪れ、三日目の晩にふたたび〈アルメノンヴィル〉に足を踏み入れる、そして、明け方に森をさまよい歩くのだ。そうすれば、あのとき目にした幻、失われてしまった幻を見定め、取り戻すことができるだろう。そしてついには、忘却の淵に沈んだ夢、恍惚とした夢のなかの出来事のように、おのれの人生の頂点をなしていた瞬間を、もう一度手にすることもできるだろう。

ガウナは、「競馬で大金を稼いだんだ。博士や仲間たちといっしょに、カーニバルの晩に散財しようと思うんだ」とクララに告げることはできなかった。自分たちがあれほど必要としていたお金を、三晩もつづけて酒と女のために浪費するなんてとても言えそうになかった。おそらく、それを実行に移すことはできるだろう。しかし、クララに向かってそんなことを口にすることはできない。ガウナは、自分の考えを妻に言わないでおくことにも慣れっこになっていた。とはいえ、その夜は、妻とふたりきりでいるにもかかわらず、カーニバルの晩に仲間たちと出歩く計画をひそかに温めていることについて何も言わずにいるのは、彼女への裏切り行為に思われたし、そもそもそんなことはできそうになかった。

クララは、帰宅したガウナをやさしく出迎えた。夫への信頼に支えられた愛の喜びが、彼女という人間のすべてに、その目の輝き、曲線を描いた頬、ぞんざいに後ろへ流された髪の毛に表れていた。ガウナは、憐れみと悲しみが発作的に湧いてくるのを感じた。自分をこれほど愛してくれている妻をこんなふうに扱うなんて、自分はなんてひどい男なんだ、ガウナはそう考えた。それに、そもそもなぜこんなことになってしまったのか？　ふたりは幸せではなかったのか？　ガウナは、別の女に乗りかえることを欲していたのか？　まるで自分の意志とは無関係だといわんばかりに、そして、第三者が決めることだといわんばかりに、明日は何が起こるんだろうとガウナは考えた。やがて、仲間と出歩くのはやっぱりやめておこう、クララをひとり残して出かける（この言葉を考えただけでも身震いがするようだった）ことはやめようと心に決めた。

ふたりは夜遅くまで起きていた。いっしょにダンスまで踊ったのではないかとわたしは思う。しかしガウナは、競馬で大金を手に入れたことはひとことも口にしなかった。

38

日曜日は曇りで、おまけに雨がちの空模様だった。ランブルスキーニはガウナ夫妻をサンタカタリーナへのピクニックに誘った。

「今日はピクニックを楽しむ日じゃないわね」クララが言った。「おとなしく家で過ごしましょうよ。あとで映画を見に行ってもいいし」

「君の好きなようにしたらいいさ」ガウナが答えた。

彼らはランブルスキーニに誘ってくれたことについて礼を言い、つぎの日曜日に同行することを約束した。

午前中はほとんど何もせずに過ごした。ガウナは『ジロンド党員の歴史』を読んでいた。本のページに紙切れが挟まっていて、そこには赤い字で〈フレイレ通り、三七二一番地〉と記されていた。初めてのデートの日にクララが赤い口紅で書いたものだ。クララが作った食事をいっしょに食べてから昼寝をした。目を覚ますと、クララが言った。

「今日は外へ出る気分じゃないわ」

ガウナはラジオの修理をはじめた。前日の晩に、コイルが熱しやすくなっていることに気づいたのである。六時ごろに「修理が終わったよ」と告げると、帽子を手にとり、それをあみだにかぶった。

「ちょっとその辺を歩いてくるよ」

「遅くなるの？」

ガウナは彼女の額にキスした。

「すぐ帰るよ」

ガウナは、実際はどうなるか自分にもわからないことに思いいたった。少し前に、今晩は何をしようかと考えていたとき、彼は多少の苦悶を感じた。でもいまはそんなことはなかった。ひそかな喜びをおぼえながら、おそらくは偽りのないおのれの不決断を、おそらくは想像上のものにすぎないおのれの自由を、客観的に眺めていた。

それほど雨は降らなかったようだな、フアン・バウティスタ・アルベルディ広場を横切りながら、ガウナはそう考えた。広場の木々は靄の暈《かさ》に包まれているようだった。暑さが厳しかった。

カフェ〈プラテンセ〉の大理石のテーブルの周りでは、仲間たちが退屈を持て余していた。ラルセンとマイダナの椅子の背もたれに寄りかかりながら、青白い顔をして何やら物思いに耽っていたガウナはこんなことを言い出した。

「じつは競馬で儲けたんだ。千ペソは下らない」

そう言うと、仲間の顔を見渡した。あとになってそのときのことを振り返ったガウナには、ラルセンの顔に不安げな表情が浮かんだように思われた（そのときは、気持ちが高ぶっていて、そんなことには気づかなかった）。

「ぼくがおごるから、今夜は街に出ようよ」

ラルセンは頭をふって「やめろ」と伝えようとした。ガウナはそれに気づかないふりをした。早口でこうまくしたてた。

「二七年のときのように楽しむべきだよ。博士を呼びに行こう」

アントゥネスとマイダナが立ち上がった。

すると、椅子の背に体を預けていたペゴラロが、「おいおい、気はたしかなのか?」と言ってふたりをたしなめた。「なんてがさつなやつらなんだ。〈ビルツ〉でも何でも、とにかくエミリオのために祝杯をあげるのが先だろ。とにかく座れよ。時間はあるんだ。急ぐことはない」

「で、いくら稼いだんだい?」アントゥネスが尋ねた。

「一五〇〇ペソ以上さ」ガウナが答えた。

「あとでもう一度同じ質問をしたら」マイダナが割って入った。「二千ペソをゆうに超える額に跳ね上がっているぞ」

「頼むよ!」ペゴラロがウエイターを呼んだ。「こちらの御仁がわれわれにラム酒をご馳走してくれるそうなんだ」

ウエイターは探るような目つきでガウナを見た。ガウナはうなずいた。「ラム酒を頼むよ。ぼくが払うから」

ラム酒を飲み干すと、ラルセンを除いて全員がいっせいに立ち上がった。ガウナが言った。

「いっしょに来ないのか?」

「ああ、やめとくよ」

「どうしたんだい?」マイダナが尋ねる。

「行けないんだよ」いわくありげな笑みを浮かべながら、ラルセンは答えた。

「女なんか待たせておけばいいんだよ」ペゴラロが意見した。「女にはそれくらいの仕打ちがちょうどいいんだ」

アントゥネスが口をはさんだ。

「こいつは女を信じきっているらしいな」

「当たり前だろ。そうじゃなきゃ、行けないなんて言うはずがないじゃないか」ラルセンが応じた。

ガウナが訊いた。

「でも、夜は付き合ってくれるんだろ?」

「いや、それもできないんだ」ラルセンがきっぱりと答えた。

ガウナは肩をすくめ、仲間といっしょに店を出ようとした。ところが、急にテーブルに取って返すと、小声でラルセンに話しかけた。

「すまないが、家に立ち寄って、ぼくが出かけたことをクララに伝えてくれないか」

「君が自分で言うべきだったんじゃないのか?」ラルセンが言い返した。

ガウナは仲間たちに追いついた。

「ラルセンはいったい誰に会うつもりなんだ?」マイダナが尋ねた。

「知らないな」ガウナはそっけなく答えた。

「誰にも会わないさ」アントゥネスが断言した。「あれがたんなる口実だってことがわからないのか?」

「たんなる口実か」悲しげな口調でペゴラロが繰り返した。「どうもあいつには人間的な温かみが欠けてるな。エゴイストで、ひとりだけの時間を誰にも邪魔されたくないんだ」

するとアントゥネスが、仲間たちも聞き飽きている甘ったるい声で歌いはじめた。

運命に逆らって
うまくいくやつなんて
誰もいないさ

39

「それで、いくら稼いだんだね?」博士が訊いた。その薄い唇にかすかな笑みが浮かんでいる。「いつも言っているんだが、競馬ほどすばらしい競技はないよ」

博士は、機械工が着るような青い上っぱりと、飾りのたくさんついた黒っぽいズボンを身に着け、アルパルガータをはいていた。若者たちを冷淡に出迎えたが、ガウナが競馬で大金を稼いだという知らせを耳にすると、目に見えて態度を軟化させた。

「一七四〇ペソです」ガウナは得意げに答えた。

するとアントゥネスが、片目をつぶり、左足をすくませるようにしながら、勢いこんで言った。

「いまはそう言ってますがね。お望みなら、彼のパンツのなかを探ってみましょうか」

「ごろつきのような口のきき方はやめたほうがいいな」博士がとがめるように言った。「そんな物言いをするたびに叱りつけてやるぞ。諸君、品位を忘れてはいかんよ、品位を。アルメイラといういかれた男がいてね。あのころは珍しくもなかったばかげた騒ぎや常軌を逸した事件にはかならずといっていいほど首を突っこんでいた男だ。輝かしき青春時代を謳歌していた若者たちのあいだで警官を襲撃することが流行《はや》っていたとき、それなりの評判をとったこともあるんだ。いまでも忘れられないんだが、その彼があるときこんなことを言った。自分はカード賭博なんかより、品のある着こなしのおかげでたくさんの金をものにすることができたんだってね」やがて博士は、穏やかな口調で言い添えた。「なかへ入ったらどうだい?」

若者たちは台所に通されると、自家製のベンチや藁の椅子（とてつもなく低い椅子もあった）に腰かけ、博士を囲んだ。博士は、厳粛な手つきでマテ茶を淹れると、それに口をつけ、若者たちにもふるまった。

やがてガウナが口火を切った。

「カーニバルにみんなで繰り出そうということになったんです。ぜひご一緒していただきたいと思いまして」

「すでに話したと思うが」博士が応じた。「わたしはばか騒ぎを好むような人間ではない。しかし喜んでお供することにしよう」

「それがいつのことなのかお聞きになれば、博士はきっとガウナを銃殺刑に処しますよ」神経質な笑みを浮かべながらアントゥネスが言った。

「いつなんだい?」博士が尋ねた。

「今日です」ガウナが答えた。

博士はアントゥネスに向き直った。

「君はいったい何のつもりでそんなことを言うんだ？　このわたしが役立たずの老いぼれで、元気に歩き回ることができないとでも思っているのかね？」

「ところで、どこへ行きましょうか？」マイダナが割って入った。雲行きが怪しいと見てとったのだろう。

ガウナは、毅然とした態度をとらなければならないと考えた。

「二七年のときと同じ場所をまわろう」

「同じ場所？」ペゴラロが驚いて尋ねた。「なんでまた？　新しいものを見なくちゃいけないよ。時代の波に乗らなくちゃ」

「君はいったい何の資格があって文句を言うんだい？」博士が言った。「決めるのはエミリオだ。稼いだのは彼なんだからね。それとも君たちは耳元で怒鳴られたいかね？　揚水機につながれた馬のように同じ場所をぐるぐるまわることになろうとも、それがガウナ君の望みなら、わたしは彼に従うよ」

そう言うと、博士は隣の部屋へ行った。戻ってきた彼は、さっきと同じズボンをはいていたが、首にはスカーフを巻き、ビクーニャの毛のショールをまとい、黒い上着をはおり、ぴかぴかのエナメル靴をはいていた。博士の体からは、女性的ともいうべき香り、カーネーション、あるいはタルカムパウダーと思われる香りが漂ってきた。手入れしたばかりの髪は、油じみたつやを放っている。

「それでは志願兵たちよ、いざ出発だ」博士は号令をかけると、扉を開けて若者たちを外へ出した。そしてガウナに話しかけた。

「で、これからどうするんだい？」

「まずはプラカニコの店に行きましょう。競馬で稼がせてくれたのは彼なんですから。その彼を誘わないのはあまりにも恩知らずというものです」

「この男は何かというと床屋を誘いたがるんですよ」ペゴラロが口をはさんだ。

「こういうことわざがあるのを覚えちゃいないだろう」博士が応じた。「床屋へ行けば、かつらなしで戻ってくる」

みんながいっせいに大声で笑った。ペゴラロがガウナの耳元でささやいた。

「博士は最高に上機嫌だな」その声には驚きと親しみがこもっていた。「さしあたって不愉快な事件が勃発する心配はないみたいだな」

一行は、かなり長いあいだプラカニコの家の扉をたたいていた。博士がいらだちを見せはじめたころ、ようやく夫人が顔を出した。

「プラカニコさんはご在宅ですか？」ガウナが尋ねた。

「いるもんですか」夫人が答えた。「ご存じのように、あの人は一年中、それこそ馬車馬のように働いて、仕事への責任感も強い人です。それが、あなたには想像もつかないでしょうけど、カーニバルとなるとまるで人が変わったみたいになってしまうんですよ。セバスタノという人が——あたしはこの人にはもう我慢できないんです——オンセ広場から迎えに来て、カルボーネさんの山車《だし》に加わるんだと言ってふたりして出かけていきましたよ」

一行はサアベドラ駅で電車に乗った。ガウナは、二七年の三日間におよぶカーニバルとまったく同じ行程をたどるというもくろみがおよそ実現不可能なものであることを理解した。床屋の不在――ガウナはそれを逃亡とみなしていた――は彼を悲しませた。そして、たとえプラカニコをつかまえることができたとしても、一行のメンバーはもはやあのときと同じではないのだと考えて自分を慰めた。というのも、よく考えてみると、プラカニコはマッサントニオではないからである。とはいえ、床屋を生業としているという共通点があることは否定できなかった。この事実は――いまさら隠そうとしても無駄であるが――、このうえない重要性をはらんでいた。一九二七年のカーニバルのときは、博士と仲間たち、それに床屋がひとつのグループをなしていた。ところがいまは、なんとも悲しいことに、床屋がいないまま夜の街を徘徊することとなったのである。

40

ビジャ・デボトで下車した一行は、フェルナンデス・エンシソ通りをアレナレス広場まで歩いた。途中、恥ずかしそうに途方に暮れた様子で歩いている仮面をつけた通行人たちとすれちがった。マイダナがつぶやいた。

「水遊びをしていないのがせめてもの幸いだ」

「なんなら水をかけてみろってんだ」アントゥネスが陰気な調子でつぶやいた。「三十八口径で額に穴を開けてやるぞ」

博士がガウナの肩をたたいた。

「せっかくの君の街歩きも、あまり盛り上がらないかもしれないな」笑みを浮かべながら博士は言った。

「昔日の賑わいは、その不在ゆえにいっそう輝きを放つというもんだ」

「二七年のカーニバルを覚えていますか?」ガウナが尋ねた。「街はパレード一色でしたね」

「まだ夜の八時にもなっていないというのに」マイダナが口をはさんだ。「道行く連中はみんな眠くてぶっ倒れそうなありさまだ。活気もなければ覇気もない。まったく無意味だね」

「無意味だよ」博士が断言した。「この国ではなにもかもが退化していくんだ。カーニバルでさえもね。衰退あるのみというわけだ」ひと呼吸おくと、ゆっくりと言った。「救いがたい衰退さ」

「ブラジルふうの名前がついたクラブで一杯やろう。ロス・ミニーノスとか、そんな名前だったと思う」ガウナが提案した。

それを打ち消すようにマイダナが頭を振りながら言った。

「会員じゃないんだから、そんなところには入れないよ」

「でも、前のカーニバルのときにはたしかに入ったよ」ガウナが応じた。

「それは」ペゴラロが言った。「会員のお偉いさんのなかに〈ポマード〉の知り合いが何人かいたからさ」

マイダナが黙ってうなずいた。一行は、方向を気にすることなく、しばらく歩きつづけた。

「疲れるにはまだ早すぎるぞ」博士が叱責するように言った。一行はさらに歩きつづけた。そして、一台の馬車を遠くに認めた。

「馬車《ビクトリア》だ」ガウナが言った。

一行は馬車を呼んだ。バレルガが御者に命じた。

「リバダビアだ」

博士とガウナが座席に腰を下ろし、ほかの三人の若者は折りたたみ椅子に収まった。心もち横向きになって座席からはみ出しそうになっているマイダナが尋ねた。

「おやじ、靴べらはないか?」

博士が考えごとをするように言った。

「ちゃんとした客あしらいの店《アルマセン》を見つけなきゃならん。私は網焼き肉を食べることにしよう」

「ぼくはお腹がすいてないな」悲しげな口調でペゴラロが言った。「サラミのスライスとエンパナダが二、三個もあれば十分だ」

ガウナは、二七年のカーニバルのときの街歩きが、その最初の晩から今度のカーニバルとは様子がまったくちがっていたことについてあれこれ考えをめぐらせた。そして、仲間たちに聞かせるように言った。「あのときは、いまとはちがった活気があったし、連帯感のようなものがあったのに」彼自身、あのときは、自分のことにさほどかかずらうこともなかったし、仲間たちにも遠慮なくふるまっていた。そして、夜の賑わいをもっと楽しんでいたような気がした。おそらく二七年のカーニバルでは、サアベドラを出たときに少々引っかけていたのだろう。もしかすると、二七年の街歩きの最初の瞬間を思い出しているつもりが、実際はもっと時間がたってから、たとえば最初の夜が終わるころ、もしくは二日目の夜もたけなわのころの様子を思い出していたのかもしれない。

「それよりも、スペインふうの煮込み料理を食べたほうがいいかもしれないな」よく考えたすえにペゴラロが言った。「胃袋の調子を考えれば、軽い食事にとどめるという線はしっかり守らないといけない」

ガウナは、二七年のカーニバルの気分をもう一度味わうことがおよそ不可能であることを確信した。しかし、パレードから離れて、人気のないでこぼこの道を下っていると、あのときの気分が、遠くから繰り返し押し寄せてくるかすかなひらめきのようなものに包まれて、忘れかけていた音楽のように、ほのかな予感となってよみがえってくるのを感じた。

「博士、不肖わたくしのために、どうかあの鶏肉をご覧ください」ペゴラロが、馬車から身を乗り出すようにして叫んだ。馬車はとある通りに入り、カーブを曲がりながら歩道すれすれのところを走った。

「鶏肉ですよ、博士。ひな鳥の串焼き、あの二つ目の。もう見えなくなっちゃいました。もちろんご覧になりましたよね」

「そんなものは忘れることだな」博士が応じた。「店に入ってナプキンを首にかけたら、鶏肉よりもきれいさっぱりむしりとられるのが落ちだ」

「それはガウナに失礼というものですよ」ペゴラロが懇願するような、不満げな口調で言った。

「私は誰にも失礼なことは言ってないぞ」博士が険しい目つきで答えた。

心配したマイダナが割って入った。

「ペゴラロが言いたかったのは、今夜のエミリオはほんのはした金の出費をいちいち気にしないはずだということですよ」

「しかし、どうして私がガウナに失礼なことを口にしているなんて言うんだね?」博士はなおも問い詰めた。

アントゥネスは片目をつむり、座ったまま体をすくめた。そして、おどけた調子でこう言った。

「われわれはガウナの所持金を自分たちのものだと思って大切に扱わなくてはいけないのであります」

「あんな鶏肉にはもうお目にかかれませんよ」ペゴラロが声を絞り出すように言った。

「おい、馬車を止めてくれ」バレルガはそう言うと、肩をすくめた。そしてガウナにむかって言った。

「エミリオ、払ってくれ」

店に入ると、博士がさっそく話しはじめた。

「私がまだ若かったころは、鶏肉は女や病人、外国人の食うものと決まっていた。私の記憶が正しければ、男はみんな網焼き肉を食っていたもんだ」

汗をかいた小柄な老人がテーブルを手早く拭いた。光沢のある上っぱりは汚れていて、腕にぶら下げたナプキンは油だらけ、黒いズボンには細かいしわが寄り、おまけに腰からずり落ちそうになっている。おそらくアイロンをかけたときに焦げたのだろう、ズボンはところどころ黄ばんでいた。バレルガが老人にむかって言った。

「よろしいかな、お若いの。ここにおいでの方が」そう言いながらペゴラロを指さした。「店のショーウインドーのなかでくるくる回っている鶏肉に目をつけましてね。見せていただけますか」

一同が鶏肉を手に戻ってくると、ウエイターが尋ねた。

「ほかに何か?」

「そうだな」ペゴラロが言った。「メニューを見せてくれませんか」

バレルガ博士が頭を振った。

「私が若かったころは、わざわざ追加の注文をしたりメニューを頼んだりしなくても、誰も腹をすかせるなんてことはなかった。店に入ったら、まずは勘定台に近づいて、店主が困らないように切りのいい額を払うんだ。たとえ三ダースもの目玉焼きが出てきたとしても、みんな平然としていたもんさ」

「私はこの国で四十年も働いていますが」ウェイターが応じた。「そんな光景には一度もお目にかかったことがありません。嘘だというならこの目がつぶれたってかまいませんよ。お客さんはおそらく、嘘や作り話を寄せ集めた本でもお読みになったんでしょう」

「つまりあなたは」博士が引き取った。「私のことを嘘つき呼ばわりなさるおつもりかな。それともひどい目に遭わされたいとでも?」

マイダナが愛想笑いを浮かべながら割って入った。

「相手にしないことですよ、博士。口のききかたを知らない老人なんか」

「心配はご無用だ」バレルガが答えた。「私は羊のなめし革よりも穏やかな心境なんだ。ご老体にかまっている暇はないよ。給仕をしてくれればそれでいいんだ。あとは虫にでも食われちまえだ」

「ところで博士」ペゴラロが哀願するように言った。「これだけの鶏肉ではとても足りませんよ」

「足りなければいけないなんて誰が言った? 君たちは冷肉の盛り合わせから始めて、敬うべき人物であるガウナ君と私がこの鶏肉をいただくことにしよう。虚弱体質の君は、二粒以上の豆とパン粉が入ったスープでも平らげていればいいんだ」ガウナは、博士がウインクしているのに気づかないふりをした。博士の口にする冗談や彼が時おり見せる苛立ちにはほとほとうんざりしていた。タボアダの言ったとおりだ。バレルガは鼻持ちならない老いぼれなのだ。この男は、品のない根っからの悪意に染まっている。一方、仲間たちはといえば、憐れな不良青年、犯罪予備軍といったところだ。こういうことがわかるまでになぜこんなに時間がかかってしまったのだろう？　この愚かな連中と行動を共にするために、妻に内緒で家を出てきたのだ。クララはこれからも彼を愛しつづけるだろうか？　彼女やラルセンがいなければ、彼は世界でひとりぼっちになってしまうだろう。

ガウナは自分の皿を遠ざけた。食欲がなかったのである。博士は鶏肉の半分を平らげ、仲間たちは争うようにしてソーセージやサラミのスライスをほおばった。ペゴラロはスープをすすっていた。ガウナはそんな彼らを憎々しげに眺めた。

「食わないのか？」ペゴラロが訊いた。

「ああ」ガウナは答えた。

するとペゴラロは、ガウナが残した鶏肉を奪い取ると、それにむしゃぶりついた。博士は腹を立てている様子だったが、何も言わなかった。ガウナはワインをひと口飲んだ。そして、博士も仲間たちもなかなか食べ終わらないので、三杯目、四杯目と手をつけた。博士は、メダノス通りの店に行こうと言い出した。

「ドイツ人の女たちがいる店だよ。覚えているか？　二七年のカーニバルのときに立ち寄った店だ」

41

満腹になった体を持て余した一行は街を歩くことにした。そしてメダノス通りに着いた。目当ての店は閉まっていた。二七年のカーニバルのときに訪ね歩いた店のほとんどは閉店していた。とある通りに入った一行は、はてしなくつづく騒がしい音楽隊に悩まされたが、博士は、自分をばかにした女に火をつけてやったという数年前のカーニバルの逸話を披露した。

「麦藁の衣装を着て、ウクレレとかいう楽器を抱えて走り回る様子ときたら、まさに傑作だったな。新聞の事件欄に〈人間たいまつ〉と出ていたよ」

一行はリバダビア通りに近いカフェに入った。ガウナは、二七年のカーニバルのときも同じカフェに入り、おそらく同じテーブルについたことを、そして、若い男とのあいだでちょっとしたいざこざが持ち上がったことを思い出した。一瞬、そのときの出来事が、あの晩に感じたことが、記憶によみがえったような気がした。彼は言った。

「この店に入ったとき、若い男とのあいだで一悶着あったような気がするんだけど、みんなは覚えていないかい?」

「さっぱり覚えとらんな」博士は「さ」の音を省略するように言った。

「誓ってもいいけど、なにも覚えてない」アントゥネスが言った。

ガウナは、それを思い出すことさえできれば、あのときのめくるめくような、すでに失われてしまった体験を取り戻すための糸口が見つかるかもしれないと思った。いずれにせよ、あのときの気分をもう一度味わうことは不可能だろうという気がした。今日のガウナは、あのときとちがって、友情の分かち合い、何でもできるという魔術的な感覚、寛大な気安さ、そういったものにもはや身をゆだねることができなかった。今日の彼は、細部を見逃さない傍観者、それも敵意に満ちた傍観者だったのである。

小さなグラスに満たされたジンを飲むと、ガウナのなかで、二七年のカーニバルにまつわる記憶がほのかによみがえった。おのれの狡猾さを意識しながら、彼はこう尋ねた。

「博士、どこで一夜を過ごしましょうか?」

「心配はいらん」バレルガが答えた。「ここブエノスアイレスでは、一ペソでひと眠りさせてくれる粗末な宿には事欠かないからな」

「ぼくの見るところ」ペゴラロが口をはさんだ。「エミリオは早くも寝床に帰りたがっているようだ。なんだか気弱になっているし、元気もないみたいだぜ」

ガウナがつづけた。

「二七年のカーニバルのときは、博士のお友だちの農地に行きましたね」

「どこだって?」博士が訊き返した。

「農地ですよ。不機嫌な顔をした女の人が何匹もの犬を連れて出てきました」

バレルガは笑みを浮かべただけで、何も言わなかった。

若者たちは、博士に叱責される気遣いがないことを見抜いたかのように、好きなことをしゃべり合った。

「貯金する気にでもなったのかい?」ペゴラロが訊いた。「君のような男は、はした金なんかいちいち気にするもんじゃない」

アントゥネスが熱っぽい口調で言った。

「相手にするな。おれの永遠のモットーは、君の財布をしっかり守らねばならないってことだ」

「エミリオ君。彼らは君のことがまだよくわかっていないようだね」博士は、やさしさをにじませた口調で言った。そして若者たちのほうに向き直り、こう言った。「エミリオは、われわれの知らない理由によって、二七年のカーニバルとまったく同じ行程をたどることを望んでいる。言うまでもないが、その理由を知るにはおよばない。でなければ、友人であるわれわれにはとっくに教えてくれているはずだからね」

「しかし博士」ガウナが口をはさもうとした。

「私は話をさえぎられるのが嫌いだ。私は、われわれが君の生涯の友であり、何か裏があるような君のふるまいが不思議だと言ってるんだ。これがもしほかの人間だったら、けっして許さないところだ。考えただけでも血が煮えくり返る。しかしエミリオは別だ。彼はなんといっても幸運の男だし、われわれのことを思い出してわざわざ誘ってくれたんだからね。要するに、私は感謝を知らない人間ではないということだ」

「しかし博士、ぼくはたしかに……」ガウナはなおも口をはさもうとした。

「弁明する必要はないよ」博士は、親しみのこもった口調に戻ってガウナを制した。そして若者たちに向かって言った。「われわれは時おり、輝かしい青春時代に足繁く通った思い出の場所に帰りたくなることがある。それというのも、男のなかの男といえども、過去の女の思い出から逃れることはできないからだ」博士はふたたびガウナのほうへ向き直った。「君の行動を支持するよ。話さずにおくのがいいだろう。ここにいる連中もそうだが、今どきの若者というのは、とかく何でも話したがる。夜の相手をしてくれた場末の女の顔に泥を塗ることだっていとわない始末さ」

ガウナは、博士の言葉を信じるべきなのか、あるいは、自分が口にした言葉を博士が信じてくれていると考えるべきなのか、自分の胸に問いかけた。ガウナ自身はそれを信じていただろうか？　この混沌とした夜の彷徨の目的は、はるか遠方に遠ざかってしまった〈アルメノンヴィル〉での出会い、あの仮面の女との出会いを思い起こすことなのか？　それとも、彼女との出会いが繰り返されることへの魔術的な期待を胸に、こうしてふたたび街をさまよい歩いているのだろうか？

一行はジンの追加を飲むと、カフェを出た。博士がどっちつかずの口調で言った。

「いまから農地に行こうか」

アントゥネスがマイダナを肘でつついた。ふたりは笑った。ペゴラロも笑った。バレルガは険しい目つきで彼らの笑いを封じた。

彼らはリバダビア通りの喧騒と輝きを遠くに認めた。そして、下町ふうの格好をしたふたりの若い女と海賊に扮したひとりの若い男とすれちがった。

「やれやれ」若者が声をあげた。「あそこから抜け出してきて正解だったな」

「今年のパレードはまったくどうしようもないわね」若い女が言った。「ちょっと歩いたと思ったらすぐに柄《がら》の悪い男に……」

「あんたたちも気がついたでしょ」もうひとりの女がさえぎった。「さっきの人、あたしのことを目で悩殺しようとしたんだわ」

「おれは熱気で息が詰まるんじゃないかと思ったよ」と若者が言った。

「まったくだ」とバレルガがつぶやいた。

呼び売りの男たちが、仮面や付け鼻、紙テープ、水鉄砲などを売っていた。界隈の若者たちは、人目につかないように、水(それが側溝の水であることはまちがいなかった)を満たした使い古しの水鉄砲を手ごろな値段で売っていた。また、新鮮な果物や砂糖漬けの果物、ラポニアのアイスクリーム、トウモロコシの粉で作ったドーナツ、パンケーキ、ピーナッツを商っている呼び売りもいた。一行は人混みをかき分けながら、パレードを見ようと前へ進んだ。そして、山車《だし》に載せられた天使像の歴史的な変遷に思いをめぐらしていると、赤毛の若い女が大きな軽四輪馬車の上から投げつけた赤い水風船が博士の片目に命中した。怒りをあらわにした博士は、周囲の喧騒に紛れて、ガウチョの格好をして泣きべそをかいている子どもから水鉄砲を奪い取り、それを投げつけようとした。しかしガウナに止められた。事件が一段落すると、博士と仲間たちは、若い女たちをひやかしてはぞんざいな言葉を投げつけたり、道端の飲食店に入ったり、ラム酒やジンをひっかけたりしながら、人混みのあいだをゆっくりと進んでいった。そしてタクシーをつかまえ、女たちにお世辞をばらまいたり口汚くののしったりしながら、いつ果てるとも知れないパレードを追いかけた。七二〇〇番地まで来ると、博士が言った。

「運転手さん、車を止めてくれ。もうこれ以上は耐えられない」

ガウナがタクシー代を払った。近くの店に入った一行は、やがてそこから出てくると、おそらくラフエンテ通りだと思われるが、街路樹の植えられた細い通りを南へ歩いた。人気《ひとけ》のない界隈を包みこむ沈黙のなか、酔った一行の叫び声がこだました。

左手には、月と雲が浮かぶ夜空を背景に、青白い塀と高い煙突がある工場の建物が延びている。ガウナの目は、不意に、塀があるべきところに険しい崖があるのを認めた。崖のてっぺんには低木の茂みがあり、松のような木や十字架らしきものが見えた。大気には、甘い煙のような、むっとする臭いが漂っている。もはや明かりは見えなかった。ぽつんと立っている最後の街灯が、崖を背にして光を放っている。一行はさらに歩きつづけた。黒雲が月を覆い隠していた。ガウナは、闇に包まれた原っぱが左手に広がっているのを感じた。右手には、起伏のある土地や谷があるのだろう。左手の原っぱでは、円い光がいくつか現れたり消えたりしていた。すると、暗闇のなかから突然、ふたつの光がすばやく迫ってきた。それと同時にガウナの目には、馬の巨大な頭が飛びこんできた。それまでさんざん異形の仮面を目にしてきたために、馬の柔和な顔がなにやら悪魔じみたものに見え、それでびっくりしてしまったのだろう。ガウナはそのときはじめて理解した。左手に広がっているのは馬の飼育場であり、円い光に見えたのはじつは馬の目だったのだ。やがて、両足の力が抜けたかと思うと、いまにも気を失いそうになった。目覚めた瞬間にはたしかに覚えていたはずの夢がすぐに忘れられてしまうように、ガウナのうちにある記憶がよみがえったが、たちまち忘却の淵に沈んでしまった。その記憶をふたたび取り戻した彼は、こう尋ねた。

「一九二七年の今日の晩、いったい馬に何が起こったんだ？」

「わかったわかった」博士がなだめるように言った。「さっきは小さい子どもがどうのこうのと言ってたぞ」

みんなが笑った。ペゴラロが言った。

「まったく気まぐれなやつだな」

ガウナは目をあげ、流れ星に目をとめた。そして、クララのもとへ無事に帰れるように祈った。

一行はバレルガに従って道をはずれ、右手に広がる起伏と谷間――ガウナにはそれが起伏と谷間に思われた――を通って奥へ進んだ。ガウナは歩くのに難渋した。歩くたびに足の下の地面が沈んだからである。乾いた地面は柔らかかった。

「臭いな」ガウナは大きな声で言った。「息ができないよ」

あたり一帯は、甘い煙のような、不快な臭いに包まれていた。

「まったく繊細な人ね、ガウナって」女のような甲高い声を出しながらアントゥネスが言った。

ガウナには、その声がはるか遠くから聞こえてくるような気がした。額が冷たい汗でびっしょり濡れている。視界は靄がかかったようにぼやけていた。われに返ると、博士の腕に支えられていた。博士は親しみを込めた声で言った。

「がんばるんだ、エミリオ。あと少しだぞ」

彼らはふたたび歩きだした。それから間を置かずに、犬の鳴き声が聞こえた。野犬の群れが唸り声をあげ、吠えながらガウナを取り囲んでいる。彼は、まるで夢でも見ているように、ぼろをまとったひとりの女の姿を認めた。一九二七年のカーニバルのときに彼らを農地で出迎えた女だ。バレルガが彼女と何やら話し合っている。そして、女の腕を引っぱると、若者たちを中へ通した。部屋は小さくみすぼらしかった。ガウナの目は、部屋の片隅に敷かれた羊の皮をとらえた。そして、その上に倒れこむや、深い眠りに落ちた。

42

ガウナが目覚めたとき、部屋のなかは暗かった。ガウナの耳には、眠っている人たちの寝息が聞こえた。耳をふさぎ、目を閉じた。そして、目覚めたときに見ていた夢の世界にふたたび落ちこんだ。交差する影になかば覆われた、輪になった男たちと、ナイフを片手に向かい合っている。月の光を頼りに、少しずつ彼らの正体を見極める。博士と仲間たちだ。ふたたび目が覚める。暗闇のなかで目を見開く。いったいなぜ夢のなかの自分は闘っているのか？　どうして自分は、博士に対する激しい憎しみに身を焦がしていたのか？　寝息はもう聞こえなかった。ガウナは全身で、ある記憶を取り戻そうとしていた。夢のなかでその記憶を取り戻したものの、目覚めた瞬間にすべてを忘れてしまったのだ。やがてふたたび取り戻すことができるだろう。そうだ、あれは小さな子どもにまつわる出来事だった。二七年のカーニバルのときに起こったその出来事が、夢のなかでよみがえったのだ。いまのガウナには、それを鮮明に思い出すことができた。そこに登場するのは、ひとりではなく、ふたりの男の子だった。そのうちのひとりは、三歳か四歳の男の子で、ピエロの格好をしたまま、テーブルのそばに突然、しくしく泣きながら姿を現したのだった。もうひとりの男の子は、最初の男の子よりも少し年上で、隣のテーブルに座っている。博士が過去の思い出話を披露していると、最初の男の子が現れて、博士の横に立った。

「どうしたんだ、新兵」苛立ちをみせながら博士が尋ねた。

子どもは相変わらず泣いている。博士はもうひとりの子どもに気づき、その子を近くに呼び寄せた。そして、耳元で何かをささやくと、五十センターボ紙幣を渡した。するとその子は、おそらく博士に言われたのだろう、ピエロの格好をした子どもを蹴とばし、すばやく自分のテーブルに逃げこんだ。ピエロの格好をした男の子は大理石のテーブルに口を打ちつけると、ふたたび立ち上がり、唇の血をぬぐった。そして、声を出さずに泣きつづけた。ガウナはその子にどうしたのかと尋ねた。どうやら迷子になって、両親のところへ帰りたいようだった。すると博士は立ち上がり、若者たちに言った。

「ちょっと失礼するよ。すぐに戻る」

博士は子どもを抱き上げて店を出た。すぐに戻ってきた彼は、「これで大丈夫だ」と大きな声で言うと、両手をこすり合わせながら、最初にやってきた路面電車、仮面をつけた乗客でごった返す路面電車に子どもを乗せてやっかい払いしたことを告げた。そして、ため息をつきながら、こんなふうに言った。

「あの憐れな新兵の驚いた顔といったらなかったよ」

以上が子どもにまつわる出来事である。これが、彼の人生における叙事詩として、また、二七年のカーニバルの三日間にわたる英雄的な夜として記憶に残されたものの最初の冒険であり、おそらくはひとつの事例となる出来事だった。いまやガウナは、馬をめぐる逸話を思い出そうと努めた。「ぼくらは四輪馬車に乗っていたんだ」彼は心のなかでつぶやくと、そのときの光景を思い浮かべようとした。そして目を閉じ、片手で額を絞めつけた。「こんなことをしても無駄だ」彼は考えた。「もう何も思い出せないだろう」魔法が解けてしまったのだ。ガウナは、みずからの心の動きを、停止してしまった心の動きを眺める観客になってしまったのだ。いや、そうではない。それは停止してしまったのではなく、彼の意志に従わなかったのだ。彼はただひとつの場面を、馬にまつわる出来事ではなく、べつの出来事にまつわるたったひとつの場面を目にしていた。水色のガウンをまとった厚化粧の女が、黒い波形レースとハートの刺繍のついた服をのぞかせ、柳の小枝で編まれた小さなテーブルの横に座って、見知らぬ男の両手をじっと見つめながら、こんなことを言っていた。「爪に白い斑点があるわね。今日は積極果敢な男、でも明日は元気がなくなるってことだね」音楽が聞こえていた。〈月明かり《クラロ・デ・ルナ》〉という曲だと教えられた。いまやガウナは、すべてを鮮明に思い出した。ゴドイ・クルス通りにあるその部屋を、入り口の扉には色ガラスがはめこまれ、モザイク模様の壺に入れられた暗色の植物や、大きな鏡、赤い絹のシェードに覆われたランプが置いてある部屋を思い出した。そして、ピンク色の光を、とりわけ〈月明かり〉を、盲目のバイオリン弾きが奏でる〈月明かり〉が彼の心にもたらした感動を、記憶によみがえらせた。バイオリン弾きは、扉の四角い枠のなかに立っている。バイオリンに覆いかぶさるように傾《かし》いだその頭は、ガウナにある思い出の感覚を呼びさました。その悲痛な顔を見たのはどこだったのだろう？栗色の長い髪が波打っている。悲しげな目は大きく見開かれ、青白い肌をしていた。短く上品な髭があごの先端に届いている。男の隣には、帽子（それは明らかにバイオリン弾きのものだった）を耳のところまで目深にかぶり、小銭を受け取るための瀬戸物の容器を手にした小さな子どもが立っている。子どもの姿を目にしたガウナはこう考えたのだった。「痰壺を手にした憐れなキリストだ。おかしくて死にそうだ」しかし笑うことはなかった。〈月明かり〉を聴きながら、ガウナは、そこにいる人たちと、世界中のすべての人たちと親しく交わりたいという切迫した思いが、善への抑えがたい欲望が、人間的な向上を渇望するメランコリックな思いが胸に湧き上がるのを感じた。喉が締めつけられ、目を潤ませながら、〈魔術師〉がまだ生きていたら、きっと自分を別の人間にしてくれただろう、そう考えた。バイオリンの演奏が終わったら、ガウナはそこにいる人たちに、ラルセンと知り合い、ラルセンとの友情を手にするというとてつもない幸運をつかんだことを話して聞かせるつもりだった。しかしそうすることはなかった。〈月明かり〉の演奏が終わるころには、ガウナは自分が何をしようとしていたのかをすっかり忘れ、媚びるような口調でこう言っただけだった。

「ワルツをもう一曲頼みますよ、マエストロ」

しかし、少なくともその夜は、バイオリンの演奏をふたたび聞くことはないだろう。そこからさして遠くない部屋では、騒動が持ち上がっていた。ガウナは、金銭をめぐるいざこざが原因で、侮辱されたと感じた博士と女のあいだに言い争いが生じていることを知った。硬貨を何枚か盗まれたと主張する博士を前に、女は、自分は正直な人間だからそんなことは絶対にないと繰り返していた。争いに終止符を打つために、博士は、若者たちの拍手にはやしたてられ、女をそっと引き倒し、足首をつかんで持ち上げ、上下逆さまになった女の体を揺さぶった。すると硬貨が床に落ち、博士がそれを拾った。そのあとに起こったことはまさに目がくらむような出来事だった。ガウナが盲目のバイオリン弾きにむかって、もう一度なにか弾いてほしいと頼むと、入り口のガラス扉が大きな音を立てて開かれ、博士と仲間たちがどやどやとなだれこんできた。博士は、盲目の男が立っている扉にむかって突進した。そして、男の横に立っている子どもに気づくと、瀬戸物の容器を奪い取り、中に入っていた小銭を余さずくすねたかと思うと、空になった容器をいきなり盲目の男の頭にかぶせた。すると叫び声が聞こえた。博士が大声で叫んだ。「行くぞ、エミリオ」そして廊下を走り抜けて表へ飛び出すと、そのまま走りつづけた。おそらく警察に追われていたのだろう。ガウナは、表へ飛び出す前に、盲目の男の恐怖にゆがんだ顔を、そして、額を流れ落ちる血のベールを目にした。

43

部屋のなかは寒かった。ガウナは羊の皮にくるまって身を縮めた。目を開け、何か着るものはないかとあたりを見回した。完全な暗闇は遠のきつつあった。扉の隙間や壁の穴からは光が差しこんでいた。ガウナは起き上がって羊の皮を肩にかけると、扉を開け、外を眺めた。クララのことを思い出し、彼女といっしょに眺めた夜明けの光を記憶によみがえらせた。青ざめたエメラルド色の湖、大理石やガラスの洞窟、そんなものが絡み合った菫《すみれ》色の空の下で夜が明けようとしていた。黄ばんだ白い犬が一匹、ものぐさな足どりで近づいてきた。仲間たちは床に横たわって眠っている。周囲を見渡すと、まるで起伏のある広大な蟻塚の真ん中にでも立っているように、褐色の丘に挟まれていることがわかった。遠くに煙が立ち昇っているのがかすかに見えた。甘い煙を思わせるあの不快な臭いが依然として漂っている。

ガウナは遠くのほうへ歩いていった。自分がいままで寝ていた建物をふりかえると、それはブリキの掘っ立て小屋だった。そこからさして離れていないところにも掘っ立て小屋が建っている。ガウナは、そこがごみ焼却場であることに気づいた。北のほうに崖があり、フローレス墓地の松の木や十字架が見えた。さらにその向こうには、前の晩に目にした煙突のある工場が横たわっている。起伏のある焼却場の敷地のあちこちに、ごみ収集人にちがいない男たちが散らばっていた。ガウナは、二七年のカーニバルのとき、博士の知り合いが所有する農地で一夜を過ごしたあと、みんなでごみ収集車に乗ったことを思い出した。そして、収集車の汚れた手すりに雨が降り注ぐ様子が脳裏に浮かんだ。彼は、一瞬のひらめきとともに、博士の知り合いの農地の家というのがじつは、ついさっき出てきたばかりの掘っ立て小屋にほかならないと察しをつけた。「あれを農地の家だと思いこむなんて」ガウナは考えた。「よほどどうかしていたにちがいない」そしてこう考えた。「どうりでぼくらはごみ収集車に乗ったわけだ。墓地へ行く霊柩車を除けば、このあたりで適当な乗り物を見つけることはできないだろう。だから博士は、ぼくが農地のことを口にしたときびっくりした顔をしたんだ」

そのとき、馬に乗った男が現れた。手綱を握った左手は、男の正面、馬の背に置かれた袋、半分ほど中身の詰まった袋の上に置かれている。右手には、先端に釘を打ちつけた長い棒が握られている。それを使ってごみを選り分け、袋に詰めていくのだ。長い両耳を左右に倒してあえいでいる馬を眺めているうちに、ガウナは別の馬のことを思い出した。ビジャ・ルロからフローレスへ、さらにヌエバ・ポンペジャへ向かうときに乗った四輪馬車を引いていた馬である。あのときは、御者台のアントゥネスが〈ノチェ・デ・レジェス〉を歌ったり、食料雑貨店《アルマセン》で買ったジンの瓶に口をつけたりしていた。

「この憐れな若者はきっと馬車から振り落とされて首の骨をへし折るぞ」酔っぱらったアントゥネスが御者台の上で体を左右に大きく揺らしているのを目にしながら、博士はそう言った。「まあ、私としては、彼が死んでもいっこうにかまわんがね」

アントゥネスは、馬車から落ちまいとして御者にしがみついている。御者は思うように馬車を操ることができず、うめくような声で不平を言っていた。馬車は蛇行しながら走った。バレルガは甘い声で鼻歌を歌っている。

　さあ、踊りだ　踊りだ
　憐れな母さん

　馬車から飛び降りようとしていた床屋のマッサントニオは、このままだと衝突事故に遭って木っ端みじんになってしまうと言いながら、両手を合わせて涙を浮かべていた。ガウナは御者に停車を命じた。そして御者台に上り、アントゥネスを後ろの席に移動させた。博士はアントゥネスの手から瓶を受け取ると、中身が空っぽであることを見てとり、見事な狙いで金属製の柱に瓶を投げつけ、粉々に割ってしまった。


　御者台に座ったガウナは、速足で進む馬のごつごつした体を眺めた。骨ばった暗色の尻、水平にうなだれた首、あきらめたような細い首筋、汗をかき、左右に揺れる長い耳。

「いい馬のようだね」憐れみの念を抑えるようにガウナは言った。

「本当にいい馬ですよ」御者が誇らしげに胸を張った。「こんな馬にはかつてお目にかかったことがありませんよ。このノベンタ号のような馬にはね。さすがに疲れているようですがね」

「これだけ走っているんだから、へたばらないわけがないよ」ガウナが言った。

「これまでもさんざん走ってきましたからね。気力を振り絞って走るんです」御者は断言した。「ほかの馬だったら、半分も走ったところで動けなくなりますよ。それにこの馬には根性がある。くたばるまで走りつづけますよ」

「この馬を手に入れてからずいぶん経つのかい?」

「一九一九年の九月十一日にエチェパレボルダのところで買ったんです。たっぷりの飼い葉をがつがつ食えるような贅沢なご身分ではないんですがね。わたしはいつも言うんですが、こいつにトウモロコシの匂いを時々かがせることができさえしたら、ブエノスアイレスのどの馬にも引けを取らない見事な走りを見せてくれますよ」

道の両側を見ると、もうどこにも家は見当たらなかった。馬車は、ぼんやりと浮かぶ馬の飼育場のあいだの舗装されていない道を進んだ。月が分厚い黒雲に隠され、しばらくするとふたたび現れて輝いた。甘い煙のような、あの不快な臭いが漂っている。

前方で何か異変が生じているようだった。馬はいつのまにか、並足とトロットの中間の足取りで、道を斜めに横切るように走っている。御者は手綱を引いた。

「どうしたんだ?」博士が尋ねる。

「馬がもう走れないんです」御者が答えた。「旦那、勘弁してください。一息入れさせないといけません」

バレルガがとげとげしい口調で迫った。

「あんたはいったい何の権利があって私にそんな口をきくんだ?」

「旦那、馬が死んでしまいますよ」御者が答えた。「こんなふうに走りはじめたら、もうこれ以上は無理ってことなんです」

「あんたの仕事は客を目的地まで送り届けることだ。あんたが空車標示板をいったん下ろしてからというもの、料金メーターは刻々と十センターボずつ上がっているんだからな」

「なんだったら警察を呼んでくださってもかまいませんよ。馬を死なせるつもりは毛頭ありません」

「もし私があんたを殺したら、この馬が葬儀屋を呼んでくれるとでも言うのかね。それよりも、馬をけしかけて走らせるんだな。こんな押し問答をしても、こっちの神経が苛立つだけだ」

ふたりの言い争いはなかなか終わらない。御者が仕方なく馬に形ばかりの鞭を当てると、馬はふたたび走りはじめた。しかしすぐによろめき、人間のようなうめき声を発すると、地面にはいつくばった。馬車が激しく揺れて止まると、全員が降りてきた。そして馬を取り囲んだ。

「ああ」御者が嘆声を発した。「もう起き上がれませんよ」

「もう起き上がれない?」博士がなれなれしい口調で尋ねた。

御者は博士の言葉が耳に入らないようだった。馬をじっと見つめながらこう言った。

「こいつはもう起き上がれません。おしまいですよ。ああ、かわいそうなノベンタ!」

「ぼくはもう帰ります」マッサントニオが口を開いた。片時もじっとしていられない彼は、気も狂わんばかりといったありさまだった。

「人を困らせるもんじゃない」バレルガがたしなめた。

それでも床屋は、涙を流さんばかりにして食い下がった。

「でも、もう行かなくちゃいけないんです。朝帰りなんかしたら、妻がいったいどんな顔をすることか。

もう帰ります」

「ここに残るんだ」

「ああ、もう駄目だ。かわいそうなノベンタ。もうおしまいだ」悲嘆に暮れた御者はそう繰り返していた。何をすればよいのかわからず、手をこまねいているしかないようだった。悲痛な目で馬を見つめながら頭を振っている。

「この人がもう駄目だと言うんだから、馬はもう死んでいると考えるべきじゃないかな」アントゥネスが重々しい口調で意見を口にした。

「で、ぼくらはいったいどうなるんだ？　この人に負ぶってもらうのか？」ペゴラロが口をはさんだ。

「それはまた別の問題だ」アントゥネスが反論した。「物事には順序ってものがある。いまはノベンタという馬について話しているんだ。ここは思いきって一発ぶちこんで、楽にしてやるべきじゃないかな」

アントゥネスの片手にはピストルが握られている。彼は、ぐったりとのびている馬の目をのぞきこんだ。苦痛と悲しみを浮かべた両目は、まだ生きていることを物語っている。そんな状況のなかで馬を殺すことについて平然と話し合っている光景は、まさにぞっとするものだった。

「二ペソで死体を引き取るよ」アントゥネスがそう言うのを、御者はうわの空で聞いていた。「うちの親父のために引き取ってやるんだ。親父はいつも夢みたいなことばかり考えていてね。動物の死体を解体して、それを売りさばく会社を立ち上げるのが夢なんだ。皮や脂なんかをね。余った骨と血は、ぼくと親父が高級肥料を作るのに使う。信じられないかもしれないが、肥料ってやつは……」

バレルガがさえぎった。

「なぜ殺さねばならんのだ。まだ元気だというのに。馬を手助けして立ち上がらせることが先決だ」

「そのとおりだ。さもなければ、いったい誰が、快適な椅子に腰を下ろしたぼくらを目的地まで運んでくれるんだ？」ペゴラロが言った。

「なにをやっても無駄ですよ」御者が繰り返した。「もう死にかけているというのに」

ガウナが言った。

「馬を頸木からはずしてやらないと」

悪戦苦闘のすえ、彼らは馬を頸木からはずした。そして馬車を後方へ押しやった。博士は手綱を拾い上げ、鞭を手に取るようにガウナを促した。「それ！」博士はそう叫ぶと手綱を乱暴に引っぱった。ガウナは、鞭を振るって馬を立ち上がらせようとした。いらだちを募らせる博士の手には、手綱を引くたびに力がこめられていった。

「おい、いったいどうしたっていうんだ？」博士は怒りをあらわにガウナをにらみつけた。「鞭の扱い方も知らんのか？　それとも馬がかわいそうだとでも？」

博士が何度も手綱を引くものだから、はみをくわえた馬の口の端から血がにじみ出ている。揺るぎのない静寂を宿した深淵が、その悲しげな目の奥に映し出されているようだった。ガウナは何があろうと馬を鞭打つことはすまいと思った。「どうしてもやれと言うなら、博士を鞭打ってやる」御者が泣き出した。そして、うめくような声を絞り出した。

「六十ペソ出しても、こんないい馬は手に入りませんよ」

「おいおい」バレルガが言った。「泣いてどうなるというんだ？　私は自分にできることをやってみるつもりだ。うんざりするような真似はよしてくれ」

「ぼくはもう帰ります」マッサントニオが口を開いた。

バレルガは若者たちにむかって言った。

「私が手綱を引っぱるから、君たちは馬を起こすんだ」

ガウナは鞭を置き、仲間たちに加わった。

「これはもうとても口とはいえないな」バレルガが言う。「肉の塊にすぎない。無理やり手綱を引けば、それこそばらばらになっちまう」

バレルガが手綱を引くのに合わせて、仲間たちは力を合わせて馬の体を押し、ついに抱き起こすことに成功した。馬を取り囲んだ若者たちは鬨《とき》の声をあげた。「ウーラ！」「ノベンタ万歳！」「プラテンセ万歳！」そして、喜びのあまり飛び跳ねながら、互いの体をたたいた。

バレルガは御者のほうに向き直った。

「見たかい。泣くのはまだ早いぞ」

「さっそく馬車につないでみよう」ペゴラロが言った。

マイダナが割って入った。

「乱暴な真似はよせ。この馬は死にかけてるんだ。せめてひと息入れさせてやれよ」

「ひと息入れさせてやれだって？」拳銃を手にしたアントゥネスが口をはさんだ。「野宿なんてまっぴら御免だ」

ペゴラロが陽気に言った。

「マイダナはきっと自分の体に馬車をつないでほしいんだろう」

そして、馬車を馬のほうに押しやった。空いているほうの手を使って手助けしようとしたアントゥネスは、手綱を強く引っぱった。ところが馬は、ふたたびくずおれてしまった。

バレルガは、落ちていた鞭を拾い上げると、それをアントゥネスに示しながら言った。

「その顔に鞭打ちをお見舞いしないといけないようだな。まったく役立たずだよ。君はどうしようもない役立たずだ」

アントゥネスの手から手綱をひったくると、バレルガは落ち着いた口調で、御者にむかって言った。

「率直に言って、マエストロ、あんたの馬はわれわれをばかにしているようだ。根性をたたきなおしてやる」

すると、左手で手綱を引っぱり上げながら、右手で激しい鞭打ちを加えた。さらに二発、三発とつづけた。馬は、うなるような声であえいだかと思うと、全身をゆすりながら立ち上がろうとした。ところが、途中まで立ち上がると、体を震わせながら倒れてしまった。

「旦那、後生ですから、お願いです、後生ですから」御者が哀願している。

馬の目は、恐怖のあまりいまにも飛び出すのではないかと思われた。バレルガはふたたび鞭を振り上げたが、ガウナは、博士の鞭が振り下ろされる前にアントゥネスから拳銃を奪い取ると、馬の首根っこにそれをあてがい、目を大きく見開いて発砲した。

44

ガウナは、掘っ立て小屋の扉に寄りかかり、焼却場の向こうの街のほうから浮かび上がってくる夜明けを眺めながら、いま思い浮かべたものこそ、一九二七年のカーニバルの魔術的な逸話、忘却の淵に沈んでいた魔術的な逸話、三年におよぶ不完全な、秘められた、熱烈な回想を経て、いまようやく取り戻すことのできた逸話なのだろうかと自問した。彼は、一九三〇年のカーニバルのなかに、まるで鏡に映し出された迷宮のなかをのぞきこむようにして、三年前のカーニバルにまつわる三つの出来事を見出したのだった。はたして、謎を解明するために、そして、謎が秘める汚らわしくも忌まわしい側面を見出すために、この冒険の終局まで、ほの暗い輝きの源まで行き着くべきなのだろうか？

「なんて不幸なんだ」ガウナは考えた。「すばらしい夢を生きなおそうとする人間のように、あのときの出来事をもう一度生きなおしたいと願いながら三年という歳月を送ってきたんだ。これ以上の不幸があるだろうか」ガウナにとってその夢は、じつは夢ではなく、彼の人生のなかの秘められた英雄的行為を意味するものだった。ところが、その栄光を暗闇のなかから取り戻しつつあったときに実際に目にしたものとはいったい何だったのか？　それはバイオリニストや小さな男の子、馬が登場する逸話だった。いずれも卑劣このうえない残酷な逸話である。いったいどういうわけで、たんなる忘却にすぎないものが、そうした逸話を美しくノスタルジックな思い出に変えてしまったのだろう？

なぜあんな手合いと行動を共にしてきたのだろう？　どうしてバレルガみたいな男を尊敬する気持ち

になったのだろう？　連中と出歩くためにクララを置き去りにしてきたなんて……。ガウナは目を閉じてこぶしを握り締めた。自分を卑劣なふるまいに引きずりこんだ仲間たちに仕返しをしなければいけない。自分がどれほどバレルガを軽蔑しているか、面と向かって言ってやらなければいけない。

ガウナは、果てしなく広がる青い空を見つめた。明け方の光と雲が織りなす独創的な建造物を思わせる光景はすでに消えていた。朝がはじまろうとしていた。ガウナは片手を額に滑らせた。額は冷たく湿っていた。激しい疲れを感じた。そして、混沌とした一瞬のひらめきのうちに、復讐をはかるべきではないことを、争うべきではないことを確信した。彼はただ遠くへ行ってしまいたかった。悪夢から逃れるように、仲間たちのことを忘れてしまいたかった。いますぐクララのもとへ帰ろう。

ところが、案にたがわず、ガウナがクララのもとへ帰ることはなかった。またしても恨みに身をゆだねてしまったのである——「ぼくがあいつらのことをどう思っているか、あいつらに思い知らせてやりたい」と心のなかで繰り返していた——。しかしすぐに、そうした毅然たる態度にも嫌気がさし、何も感じなくなり、かすかな喜びを胸に、運命の導きに身をまかせた。わたしが思うに、ガウナはおそらく、冒険を途中で投げ出してしまえば、きっと一生後悔することになるにちがいないと考えたのだ。掘っ立て小屋の扉に寄りかかりながら、時の流れに身をまかせ、手だれの勝負師、あわてず一枚一枚の手札に目をやり、冷静沈着な態度を崩すことなく、自分が無敵であることを確信する勝負師にでもなったつもりで、二七年のカーニバルに思いをめぐらそうとした。とはいえ、いま感じていることや、心をくすぐる勝負師のイメージに気をとられてしまった。しかしながら、ぼんやりした秘密の回路を思考がたどっているせいか、ガウナは、あの盲目のバイオリン弾き、バウムガルテンとデートしたことをクララから告げられた日に、バラカスの家の中庭で自分がどういうわけか脅かすことになった（とあのとき感じた）盲目のバイオリン弾きの正体を、いままさにつかみかけているのを感じた。あれは、ゴドイ・クルス通りで博士が襲いかかった男だったのだ。盲目の男は、相手の声に聞き覚えがあったからこそ驚いたのだ。バレルガが襲いかかる前、ガウナは、のちにバラカスの家の中庭でやったように、ワルツをもう一曲弾いてくれと頼んだ。ガウナがいま感じている苦々しさについては、なんら不思議ではない。なんとも不可解なクララのつれない仕打ちをめぐる記憶のせいなのだ。

黄みがかった白毛の犬がまた近づいてきた。ガウナは一歩前へ進み出て犬をなでた。一歩踏み出すのと同時に頭がずきんと痛んだ。まるで静かな池の水面に小石が投げこまれたようだった。やがて、博士と仲間たちが小屋から出てきた。目をなかば閉じ、顔を苦しそうにゆがめているのは、外の明るさにまだ慣れていないからだろう。一行は無為のうちに午前を過ごした。誰かがジンを一本調達してきた。みんなは、収集車の陰に身を投げ出してジンを回し飲みした。ガウナは、焼却場の鼻を突く甘ったるい臭いが不快でならなかった。ほかの連中はそうでもないようだった。彼らはガウナの繊細な神経をからかった。うたた寝をする彼らの疲れきった、二日酔いに痛む頭の周りでは、緑色のハエが飛び回っていた。

昼下がりになると、小屋の持ち主である親方が馬に乗ってやってきた。都会風の服を身に着け、ズボンの裾には、自転車に乗るときに使うバンドが巻かれている。その後ろを、シャツを着てボンバーチャをはいた四、五人の男たちが徒歩でつづいていた。日雇いの労働者たちだ。馬に乗った親方は、五十過ぎのがっしりした体格の男で、ひげを剃った幅の広い顔には屈託のない笑みが浮かび、偽善をうかがわせる好奇心とやさしさが時おり顔をのぞかせた。項と側面の髪が短く刈りこまれ、短い腕、腹部、両脚はいずれも肉づきがよかった。博士に挨拶しようと上半身を腰から折り曲げる様子は、こわばった両腕がぶら下がっているところと相まって、どことなく蝶番《ちょうつがい》で動く人形を思わせた。ごみの収集を生業にしている親方が扱っているのは、おもに廃棄された医療品の類であり、経営者のような地位を手にした彼は、いまや下働きの男たちを使う身だった。彼ら労働者たちは、焼却場のあちこちに散らばって、親方のためにごみを漁るのである。親方はバレルガに、仰々しいほど丁重に挨拶した。若者たちにはほとんど目もくれなかった。

「ドン・ポンシアノ、仕事の調子はどうだい?」博士が尋ねた。

「ほかの仕事と変わらないよ。ずいぶん儲かった時期もあったけど、あとはさっぱり、先が見えないからみじめなもんだ。でも文句を言うつもりはないよ。喉に引っかかった小骨、わかるかな、いま頭を悩ませているのは、従業員たちのことなんだ。廃品回収業の賃金相場にしたがって、彼らにはたっぷり給料を払っているし、歩合給だって出してる。でも、彼らのことを考えると頭が痛いよ。しかも、この頭痛に効くアルゼンチンの薬はどこを探しても見つからないときている。朝から晩までため息をついているありさまさ。慎ましさや誠実さを尊重する気持ちはあるんだけど、他人の縄張りを侵してまで廃品を回収しようとする連中がいるんだからね。おまけに、縄張りを荒らされたやつは、まるでこっちが悪いとでも言わんばかりに、さびついたナイフを手に襲いかかってくる始末さ。たとえば金の採掘で暮らしを立てている男がいるとする。ところがどんなに働いてもほんの一握りの土くれしか手に入らない。その彼がもし、わたしの雇っている労働者たちが金歯でピカピカの口を大きく開けてにんまり笑うのを見たとしたら、いったいどんな気持ちがすることか、考えるまでもないだろう」

博士はこの友人に並々ならぬ友情を感じているらしかった。というのも、途中で口をはさむことなく、相手が疲れるまでしゃべりつづけるのを黙って聞いていたからである。若者たちは、博士が寛大な態度で接するのを目にして驚き、胸の前で十字を切りながら、これほど穏やかで上機嫌な博士は見たことがないと口々に言うのだった。その後、博士と友人のあいだにちょっとした押し問答があったが、このときも博士は苛立ちを見せなかった。博士の友人は彼らを食事に誘ったが、遠慮した博士は招待に応じようとしなかった。すると、前の日の晩に不愛想な態度で一行を出迎えた女が肉を持ってやってきた。肉を焼いているあいだ――ガウナは、熾火にかけられた安物の調理器具の表面を滑り落ちていく鉛の玉のような雫を見つめていた――、親方は労働者たちから袋を受け取って日銭を払っていた。食事――靴底のように硬く干上がったあぶり肉、乾パン、ビールが供された――は遅くまでつづいた。食事の目玉は、言うまでもなく、たっぷり時間をかけた心からのもてなしだった。親方は、夜にクルス通りの屋敷で開かれるという仮装舞踏会に彼らを誘った。

「招待客はいずれもトップクラスの人間ばかりだ」親方は話しはじめた。「ある大物が主催者なんだけど、人生を知りつくしている彼は、生きるすべを心得ている。ビジャ・ソルダティとビジャ・クレスポから女たちを駆り集めてくるんだ。わたしは誰でも気に入った人を招待することができる。幸運なことに、彼から信頼されているんでね。面白い人物だから、知り合っておいて損はないよ。綿花の収穫人からの叩き上げでね。実入りのいい仕事なんだな。わざわざつけ加えるまでもないが、彼は外国人で、一銭たりとも無駄にすることなく倹約にこれ努めるってタイプの人間さ」

博士は、若者たちといっしょに夜はバラカスへ行かなければならないので、仮装舞踏会に参加することはできないと答えた。親方は、収集車の係に掛け合ってみようと言ってこうつづけた。

「われわれのように個人で仕事をしている人間と、決められた予算をあてがわれて生活している連中、役所のお墨付きをもらって働いている怠惰な連中とはそもそも馬が合わないんだが、わたしは誰とでもうまくやっていくことができる人間だし、今晩君たちが舞踏会へ出かけると言うんなら、明日ごみの収集に出かけるときに君たちをいっしょに乗せていってくれるよう頼んでみるよ。そうすれば楽に移動できるからね。おそらく九十五パーセント大丈夫だろう」

ところがバレルガとガウナは、やはり今晩はここに残るわけにはいかないと言って断った。しかし最後はすべてが丸くおさまった。しばらくすると、収集車の係が手綱を握り、ぶちの馬を二頭引き連れて現れた。

「馬をつながなければいけないんだ」係の男がドン・ポンシアノに言葉をかけた。

路上に散らかった紙テープを片づけるために収集車を出さなければいけないということだった。ドン・ポンシアノが尋ねた。

「ここにいるわたしの友人を乗せていってくれないか?」

「これからモンテス・デ・オカ通りへ行くんだが」男は答えた。「それでよければ乗せていくよ」

「それでけっこう」博士が答えた。

45

男が馬を収集車につなぐと、博士と仲間たちはドン・ポンシアノに別れを告げた。博士は男といっしょに御者台へ上り、ガウナと仲間たちは荷台に腰を下ろした。

一行を乗せた収集車はクルス通りを走り、パレードがふたたび賑わいを見せているラ・プラタ通りを右へ曲がった。アルマフエルテ通りへ入ると、ガウナは、土塀を彩るブーゲンビリアを目にした。そして、自分が死んだのちに世界が存在しつづける時間を想像するよりも、死そのものを想像するほうがはるかにたやすいと考えた。ファマティマ通りを下った収集車は、アルコルタ通りを経由して工場やガスタンクが建ち並ぶ薄暗い界隈に入った。サエンス通りでは、仮面をつけた柄《がら》の悪い連中がいくつかのグループに分かれて派手に騒いでいて、いまがちょうどカーニバルの真っ最中であることを思い出させた。ペルドゥリエル通りに差しかかった一行は、やがてブランドセン通りの坂道へ差しかかり、塀や鉄格子、ユーカリの木やモクマオウの植わった陰鬱な庭のあいだを進んだ。

「メルセデス救貧院だ」ペゴラロが説明した。

ガウナは、いったいどういうわけで、三日におよぶカーニバルのなかに身を置けば、二七年のカーニバルを生きなおすことができるのみならず、そのときに感じたことをまざまざと胸のなかによみがえらせることができるなどと考えたのか、自分の胸に問いかけた。いま、という時間は二度と戻ってこない。彼にはそれがわかっていなかったのであり、だからこそ、奇跡を待ち望むお粗末きわまりない試みは見事に失敗してしまったのである。

ビエイテス通りに乗り入れた収集車は、銅像の脇で停止した。博士が宣言した。

「ここで降りることにしよう」

馬を操っていた男が御者台の手すりに手綱を結わえつけるあいだ、バレルガは〈エル・アンティグオ・ソラ〉という名のレストランを指さしながら話しはじめた。

「ここの網焼き肉はうまいんだ。気取りのない料理だが、目が行き届いている。一九二三年だったと思うが、タクシーの運転手が教えてくれてね。連中は人づきあいが多くていろいろな場所へ出向くもんだから、うまい店も知っている。この店の経営者の兄弟がオイル会社の現場監督をやっていることをあとで聞いてね。そういうわけで、ここでは上等のものを惜しみなく出してくれるんだ。このご時世、それがいかにありがたいことか、君たちにわかるかね？　それはけっしてお金で買えるようなものじゃない。それに、この辺りは街の中心から少しはずれているから、仮装行列やら音楽隊やら、そんなものに煩わされる心配もない。何事であれ、それにふさわしい場所というものがある。消化には落ち着いた場所が不可欠というわけだ」

バレルガに誘われた御者は、一杯ひっかけるために店に入った。そして、バレルガと並んでカウンターに立ち、ラム酒を飲んだ。そのあいだ、若者たちはテーブルについたままおとなしく待っていた。店主は、バレルガの顔を見ても誰だかわからない様子だったが、バレルガはそのことで気を悪くすることもなかった。御者が店を出ていくと、バレルガは、いかにも店の常連といった口調で、オリーブ油や肉、豚脂入りのソーセージについて蘊蓄《うんちく》を傾けた。

食事はソーセージ、サラミ、生ハムから始まった。その後、サラダを添えた冷肉が大皿に盛られて出てきた。バレルガが言った。

「料理のためにミシン用の油まで使い果たしていないか、あとで確かめておくといい」

赤ワインがたっぷりふるまわれた。ウエイターは、チーズと果物の砂糖漬けを勧めた。

「果物の砂糖漬けは警官が食べるデザートだ。チーズを頼む」バレルガが言った。

そのとき、悪魔に扮した四人の男たちの楽隊が店になだれこんできた。ガウナは、楽隊がシンバルを鳴らす前に、彼らに一ペソを差し出した。そして、弁解するように言った。

「騒々しい音楽に悩まされるよりも、一ペソを無駄にしたほうがいいからね」

「出費が痛いんなら、みんなで割り勘といこう」マイダナがあざけるように言った。

楽隊の面々がチップの礼を口にしている横で、バレルガがきっぱりと言った。

「くだらない連中に金をやるなんて、賢明なふるまいとは思えんね」

一同は果物とコーヒーを注文して食事を終えた。店を出る前にガウナはトイレに行った。トイレの壁には、たどたどしい筆跡で「店主のために」と鉛筆で記された落書きがあった。ガウナは、はたしてバレルガはこの界隈に足を踏み入れたことがあるのだろうかと考えた。とはいえ、赤ワインをたっぷり飲んでいた彼は、なにもかも忘れてしまった。

一行は、冷たい風で頭を冷やすために少し歩いた。博士はアントゥネスに向かって言った。

「それにしても、君には人間らしい感情がないのかね？　私なら、こんな夜には声をかぎりに歌うところだ。〈ドン・ファアン〉を聞かせてくれ」

アントゥネスが〈ドン・フアン〉を精いっぱい歌っているあいだ、バレルガは、平屋建ての古い家々を眺めながら、こんなことを言った。

「この辺りはいつになったら、こんなあばら家の寄せ集めじゃなくて、工場が建つんだろう?」

マイダナが思いきってこう言った。

「いつになったら労働者のための住み心地のよい家が立ち並ぶ一画ができるんでしょうね?」

46

喉の渇きをおぼえた一行は、それをネタに冗談を飛ばしたり、干からびた喉を壊れたエンジンや紙やすりになぞらえたりしながら、ディアス・ベレス広場の正面に位置する〈エル・アエロプラノ〉というバルに入った。彼らが座ったテーブルのそばでは、ふたりの男が酒を飲んでいた。ひとりはカウンターに寄りかかり、もうひとりはテーブルに肘をついている。カウンターの男は背が高く、ぞんざいな身なりの陽気な若者で、帽子をあみだにかぶっていた。テーブルの男は、カウンターの男ほど痩せてはおらず、金髪で、肌の色が抜けるように白い。もの思いにふけっているような悲しげな青い目をしており、金髪の口ひげを蓄えている。

「なあ、相棒」金髪の男が、聞こえよがしに大声で話していた。「この国の運命というのはじつに奇妙だね。わが共和国が世界中に知れ渡るようになったのはいったい何のためだと思う?」

「ポマードさ」カウンターの男が答える。「インド産のトラガカントゴムから作られるポマードだよ」

「冗談はよしてくれ、こっちはまじめに話してるんだ。ちょっと考えてみろよ。おれはなにも富や豊かさを問題にしているわけじゃない。経済回復や財政再建の前からわれわれはすでにアメリカと比べると立派な落ちこぼれだったんだからね。そうかといって国土の広さを問題にしているわけでもない。ブラジルはわが国の倍の広さはあるからね。家畜の数や農産物を問題にしているわけでもない。うっかりしていると、わが共和国の穀倉地帯よりもシカゴの市場のほうが活気に満ちているなんてことにもなりかねない。あるいはマテ茶を問題にしているわけでもない。年がら年中われわれをガウチョ化しているこの飲み物の葉っぱは、袋詰めにされてブラジルやパラグアイから運ばれてくるんだからな。本の話を持ち出して君を退屈させるつもりもない。わが国の三文文士たちの誇りともいうべきマルティン・フィエロ印の《クリオーリョもの》ですら、ほかならぬバルトロメ・イダルゴが創始したものなんだ。何を隠そう、彼は対岸の男、ウルグアイ人だ」

あくびをしながらカウンターの男が言った。

「関係ないことまでしゃべってるぞ。核心を突いたらどうなんだ。アマロ、ぼくはときどきね、お前さんがあまりにもおしゃべりなんで、正真正銘のスペイン人になっちまったんじゃないかと思うときがあるんだ」

「冗談でもそんなことを口にしてくれるな。君と同じ生粋のブエノスアイレスっ子さ。もっとも、帽子をあみだにかぶることはないがね。とにかく、本当のことを正直に話してるんだ。七月通りで売られているフライドポテトみたいに熱い心でね。指をやけどするくらいだ。どれも嘘偽りのない話だよ、アロセナ。おれはなにも取るに足りないことをしゃべってるわけじゃない。われらが誇りともいうべき真の持ち味について話そうというんだ。それは議論の余地のないほど明らかなもので、アルゼンチン国民の崇高な魂から滋養を汲みとっているものなんだ。すなわちタンゴとサッカーさ。耳の穴をかっぽじってよく聞くんだ。いまは亡きディフェンスの名手、われらがロッシは、コルドバ住まいだったが、なんとも具合の悪いことに、彼はウルグアイ人だ。そしてあのタンゴ、われらがタンゴ、生粋のアルゼンチン魂ともいうべきあのタンゴ、〈踊るアルゼンチン大使〉とも称すべきタンゴ、ヨーロッパで盛んにもてはやされ、ほかならぬローマ法王が異を唱えたこともあるタンゴ、あのタンゴは、じつはモンテビデオで産声をあげたんだ」

「ウルグアイ人に聞いてみたら、アルゼンチン人はみんなあっちで生まれたということになってしまうよ。フロレンシオ・サンチェスからオラシオ・キローガまでね」

「まあ、それなりの理由があるんだろう。ガルデルを持ち出すまでもないがね。フランス人じゃないとすれば、彼はれっきとしたウルグアイ人にちがいない。それに、思い出すまでもあるまいが、いちばん有名なタンゴの曲もやっぱりウルグアイで生まれたものだ」

「ちょっといいかな」ガウナが割って入った。「口をはさむようだが、ろくでもないアルゼンチン人といえども、あんな屑みたいな曲を〈イヴェット〉とか〈ウナ・ノチェ・デ・ガルファ〉、〈ラ・カトレラ〉、〈エル・ポルテニート〉などと同列に扱おうなんて思わないはずだ」

「そうむきになりなさんな。〈カサ・アメリカ〉のタンゴ名鑑じゃあるまいし。おれはね、いちばんいい曲と言ったわけじゃない。いちばん有名な曲と言ったんだ」男はそう言うと、ガウナのことを早くも忘れてしまったかのように、カウンターの男にむかって話しつづけた。「サッカーに関して言うとだね、それこそ揺りかごのなかにいるときからわれわれがずっとやってきたスポーツだ。通りに出て、布を丸めたボールを蹴ったりしてね。誰もが熱狂するスポーツだ。与党であろうが野党であろうが関係ない。トラックに乗りこんで、相手かまわず〈ボカ！　ボカ！〉と叫びながら街を練り歩くのがいまや恒例となっている。世界の隅々にいたるまでわれわれアルゼンチン人の評判を高めたスポーツであることはまちがいない。ところがわれわれは、ここでもまた一歩退いて道を譲らねばならんありさまだ。めぐりめぐって、いまやまたしてもウルグアイ人に打ち負かされているんだからね。オリンピックや世界選手権で活躍しているのは彼らウルグアイ人だ」

「で、どうしてお前さんは競馬の話をしようとしないんだ？」カウンターの男が尋ねた。「お前さんの意見に同調するつもりはないが、トルテロロもレギサモもウルグアイ産、あるいはウルグアイ産と言ってもいい馬なんだろう？」

そう言うと、アロセナという男は、ガラスのふたが被せられたスペシャル・サンドイッチに手を伸ばし、さらにつづけた。

「こうやって栄養を補給すればおのずと記憶もよみがえってくるだろう」

博士が小声で言った。

「ここで何かが起こりそうだな」ひと呼吸おいてさらにつづけた。「今度はこっちの頭に血が上ってきたぞ。しかし、言葉による叱責というのはどうも信じられん」

ガウナは、それまでの恨みや憎しみを忘れて、かつてのような、純粋な称賛のまなざしで博士を見つめた。英雄神話を信じたいという気持ちが芽生えてきたのである。そして、自分の内なる熱烈な欲望に敏感に反応する現実がついに決定的な逸話を、忠誠を誓うために不可欠というわけではないものの、とにかく文句なしの証明となりうる喜ばしい逸話――ある種の信者にとっての奇跡のようなもの――をもたらしてくれることを期待したのである。おのれの使命を確信させてくれる逸話を、そして、数々の矛盾を経てきたいま、あらゆる美徳にもまして勇敢さを頂点にいただくロマン主義的な位階を信じることをふたたび可能にしてくれるような逸話を、ガウナは期待したのだ。帽子をあみだにかぶった男がこんなことを言っていた。

「しかし結局のところ、われわれアルゼンチン人はすばらしい評判を手にしただけじゃない。なぜって、フランスやカリフォルニアのキャバレーに行けば、ポマードで頭をべったりなでつけたアルゼンチン人がうようよいるからね。連中は、目を閉じていなければ絶対に手を出そうとは思わないような女を斡旋して食いつないでいるありさまだ」

「それがウルグアイといったい何の関係があるんだ?」テーブルに肘をついた男が尋ねる。

「何の関係があるかだって? やつらはみんなフリオという名前で、しかもウルグアイ人なんだぞ」

「ということはつまり、女の扱いにかけても、われわれアルゼンチン人はまったくの役立たずというわけだな」博士はそう言うと、大きな声をはりあげた。

「お二人に何か飲み物を持ってきてくれ。なぜわれわれアルゼンチン人がこれほど不幸なのか、この方たちにとくと説明していただこうじゃないか。きっとそのわけをご存じだろうからね」

二人の男はチェリー酒を頼んだ。

「ウルグアイ産のチェリー酒だぞ、アルゼンチン産のはたいしたことないからな」金髪の男がウエイターにむかって言った。

「軽い酒だな」ペゴラロが言った。

「女の飲む酒だ」アントゥネスがつづいた。

「この人は〈のっぽ《エル・ラルゴ》〉または〈バローロ宮殿〉と呼ばれているんだ」マイダナがアントゥネスを指さし、早口でまくし立てた。「身長は一八〇センチを下らない。モンテビデオを隈なく探したって、〈バローロ宮殿〉のような建物が見つかると思うかい？　ぼくは知らないけどね。一度も行ったことがないし、それに行く必要もないからな」

博士がガウナに小声でささやいた。

「あいつらはキャンキャン吠える子犬みたいなもんさ。狩りのお膳立てをする子犬、というよりも、狩りを台無しにしてしまう子犬さ。いまに下手《したて》に出るから見ていろ」

ところが、博士の言うとおりにはならなかった。時間切れだった。帽子をあみだにかぶった男が藪から棒に言い出した。

「さようなら。いろいろありがとう」

金髪の男もそれにつづけて「ありがとう」と口にした。ふたりの男は静かに店を出た。博士は彼らを追いかけようと立ち上がった。

「ほっときましょう、博士」ガウナが取りなすように言った。「ほっときましょう。ついさっきまでぼくはあなたに彼らとやり合ってもらいたいと思っていましたが、もういいんです」

博士は、ガウナがしゃべり終わるのを待った。そして、扉に向かって一歩踏み出した。ガウナは、なだめすかすようにその腕をつかんだ。博士は、自分を引き留めている手を忌々しそうに睨みつけた。

「お願いですから」ガウナはつづけた。「一歩外へ出たら、あなたはきっと彼らをひどい目に遭わせることでしょう。カーニバルは明日までつづくんです。どこの馬の骨ともわからないやつらのためにせっかくの気分を台無しにするのはやめましょう。あなたはぼくに招待されているんですから、ぼくの言うことを聞いてください」

「それに」アントゥネスは気まずい雰囲気を追い払おうと、思いきって口を開いた。「すべてはわれわれアルゼンチン人のあいだで起こったことです。やつらがもし外国人だったら、侮辱されて黙っているわけにはいかないでしょうがね」

「誰が君に意見を求めた？」怒りをあらわにしながら博士が叫んだ。

ガウナは、自分はありがたいことにバレルガに特別扱いされているんだなと考えた。

47

一行はオスバルド・クルス通りをモンテス・デ・オカ通りにむかって歩いた。彼らが一九二七年のカーニバルのときに訪れた店は、家族が住む一軒家になっていた。マイダナが言った。

「ここのお嬢さんたちはいまごろどうしているだろう？」

「ほかのお嬢さんたちと変わらないさ」アントゥネスが応じた。

「一味《ひとあじ》ちがうと思うけどな」ペゴラロが言った。

「なにか特別な魅力があるとも思えないけど」アントゥネスが答えた。

「彼女たちを楽しませるために」マイダナがつづけた。「界隈の若い男たちはあらゆるほのめかしを駆使するだろうな」

一行は何軒かの店をはしごした。博士はガウナに腹を立てているようだった。一方、ガウナは、かつてのような親愛の情を、父親に対するような親愛の情をもって博士を眺めていた。バレルガの不機嫌はガウナの心を動かすほどのものだったが、さして気にかけることはなかった。ガウナにとって大切なのは和解であり、彼がいま感じているような、友情を求める衝動的な気持ちだったのである。昼前に抱いていた反感を忘れ去り、それを好ましく思うようにガウナを促したものは、その日の混沌とした出来事に起因する疲労ではなく、何杯も飲んだ酒でもなかった。あのディアス・ベレス広場のバルで、ふたりの見知らぬ若者たちの会話が、いわばガウナの愛情に満ちた信念の多くをかき乱し侮辱したときにガウナが感じたもの、そして、バレルガが、みずからに忠実に、あるいは、最初のころにガウナがバレルガに対して抱いていたイメージに忠実に、怒りをみなぎらせて立ち上がったときにガウナが感じたもの、それこそがガウナに、反感を忘れ、それを好ましく思うように仕向けたのである。

一行は、モンテス・デ・オカ通りを歩きながら、夜を過ごすためのホテルを探した。ギマラエス通りとモレイラ通りの角にあるホテルに入ろうとしたが、一階が葬儀屋であることを見てとると、そのままホテルの前を素通りした。そしてバレルガが言った。

「びっこのアラウホのところへ行くことにしよう」

アラウホというのは、ラマドリー通りにある資材置き場の所有者、というよりも夜警をしている男だった。若者たちはすっかり感心してしまった。そして、しきりにうなずきながら、この驚くべき事実について語り合った。ペゴラロが口を開いた。

「博士のように、サアベドラに住んでいる人というのは、郊外はもちろん、どんなに遠く離れたところにも知り合いがいるんだな」

「あの公園と同じように、サアベドラとは切っても切れないからな」アントゥネスが言った。

「そんなに驚くことでもないと思うな」マイダナが大胆な意見を口にした。「ぼくらだってれっきとしたサアベドラの人間なんだからね」

「変なこと言うなよ。時代がちがうんだ」ペゴラロがたしなめるように言った。

「こいつはね」アントゥネスがマイダナを指さしながら言った。「とにかく他人の長所にけちをつけたがるんだ。一目置くことを知らないんだな」

ペゴラロは、ガウナといっしょに先を行く博士に追いつくと、こう尋ねた。

「博士、いったいどうすればそんなにたくさんの知り合いができるんですか?」

「相棒よ」バレルガは、悲しげな誇りともいうべきものを浮かべながら答えた。「君らも私と同じくらい長く生きたら、べつに厚かましい人間としてふるまったわけでもないのに、神のいますこの世界で一群の友人たちに恵まれていることに気づくだろう。一夜を過ごすための宿を拒まない人であれば、その人はきっと君たちの友人ということになるだろうからね。たとえそれが、ネズミのはびこるこの資材置き場だったとしても」

博士が扉を叩いているあいだ、ガウナはこう考えた。「もしほかの人間だったら、あんなひどいことを口にした天罰として、きっと中へ入れてもらえないだろう。でも博士は、そんな目にはけっして遭わないタイプの人間なんだ」事実そのとおりだった。土塀の向こうからアラウホが近づいてきた。ぶつぶつ文句を言いながらびっこをひいている彼の足取りは、永遠にこちら側へたどり着かないのではないかと思われるほど遅々としていた。ようやく扉を開けた彼を前にして、訪問者たちは挨拶の言葉を口にした。闇のなかに立っている若者たちの姿に気づいたアラウホは、わずかに後退しながら警戒の色を浮かべた。博士は、アラウホに門前払いを食わされないようにするためだろう、扉にぴったり寄りかかるように立っていた。そして、落ち着いた声で言った。

「ドン・アラウホ。驚かんでくれ。今日はあんたを襲うつもりで来たわけじゃないんだ。ここにいる紳士たちが、カーニバルを盛りあげようと街歩きに繰り出したんだが、なんとこの老人に同道を勧めてくれてね。私は日が暮れると考えた。ホテルを探すよりも、びっこのアラウホのところへ行ったほうがいいだろうとね」

「それは正しい選択だったね」安心したアラウホは答えた。「まったく正しい選択だ」

博士がつづけた。

「アラウホ、われわれくらいの年になると、女を引っかけようなんて気はなくなる。若い連中と出歩くと、善良なやつらは、生徒を引き連れている教師だと思いこむ。同じ年頃の連中と出歩いたりすると、広場のベンチに座ってひなたぼっこをしながら大声でおしゃべりをするのがオチだ。われわれとしては、葬儀屋のお迎えが来るまで、椅子に座っておとなしくマテ茶でもすすっているしかないみたいだね」

アラウホは、びっこをひき、咳をしながら、運命はわれわれのために最上のくつろぎと長い人生を用意してくれているのだと言った。そして、夜の過ごし方について博士と相談をはじめた。

「贅沢は約束できないが」アラウホが言った。「博士には、事務所の小さなソファで寝てもらうことにしよう。快適とは言えない代物だがね。それよりもいいものがないんだから仕方がない。わしも古きよき時代にはよくそこに寝転がったもんさ。時おりごろりと横になってひと眠りしてね。つぎの日はちょっとした見ものだったよ。よぼよぼの爺さんよりも背中が曲がってしまってね。リューマチというのは、体に悪い家具の配置のせいだと主張する連中もいるようだが、本当はそうじゃなくて、ソファーの背に頭を押しつけて寝ることに原因があるんじゃないかと思うね。そこの若い人たちには清潔な袋を渡すことにしよう。どこか適当なところを見つけて横になればいい。遠慮はいらんよ」

ガウナはもうくたくただった。暗闇のなかを手探りで、白っぽい影のあいだを進んだぼんやりとした記憶だけが残った。横になると同時に眠りこんでしまったにちがいない。

ガウナは夢のなかで、ろうそくの光に照らされた広間にたどり着いた。巨大な円いテーブルがあり、カードゲームをしている英雄たちが座っている。ファルーチョやカブラル軍曹をはじめ、ガウナの知っている人物はひとりも見当たらなかった。かわりに、未開人ではないものの、半裸姿の若者たちが座っている。顔と身体が真っ白な彼らは、まるで石膏像のようだった。ガウナは、〈プラテンセ〉にあるディスコボロス像を連想した。英雄たちが手にしているのは、普通のサイズの倍の大きさはあるカードで、クラブとハートのマークがついているのが目を引いた。プレーヤーたちは、玉座に就く権利を、つまり、最高の地位を占める権利、英雄のなかの英雄とみなされる権利をめぐって争っていた。玉座は、靴磨きの店に置いてあるような椅子で、それよりは背が高く快適な座り心地のものだった。ガウナは、ロイヤルホテルに敷かれているという噂の赤い絨毯と同じものが玉座にまっすぐ通じていることに気づいた。こうしたことのすべてを理解しようとしているうちに目が覚めた。気がつくと、彫像のあいだに身を横たえている。みんなでマテ茶を飲んでいるときにアラウホが語ったところによると、それらの像は、イアソンおよびイアソンに付き従った英雄たちをかたどったものだった。ガウナは、それらが置いてあることを知る前に、そして、それらを実際に目にする前に、夢のなかで彼らを夢見たことを仲間たちに語った。するとペゴラロが言った。

「君の夢の話は退屈だって言われたことはなかったか？」

「知らないな」ガウナが答えた。

「もう知ってもいいころだぞ」ペゴラロがきっぱりと言った。

アラウホは、悪くとらないでほしいんだが、八時少し前に引き取ってくれないか、労働者たちや事務所の口うるさい女がやってくる前に、と言った。そして、弁解するように言い添えた。

「どんなときにも告げ口をする人間はいるもんだからね。そんなことになったら、ここのボスだっていい顔をしないだろう」

「このせっかちなアラウホ君は」博士が応じた。「礼儀をわきまえているはずなのに、われわれをここから追い出すつもりらしい」

博士は本心からそう言ったわけではなく、友人を困らせてやろうと思っただけだったが、アラウホは真面目な口調で言い返した。

「そんなことを言わないでくれよ、博士。本当はゆっくりしていってもらいたいんだから」

一行は、モンテス・デ・オカ通り六〇〇番地にある店でミルク入りコーヒーにクロワッサンを添えた朝食をしたためた。その後、コンスティトゥシオン駅近くにやってくると、浴場に入り、博士の言葉を借りれば、「トルコ人たちのもとで心身をリフレッシュしている」あいだに、服にアイロンとブラシをかけてもらった。店を出た一行は、五月通りに面した店で豪勢な食事をした。そして映画館に入り、バリー・ノートンが出演している『栄光の代償』を鑑賞し、バタクラン劇場では、ペゴラロいわく、「率直に言って満足すべき水準には達していない」レビューを見た。一行はさらに、七月通りの居酒屋で食事をした。小銭をいくらか払って、マル・デル・プラタのランブラ通りの風景や、一八八九年のパリ万博の様子を写した写真、さまざまな姿勢をとっている日本の力士をはじめ、男女の姿を収めた写真を眺めた。それが終わると、幌を折りたたんだビュイックのタクシーに乗ってカーニバルのパレードをひやかしながら街を走りまわり、最後に〈アルメノンヴィル〉に到着した。タクシーを降りる前に、ペゴラロは車内の赤い革張りにナイフで切り込みを入れた。

「サインを入れたぞ」ペゴラロが言った。

〈アルメノンヴィル〉の守衛が一行の入店を阻止しようとしたときにひと悶着あったが、ガウナが五ペソ紙幣を握らせると、われらが英雄たちの前に魔法の宮殿の扉が開かれた。

48

ここで筆の進み具合を遅くして、細心の注意を払いながら語らねばならない。これから物語ることは、きわめて奇妙な出来事を扱っているために、一つひとつ明確に説明しなければ、読者諸氏はおそらくわたしの言うことを理解することも信じることもできないだろう。この物語の魔術的な場面がいままさにはじまろうとしているのである。あるいは、じつはこの物語のすべてが魔術的であり、その本質をわれわれが見損なっていただけなのかもしれない。おそらく、ブエノスアイレスを包みこむ不信心な、通俗的な空気がわれわれの目をあざむいたのだろう。

ガウナは、〈アルメノンヴィル〉のきらびやかなサロンへ足を踏み入れ、過ぎし日のぼんやりしたフォックストロットを模倣したかのような、やはりぼんやりしたフォックストロットを踊る仮面たちの織りなす人波、ゆっくりと動いてゆく鮮やかな色合いの人波の周囲を歩きながら、当初のもくろみを忘れてしまったのだが、そのとき、探し求めていた奇跡がいままさに起こりつつあることを確信した。一九二七年のカーニバルの気分をもう一度味わいたいという切なる願いがついに叶えられたことを、しかも、彼のみならず、仲間たちの目の前でも同じ奇跡が起こりつつあることを確信したのである。こうしたこととはべつに不思議でも何でもないと言う人もいるだろう。すなわち、初めは二七年のカーニバルの気分をもう一度味わいたいという望みを抱いていたものの、やがて、あたかもドアを閉め忘れてしまった人のように、そうした望みを抱いていたことをきれいさっぱり忘れてしまったために、奇跡を受け入れる心理的な準備がガウナのなかで整っていただけなのだと。そして、まる三日間にわたって酒を飲んだり夜更かしをしたりした挙句、二七年のカーニバルのときと同じ疲労に襲われることによって、肉体的にも奇跡を受け入れる準備が整っていたのだと。さらに、強烈な光や音楽、仮面の渦巻く〈アルメノンヴィル〉の豪奢な空間が、ガウナのなかで唯一無二の場所として意識されたことも、そういったことにあずかって力があったのだと。事実、いま述べたことは、魔術的な出来事ではなく、心理的な出来事にかかわるものだという印象を与えるはずだ。要するに、ガウナの心のなかの出来事、疲労とアルコールが原因で引き起こされたにちがいない心のなかの出来事である。しかしながら、そうは言っても、最後の晩の出来事については相変わらず説明がつかないままになってしまうのではないかという疑念を禁じえない。それらの出来事は、そもそもいかなる説明をも拒むものであり、少なくとも魔術的な性質を帯びたものではないかという疑問が頭をもたげてくるのである。

一行は、空いているテーブルを見つけた。そして、目の前のナプキンの上に置かれている仮装舞踏会用の派手な帽子を手に取って眺めた。仲間たちの笑いと博士の無関心を前に、ペゴラロがそれをかぶってみせた。仲間たちは、記念の品として家に持ち帰ろうと、帽子を懐にしまった。シャンパンのグラスを手にもって、みんなで乾杯した。グラスを持ち上げたガウナは、そのとき誰を目にしただろう？　その男はカウンターのそばで酒を飲んでいた。ガウナも心のなかでつぶやいたように、およそ信じられない光景に彼は出くわしたのである。その男とは、一九二七年のカーニバルで見かけた、リンカーンに乗っていた若者のひとり、まさに〈アルメノンヴィル〉で目撃した頭の大きな金髪男だったのである。ガウナは、きっとほかの三人の仲間もいるはずだと考えた。すなわち、ボクサーのような構えを見せたO脚の男、青白い肌をした背の高い男、まるでグロッソの本から抜け出してきたかのような男の三人である。ガウナはグラスにシャンパンを注いでそれを飲み干すと、ふたたびシャンパンを注いで飲み干した。それにしても、二七年のカーニバルの晩、あの若者たちといっしょに〈アルメノンヴィル〉にやってきたのが誰だったか、わざわざ思い起こす必要があるだろうか？　懐疑の色を浮かべながら一点を見据えたガウナの目に、カウンターを背にして心もち右側に寄った仮面の女、二七年のカーニバルのときと同じく、フード付きの黒マントを身に着けた仮面の女、まぎれもないあの仮面の女が映っていたのだ。

49

幻の女の出現は、予見していたこととはいえ、ガウナを大いに動揺させ、アルコールによる幻覚ではないかという疑念を抱かせた。もちろん彼はそんなことは信じなかった——彼女の存在は疑いもなく現実だったのだ——。しかしながら、原因は何であれ、彼の心は強く揺り動かされ、飲み干したばかりの二杯のシャンパンは、その前に口にした何杯ものグラッパやラム酒よりも大きな効き目をあらわした。だからガウナは立ち上がろうとしなかった。かわりに何度も手を振り、仮面の女の注意を引こうとした。そして、女が彼の顔を認め、隣に座ってくれることを期待した。

仮面の女とガウナを交互に眺めながらペゴラロが言った。

「こっちを見ていないようだね」

「見えないはずはないと思うんだけどな」マイダナが応じた。

「あんまり激しく手を振るもんだから」ペゴラロが言った。「ガウナはもう頭がくらくらしてるみたいだな」

真面目な口調でマイダナが言った。

「ぼくのみるところ、カウンターの女はガウナを透明人間とまちがえているようだ」

もの思いにふけっていたガウナは、心のなかでつぶやいた。「もし彼女でなかったら？」酔いのまわった頭でいろいろ考えたあげく、彼は哲学的ともいうべき困惑に直面した。最初に考えたことは、あの仮面とフード付きの黒マントが彼に失望をもたらすかもしれないということだった。そして、心の痛みを感じながら、独創的と思われる別の考えが、実際にはおそらく独創的とはいえない別の考えが浮かんだ。すなわち、フード付きの黒マントと仮面を取り払ってしまえば、一九二七年のカーニバルで目にしたあの仮面の女からはもう何も残らないという考えである。というのも、それらふたつのものは、彼の記憶のもっとも具体的な部分を構成していたからだ。もちろん魔法というものを無視するわけにはいかない。しかし、記憶の一部を構成するところの、このうえもなく曖昧かつ魔術的な要素をいったいどうやって見極めればいいのか？　ガウナは、こうした考えが自分を慰めるものなのか、それとも絶望させるものなのかわからなかった。

金髪の若者が仮面の女に近づいた。おどけたような表情を浮かべ、なかなか行動に踏み出せないまま、ただ彼女の姿に見とれているようだった。女もほほ笑んでいたが、おそらくは仮面のせいでその表情はいっそう曖昧に見えた。それとも、その曖昧さはガウナの想像のなかだけに存在するものだったのか？ついに金髪の男が女を踊りに誘った。サロンは広々としていた。大勢の踊り手たちのなかに紛れこんだふたりの姿を見失わないためには、よほど注意していなければならなかった。ガウナは、落胆に陥っていたものの、彼女の姿を見失うまいとした。そのとき、ロボスで過ごしたある日の午後の出来事を思い出した。まだ子どもだった彼は、雲のあいだに見え隠れする月をいつまでも眺めていた。作りかけの水車小屋の櫓に上り、黒雲に覆われた月がいつ顔を出すのか正確に言い当てる遊びをしていたのである。

造作もなく言い当てることができた彼はすっかりうれしくなり、自分のなかに眠っているにちがいない予知能力を確信して心地よい満足感に浸っていた。

ガウナは不意に、ふたりの姿を見失ってしまったことに気づいた。仮面の女は、ロバや鷹をかたどった縦長の被り物を頭に載せ、ゆっくり左右に揺れている踊り手たちの向こうに消えてしまったのである。彼は立ち上がろうとしたが、ぶざまに倒れて見知らぬ人たちの笑いものになることを恐れ、ふたたび腰を下ろした。そして、勇気を奮い起こそうとグラスのシャンパンに口をつけてこう言った。

「ほかのテーブルに行ってくるよ。知り合いの女の子に話があるんだ」

仲間たちは、冷やかしの言葉——「勘定が来たら頼むぞ」とか「ここに財布を置いていけ」といった言葉——を投げかけたが、彼は聞いていなかった。ガウナが立ち上がる様子を見ていた彼らは、まるで喜劇の一場面を目にしているかのように愉快に笑った。ガウナは一瞬、仮面の女のことを忘れた。空いているテーブルを見つけるのはきわめて難しいように思われた。もはや仲間たちのテーブルに戻ることはできない。座る場所を見つけることもできなかった。打ちひしがれた彼は、それでもなんとか歩きつづけたが、信じられないことに、誰もいないテーブルの前にいつのまにか立っていることに気づいた。そして、迷うことなく椅子に身を投げ出した。はたして仲間たちはこっちを見ているだろうか？　ガウナからは彼らの姿は見えなかった。したがって彼らもまたガウナの姿は見えないはずだ。するとボーイが近づいてきて何やら尋ねた。ガウナは、何を言っているのかよく聞き取れなかったが、当て推量《ずいりょう》のまま、上機嫌でこう言った。

「シャンパンだ」

しかしながら、ガウナの不幸はまだ終わっていなかった。彼は、ひとりになるためにわざわざ空いているテーブルを見つけたわけではなかった。「ひとりきりでいるところを見られたら、それこそいい恥さらしだ」彼はそうひとりごちた。とはいえ、ひとたびテーブルを離れてしまうと、たちまちほかの客に席を奪われてしまうだろう。そして、仮面の女を探しに行かなければ、永遠にその姿を見失ってしまうだろう。

50

その晩、〈アルメノンヴィル〉のサロンにいた人々のなかで、少なくともひとりは、奇跡が起こりつつあるという印象をガウナと共有していた。とはいえ、その奇跡をめぐる認識は、これらふたりの立会人のあいだで異なっていた。奇跡を求めて冒険に繰り出したガウナは、望みを捨てかけていたときにそれを見つけた。一方、仮面の女は、かつて味わった気分の単なる再現——それが驚くべきものであることはまちがいないが——をそこに見出していたわけではなかった。彼女が見出していたものは、ひとつのいまわしい驚異だったのである。ところが、さらに別の個人的な事情が彼女の目からその恐怖を覆い隠すことになり、彼女の前に、新たな驚異、どこまでも鮮やかで幸福な驚異として現れたのだった。大いなる冒険の最後の夜を迎えたいま、ガウナと仮面の女は、いわば舞台上の俳優だったのであり、みずからの役を演じることによって、ドラマを構成する魔術的な場面を抜け出し、いよいよ魔術的な世界のただ中へと足を踏み入れることになったのである。

遠くのテーブルについているガウナ――両手で額を支えて深刻な表情を浮かべ、見捨てられたようにひとりぼっちで座っている――に気づいた仮面の女は、そちらへ向かって駆け出した。（彼女の踊りのパートナーを務めていた金髪の若者は、周囲にひしめく大勢の踊り手たちに押されながら、「すぐ戻るわ」と言い残して姿を消した彼女の帰りをそのまま待っているべきかどうか悩んだ。）ガウナは、仮面の女が目の前に現れたことで、立てつづけに飲んだシャンパンや三日三晩におよぶ狂気に満ちた冒険の末に陥っていた意気消沈から逃れることができた。一方、彼女は、たしなみを忘れ、酒を口にしないという心づもりも忘れ、夫にとってふたたび魅力的な女でいることの幸せに身をゆだねた。こう言えばもう明らかだろう。仮面の女はクララだった。一九二七年のカーニバルでガウナを魅了した女である。

前の日の晩――わたしが言っているのは、もちろん一九三〇年のことである、――父親のドン・セラフィンが夢枕に立って、こんなことを彼女に告げたのだった。「三日目の晩は繰り返される。エミリオから目を離すな」クララにとってこのお告げは、心のなかで恐れていたことを決定的かつ超自然的に、動かしがたい事実として目の前に突きつけるものではあったが、事の発端となるものではなかった。ガウナが競馬でひと儲けしたことを、そして、博士や仲間たちと連れ立って夜の街に繰り出したことを界隈の誰もが知っているというのに、彼女だけが知らなかったなどということがありうるだろうか？　界隈の誰もがそのことを知っていたのであり、また、それ以上のことを知っていた。そして、ガウナは〈魔術師〉の後継者であり、交霊術クラブの会報の定期購読者でもある、仲間と連れ立って街へ繰り出した本当の目的は、二七年のカーニバルの三日目の晩に目にした、あるいは目にしたと当人が思いこんでいる支離滅裂な出来事、夢みたいな出来事を取り戻すことなのだ、と口にする者もいた。

そういうこともあって、クララにとっては辛い日々がつづいた。やがて彼女の心は落ち着きを取り戻した。ガウナに会うために〈アルメノンヴィル〉へ行こう。彼のために闘うのだ。彼女は自分を信じていた。彼女は勇敢な人間であり、勇敢な人間にとって、闘いの誓いは勇気を奮い立たせるものなのだ。こうして彼女は不安から解き放たれた。ただひとつ残された問題は、おそらく、もっぱら良心にかかわる問題であり、提起されたときにはすでに解決をみているような種類の問題、後ろめたさや用心を捨て去ることができるかどうかにかかっているような種類の問題だった。すなわち、同伴してくれる男を見つけだすという問題である。できればひとりで〈アルメノンヴィル〉へ出かけたいところだったが、そんなことをすれば入場を断られるかもしれないことを知らないわけではなかった。言うまでもなく、ラルセンこそ打ってつけの同伴者だった。ガウナが拒絶の態度を示すことのない唯一の人物であり、ふたりが信頼することのできるただひとりの友人といってもよかった。なんとかしてラルセンを説得しなければならない。これは容易なことではなかった。クララは必死に説得を試みた。

クララは、一晩中考えた末に、ラルセンには出し抜けに話を切り出したほうが、しかも〈アルメノンヴィル〉に出かける直前にそうしたほうがいいだろう、そのほうが成功する可能性は高いはずだという結論に達した。焦ってはいけない。ちょうどそのころ、風邪をひいていたラルセンは次第に快復しつつあった。クララは、ラルセンがどういう人間かということも、彼が風邪をひいたことも知っていた。そして、月曜日の夜までにはすっかり元気になっているだろうと考えた。しかし、前もって考える時間を与えてしまうと、体調不良を理由に、即座に断られてしまうだろう。あるいは、たとえ承知しても、まるで見計らったかのように、肝心なときになってふたたび風邪で寝こんでしまうかもしれない。

雄弁や策略がいったい何の役に立つというのだろう？　ラルセンは首を横に振ると、真剣な面持ちで、いまは喉の下のところにとどまっている風邪が、ほんのちょっとしたきっかけで鼻に達して重症化してしまうかもしれないという懸念を口にした。落胆したクララは、苦笑いを浮かべた。ラルセンのような人間の性格をよく考えてみれば、そこにはおのずから慰めがあるというものだ。絶えまない変化と頽廃が世の中を覆いつくすなか、彼のような人間は、何があっても動じないいわば支柱のようなものなのだ。つねに変わることなく、おのれのささやかなエゴイズムに忠実な人間。探せばかならずどこかに見つかるはずの人間。

クララはそれでもあきらめなかった。とはいえ、ラルセンにすべてを話すわけにはいかなかった。界隈を包みこむ静かな夕暮れ、旧友同士の落ち着いた語らいという状況からすれば、クララの口にすることはおよそ現実のものとは思われなかっただろう。ラルセンはさほど関心を示そうとはしなかった。しかし彼は、察しのいい人間だったから、クララが自分を必要としていることを理解し、その願いをかなえてやるべきだったのだ。彼がクララの申し出を断ったのは、腹立たしい思いをさせられる数々の厄介事を避けたかったからだと思われるかもしれない。しかしわたしに言わせれば、彼はたったひとつの厄介事を避けるために彼女の申し出を断ったのだ。すなわち、まだ一度も足を踏み入れたことのない高級なサロンである〈アルメノンヴィル〉、そこへ行くことを考えただけでも気後れしてしまう〈アルメノンヴィル〉へ足を運ぶことだけは何としても避けたかったのだ。彼のそういう臆病さが理解できないという人もいるだろう。しかし、クララとガウナに寄せていたラルセンの友情を疑うことは誰にもできないはずだ。この世には、行動による裏づけを必要としない感情があるものだが、友情もそのひとつだと言えるだろう。

これ以上説得を試みても無駄だと悟ったクララは、薬や湿布に手を伸ばしていたラルセンに別れを告げると、古いメモ帳を探し出し（彼女は三日前にそれをトランクの底から引っぱり出していた）、金髪男に電話をかけた。クララに付き添う役目を仰せつかる人間として、金髪男はまさに、競馬の隠語に言うところの「掘り出し馬」だったはずだ。ガウナへの忠誠心から、クララはまずラルセンに同伴してもらうべく手を尽くしたのだったが、それにはひとつ不都合な点があった。ラルセンと行動を共にすると、ガウナはおそらく、たとえ何杯もの酒をあおっていたとしても、彼女が誰であるかすぐ見破ってしまうだろう。ところが、金髪男といっしょなら、神秘的な仮面をつけたその姿は、二七年のカーニバルのときにガウナがすでに目にしていたのだから、ふたりの姿に気がつけば、きっとあのときの女にちがいないと思うだろう。クララがじつはあのときの女なのではないかという疑念がガウナの頭をよぎったかもしれないと考える理由を、彼女はなんら持ち合わせていなかった。

51

クララは、十一時前に自分を迎えに来ないように、金髪男によく言い含めておく必要があった。そして、いざ金髪男が迎えに来たときには、そのまま〈アルメノンヴィル〉へ連れていってほしいと何度も頼みこんだ。とはいえ、彼をあまり厳しく責めることはできないだろう。というのも、クララのほうから彼に電話をかけたことは否定しようのない事実だからである。おそらく、何かほかの目的があって電話をかけてきたのだと思いこむ人間は、われわれも含めて、ほかにもいたはずだ。街路樹の立ち並ぶ薄暗いベルグラーノ通りに車を停めた金髪男は、クララの美しさやそのフード付きの黒マントをほめそやすと、最後の手段に訴えた。ところが、彼女が本気で拒んでいることを思い知らされただけだった。それでも彼は、気落ちしているそぶりを見せまいとした。ふたりは、共通の友人であるフリートやエンリケ、チャーリーの話をはじめた。

「彼らにはもうずいぶん会ってないのかい?」金髪男が尋ねる。

「一九二七年から会ってないわ。ねえ、知ってる?」

「何だい?」

「あたし、結婚したの」

「どんな調子だい?」

「順調よ。で、あなたは何をしてるの?」

「ほとんど何もしてないな」金髪男が答えた。「法律を勉強しているよ。義務だから仕方ないんだ。それに、四六時中考え事をしている。ぼくが何を考えているかわかるかい?」

「わからないわ」

「女と車のことさ。たとえば、道を歩いているときにこんなふうに考える。〈反対側の歩道を歩こう。正面にいるあの子はきっとかわいいにちがいないからな〉。あるいは車のことを考える。正直に言うと、この車のことを考えるんだ。フリートの運転するリンカーンに乗せてもらう必要はもうない。つい最近この車を買ったんだ」

それは緑色の車だった。クララは車をほめ、さも興味を引かれているような顔をした。

「そうなんだ。悪くない車だよ」金髪男はつづけた。「オーバンだ。八気筒の一一五馬力、信じられないくらいスピードが出る。こんな話は退屈じゃないかい？　ぼくが退屈な話ばかりするんで、友だちがくじ引きでチャーリーを選んで、オーバンの話を持ち出してこれ以上みんなを困らせないように、わざわざぼくに言わせたくらいなんだよ」

クララは、どうしてエンジニアリングを勉強しないのかと尋ねた。

「ぼくに機械のことがわかるわけないじゃないか。ちんぷんかんぷんさ。もし車が故障したら、ぼくを当てにしないでほしいな。そのまま乗り捨てていくしかないね。ぼくが興味をもっているのは、もっぱら自動車文学であって、科学に興味があるわけじゃない。最低の文学であることはまちがいないけどね」

ふたりは〈アルメノンヴィル〉に到着した。金髪男は、車を停める場所を見つけるのに手間取った。クララが仮面をつけると、ふたりは店内に足を踏み入れた。

52

〈アルメノンヴィル〉へ足を踏み入れたとき、クララは考えた。こんな人混みのなかで、いったいどうやってガウナを見つけたらいいのか？　オーケストラが〈ホーセス〉を奏でていた。もう古くなった曲だ。それを聴いたら、読者諸氏はきっとありきたりの、しつこい音楽だと思うだろう。クララの耳には、不吉さの入り混じった幻想的な曲調が印象的だった。その夜を境に、〈ホーセス〉を耳にすると自然に体が震えるようになった。彼女は、自分が怖気づいていることを意識し、たとえ目の前にガウナが現れたとしても、彼を正面から見つめる勇気はないだろうと思った。メニューを手にした燕尾服姿のボーイが、彼女と金髪男の前で軽く会釈した。ふたりはボーイに案内され、仮面をつけた客のあいだをかき分けるように進んだ。

クララは、黒服に身を包んだ厳粛な面持ちのボーイに導かれ、踊ったり叫び声をあげたり、執拗なわりには何も意味していない口笛――あるいは、もっぱら執拗さを意味している口笛――を吹いたりしている人混みをかき分けながら、自分はいま魔法の部屋に、一九二七年のカーニバルの三日目の晩が繰り返されようとしている魔法の部屋に足を踏み入れつつあるのではないだろうかと自問した。「どうか彼に会いませんように」彼女は心のなかでつぶやいた。「どうか彼に会いませんように。彼と出会うことさえなければ、三日目の晩が繰り返されることもないのだから」実際のところ彼女は、繰り返しを恐れていたわけではなかった。彼女には、奇跡が起こるなんておよそ信じられなかったのである。黒服のボーイはふたりをバーカウンターへと導いた。

金髪男は、眉根を寄せ、重々しい声で、重大な事実を告げるように言った。「チップをはずんでおいたからね。きっとテーブルを用意してくれるだろう」クララは、金髪男が唇を大きく動かしながらしゃべっていることに気づいた。どういうわけか、そのことが彼女に忘れがたい印象を残した。それから数時間後に目を閉じたとき、彼女の脳裏には、ぐにゃぐにゃと形を変えるグロテスクな唇が浮かんだ。それと同時に、子どものころによく遊んでいたおもちゃが現れた。ゴム鞠のような、真っ白な顔をかたどったおもちゃだった。誰かが彼女にそれを見せながら言った。「おい、アガピート、舌を出すんだ」すると、指に押されてゆがんだ顔が、並外れて大きな赤い舌を突き出すのだった。その記憶とあわせて、ピエロのようなおどけた表情の大きな顔をかたどった別のおもちゃ、大きな口を開けたおもちゃ——それは、彼女が四歳を迎えたときに叔母から贈られたヒキガエルのおもちゃだった——の思い出が、漠然とした不快感を彼女にもたらすのだった。

金髪男はクララを踊りに誘った。彼女は考えた。「ガウナと出会わないほうがいいんだわ。出会わなければ、繰り返しもないんだから」するとそのとき、彼女の目はガウナをとらえた。そしてすべてを忘れた。金髪男のことも、踊りのことも、頭のなかで考えていたことも。優しさで胸がいっぱいになったクララは、思わずガウナのもとへ走った。バレルガや仲間たちから離れてひとりぼっちで座っている彼を前にして、自分がそれまで抱いていた予感がおよそばかげたものであったことに気づき、ふたりの無事を確信したのである。

のちに彼女は、自分はつぎのように考えるべきだったのにそれができなかったと告白した。すなわち、すべてがあまりにも心地よく、まるで魔法にかけられたかのように、ごく自然に起こっていることを理解すべきだった。ところが、そのときの彼女にはそれができなかった。たとえ理解することができたにしても、その影響をまぬかれることはできなかったのだ。そこにこそ、驚異的なものに秘められた恐怖がある。まさに驚異である。彼女は酔わされていたのであり、包みこまれていたのだ。抵抗を試みたもののの、ついには、幸福というかたちをとって現れたものに身をゆだねてしまった。ほんの一瞬、とはいえ、このうえなく深い一瞬、彼女は幸福のなかで分別を忘れてしまったのだった。運命が滑りこんでくるにはそれで十分だった。

　誰も頼んでいないのに、ボーイがシャンパンをグラスに注いだ。ふたりは、見つめ合いながらシャンパンに口をつけた。わざとらしい響きを帯びた重々しい口調でエミリオが言った。

「たぶんぼくはふたつの愛を思い描いていたんだろう。でもいまは、ぼくの人生にはただひとつの愛しかなかったんだということがよくわかる」

　彼女は、ガウナがすでに自分の正体を見抜いていることを察した。そして腕を伸ばし、彼の手をとり、感謝の気持ちに胸がいっぱいになり、テーブルクロスの上に顔を伏せるようにしてむせび泣いた。もう少しで仮面を取り外すところだったが、自分が泣いていることを思い出し、鏡に顔を映してみなければならないと思ってやめた。ガウナは彼女を踊りに誘った。ガウナの腕に抱かれた彼女は、さらなる幸福に包まれ、かぎりない安堵をおぼえた。耳をつんざくようなシンバルの音が鳴り響き、急テンポであわただしい曲がはじまった。踊り手たちはいっせいに、まるで悪魔的な歓喜に突き動かされたかのように、手をつないで長い列をつくり、ホールを蛇行するように駆けまわった。ふたたびシンバルの音が鳴り響くと、クララはいつのまにか仮面をつけた別の男の腕のなかにいることに気づいた。ガウナのほうを見ると、彼も別の女と踊っていた。クララは、仮面の男の腕を振りほどこうとしたが、男は腕に力を込めて彼女を押さえつけ、天井を見上げながら芝居がかった笑い声をあげた。彼女は、自分のほうを心配そうに見つめているガウナの顔に、悲しげなあきらめを宿した笑顔が浮かんでいることを見てとった。こうして、踊りがふたりを引き離してしまった。残酷にも引き離してしまったのである。

「お嬢さん、自己紹介をさせていただきます」相変わらずチャールストンを踊りながら仮面の男が言った。「ぼくは、友好関係によって結ばれた二十余の共和国のひとつで作家、詩人、あるいはジャーナリストというべきかもしれませんが、そんな仕事をしています。全部で共和国がいくつあるかご存じですか？」

「知りませんわ」クララが応じた。

「ぼくにもわかりません。それらの国々が友好関係によって結ばれていることを知っていれば十分です。そう思いませんか？　それにしても、なんという友好関係でしょう！　いずれ劣らぬうら若き美少女たちを束ねた輝かしい首飾りといったところでしょうか。とはいえ、いちばん美しいのは、ブエノスアイレスという名の顔をもった少女ですよ。ええ、あなたのお国です。まさかあなたは、アルゼンチンのお方でないということはないでしょうね？」

「わたしはアルゼンチン人です」

「そうだろうと思ってましたよ。それにしても、なんてすばらしい街なんでしょうね、ブエノスアイレスというところは。昨日ここへ着いたばかりで、まだ十分に知っているわけではありませんがね。まさにアメリカ大陸のパリだとは思いませんか？」

「パリにはまだ行ったことがありませんから」

「パリを知りつくしていると断言できる人がはたしてこの世にいるでしょうか？　ぼくはパリの大学都市で三年近く勉強したことがありますが、パリを知っていると口にする勇気はとてもありません。まかりまちがってもそんなことは言えませんよ。人が何かを見出すことができる場所はイタリアをおいてほかにないと言う人もいるようですね。彼らに言わせると、パリの美しさはあまりにも作為的で整然としている、ということになります。それに対してぼくならこう言うでしょう。ぼくはパリで何かを見出したんだと。それは冬の終わりのある土曜日の晩のことでした。友人たちと夕食を共にした帰り道――みんな愉快な連中です――、夜中の三時ごろ、いや、三時じゃない、正確に言えば三時二十分でした。ぼくはコンコルド広場を見出したんです。コンコルド広場についてはどう思われますか？」

「とくに何も。行ったことありませんもの」

「できるだけ早く行くべきですよ。で、ぼくはその夜、コンコルド広場を発見したんです。煌々と明かりがついていて、噴水が水を吹き上げている広場をぼくひとりが眺めているんです。いわば大盤振る舞いの饗宴が目の前に繰り広げられていたわけですよ。テーブルの上には、サンドイッチやケーキの皿が載っている。惜しげもなくシャンパンがふるまわれる。銀の燭台のロウソクやレースのテーブルクロス、お仕着せを身につけたブロンズの従僕、なんでもそろっている。不在の会食者のために何もかもが準備されている。ぼくがそこを通りかからなければ、饗宴はまったくの無駄になってしまうのです」

オーケストラの音楽が終わるのに合わせて、男は百戦錬磨の演説家よろしく、その長広舌に終止符を打った。しかし、この喜ばしい瞬間にあって、完璧を期する男のもくろみが仇となった。男が腕を広げたために、このうえなく痛ましい結末が訪れたのである。クララは人混みのなかへ逃げこんだ。

53

クララは、ガウナのテーブルがあると思われる場所めがけて走った。しかしテーブルは見つからなかった。仮面の男が追いかけてくるのを恐れた彼女は、大急ぎでテーブルを探した。楽団が反対側の端にいるのを見てとった彼女は、自分がいまどこにいるのかわからなくなった。落ち着いてよく考えてみた。いま演奏されているのはタンゴだ。ということはつまり、さっきとは別の楽団が演奏しているということだ。ジャズを演奏していた楽団がサロンの一方の端に、タンゴを演奏している楽団がもう一方の端に陣取っているということだろう。クララは一瞬、めまいのような感覚に襲われ、ひどく混乱した。エミリオと飲んだ二杯のシャンパンは、少し前に味わった幸福感のみならず、安心感に浸って身をゆだねていることのできる瞬間をもたらしてくれた。しかし、彼女がいま感じている動揺は、シャンパンによるものではなかった。彼女がおびえていることは明らかだった。すべてを失いたくなければ、冷静さを保って自分を律しなければならない。彼女はバーカウンターに向かった。

クララは、まるで錯乱状態に陥ってしまったかのように、グロテスクな仮面のあいだを歩いていく自分の姿を眺めていた。こうした分裂が、女性特有の虚栄心によって引き起こされたと考えるべきではないだろう。また、これが多くの女性の経験することだと考えることもできないはずだ。女性というよりも、恐ろしい状況のただ中でもっぱら自分のことしか考えない人たち、というべきかもしれない。クララは、外側から自分の姿を見ていた。いわば、自分の外側に出てしまったのだ。実際のところ彼女は、自分の意志に従っているのではなく、自分よりも大きな何か、ホール全体を天から支配している何かに依存しているような、そんな感覚にとらわれていた。ガウナやバレルガ、バレルガの仲間たち、金髪男、仮面の男、誰もがみずからの意志を奪われていた。彼女を除いて、そのことに気づいているものは誰もいなかった。だからこそ彼女は、自分を含め、あらゆるものを外から眺めていたのである。しかし彼女は、これはまやかしにちがいないと内心つぶやいた。彼女は自分の外側に身を置いていたのではない。ほかの人たちと同じように、運命に支配されていたのだ。

かねて予見されていたとおり、事態の成り行きは運命の支配するところとなったのだった。そんなことを考えていたクララは、しかし、それがまちがいであることを直感した。おそらく彼女は、世界はそれほど奇妙な成り立ちをしているわけではないことを、つまり、世界はそれなりの方法によって奇妙な成り立ちをしているにすぎないことを、偶然に支配された、あるいは、状況に応じた方法によって、とはいえ、けっして超自然的というわけではない方法によってそうなっているにすぎないことを直感したのだった。

クララは、ガウナのテーブルがあるはずの方向へ目をやった。そして、それがどのテーブルなのかようやく見分けることができたような気がした。しかし、テーブルに座っているのが誰なのか、彼女にはわからなかった。彼らのなかにガウナが座っているのを認めると、彼女はたちまち歓喜に満たされた。ところが、いっしょに座っている連中が誰なのかに思い当たると、思わずぞっとした。バレルガとその仲間たちだったからである。こうしたことはすべて、ほんの一瞬のあいだに起こったことだった。

バーカウンターの前に立っているクララの隣に金髪男が現れた。彼はこのうえなく満足している様子だった。ぐにゃぐにゃにゃした唇を動かしながらほほ笑み、なにやらしきりにしゃべっている。「このいやらしい男の望みはいったい何なのかしら?」クララは、驚くと同時にうんざりした気分で、相手の話を聞いていた。まるで、金髪男がはるか彼方の別世界にいて、何とかして彼女にまとわりつきたいという愚かな欲望が彼女のほうに迫ってきているような感じだった。このいやらしい男はいったい何をしゃべっていたのだろう？　クララにふたたびめぐり合えたことの喜びを語っていたのである。そして、何度もためらいながら、ぎこちない口調で、ぼくが自分の意に反して口にしたことを君はみんな信じたのかいと訊いていた。その謙虚な口ぶりにほだされ、彼女は彼にほほ笑みかけた。

目を転じたクララは、金髪男にほほ笑みかけているところをガウナに見られてしまったことに気づいた。ガウナはいま、陰気な表情を浮かべながら彼女のことを見ている。怒りよりもむしろ落胆や悲しみをうかがわせる表情だった。

54

当惑と恐れを感じながら、クララはガウナの動きを目で追った。不動の姿勢を保ったまま、雨の降る昼下がりの予言どおりに事が運んでいることに戦慄をおぼえた彼女は、バレルガに話しかけ、席を立ち、テーブルにチップを置いて仲間たちといっしょにホールを緩慢な足どりで出ていくガウナの姿を見ていた。

楽団は演奏を終えていた。踊っていた人たちはそれぞれ自分のテーブルに戻った。沈黙と不動の支配する奇妙な瞬間が訪れた（それは明らかに、つい先ほどまでの喧騒と好対照をなしていた）。クララは、恐れていたことが現実になりつつあることを理解した。いつのことなのかはっきりしないが、ある瞬間を境に、現在の時の流れが一九二七年のそれと混ざり合ってしまったのである。それからというもの、さまざまな出来事が矢継ぎ早に起こった。楽団の演奏が突然はじまり、クララがガウナのあとを追いかける。金髪男がクララに追いつき、彼女の腕をつかむ。クララは金髪男の腕を振りほどく。しかし、大勢の踊り手たちで混み合うホールを思うように横切ることができない。彼女は人混みをかき分けながらゆっくりと進んでいく。ついに入口にたどり着くと、外にむかって駆け出す。ところが、ガウナの姿も仲間たちの姿も見えない。建物のなかへ引き返した彼女は、守衛の男——背が驚くほど高く、異様に丈の長い、ブロンズのボタンのついた赤いお仕着せを身につけた彼は、鷲を思わせる小さな頭の持ち主で、同じく小さな目はなかば閉じられ、皮肉な表情を浮かべている——に尋ねる。

「男の人たちが出ていくのを見なかったかしら?」

「大勢の人が出たり入ったりしましたよ」守衛が答える。

「五人組なんだけど」クララは焦る気持ちを抑えながら尋ねる。「年配の男と四人の若い男たちよ。仮装はしてないわ」

「それはまずかったですね」守衛が答える。「ここでは誰もが仮装しているんですよ」

クララはスペイン人のクローク係に尋ねる(そして、金髪男がおどおどしながらついてきていることに気づく)。係の男が「見たように思います」と答えるが、もうひとりの男は誰も見なかったと断言する。

「たったいまですか?」後者が尋ねる。「五人組で、仮装をしていないと? 仮面もつけていなかったんですか? つけ鼻も? お嬢さん、そんな人たちは見ていませんよ。見ていたら忘れるはずがありませんからね」

最初のクローク係は、クララに見つめられると肩をすくめ、どっちつかずの態度で頭を横に振った。

クララは金髪男のほうを振り向いた。

「頼みを聞いてくれるかしら？」

「何なりと」金髪男が答える。

クララは男の手をとり、いっしょに外へ駆け出した。

「あなたの車に乗せてほしいの」

「ここで待っていてくれないか。帽子を取りに戻らないと」

クララは男の腕をつかんだまま、ささやくように言った。

「そんなのあとにすればいいじゃない。時間がないのよ。さあ、早く」

ふたりは車のほうへ駆け出した。誰かがあとを追いかけてきた。ふたりは誰かに追跡されているような気がした。追っ手は車の窓から何かを投げ入れた。金髪男の帽子だった。見事なハンドルさばきとともにタイヤをきしませながらオーバンを急発進させた金髪男は、自分の車を見せびらかすかのようにセンテナリオ通りを走った。クララは、湖に、そして森へ行くよう金髪男に指図した。森の小道に入ると、車は速度を落とした。クララは、ヘッドライトをつけて木々のあいだの闇を照らしてほしいと言った。

その顔には悲嘆の色が浮かんでいる。

「いったいどうしたっていうんだい？」金髪男が尋ねる。

「何でもないわ」彼女が答える。

「何でもないことないだろ？　ぼくに対する君の態度はあまり感心できないな」金髪男がとがめるように言う。「ぼくに指図を与えておきながら、それがいったい何のためなのか教えてくれない。教えてくれれば、きっと力になれると思う。だから話してくれないか」

「とにかく時間がないのよ」クララがきっぱりと言う。

金髪男はなおも食い下がる。

「きっとわたしの言うことなんか信じてくれないわ」クララが言う。「信じてくれなくてもいいいんだけど。でも、それは恐ろしい真実なのよ。ぐずぐずしていると大変なことになってしまうわ」

「いったい何の話だ？　それに、ヘッドライトの光だけで人を探し出そうなんて、本気なのかい？　どんなに運がよくても、そんなことできるはずないよ。いったい誰を探しているんだ？」

「夫よ。踊っている人のなかにいたの。わたしたちのことを見たわ」

「どうせすぐに忘れるさ」金髪男が言う。

「そういうことじゃないの。わたしの言うことがわかってないみたいね。夫はやくざ者のグループといっしょに出ていったわ。夫は彼らのことを仲間だと思っているけど、本当は夫を殺そうとしているのよ」

「それはまたどうしてだい？」金髪男が尋ねる。

車のヘッドライトが鉄道橋の下の闇を照らした。

クララは、新たな質問をぶつけることで金髪男の問いに答えた。

「二七年のカーニバルを覚えてる？」

「覚えてるさ」金髪男が答える。「ぼくは、君の気を引いた若い男を〈アルメノンヴィル〉から連れ出すのに手を貸したんだ」

「その若い男がわたしの夫なのよ」クララが言う。「エミリオ・ガウナっていうの。あの日の夜に知り合ったのよ」

「ぼくは君に頼まれて、彼を連れ出すのに手を貸したんだ。本当は君の頼みに耳を貸すつもりはなかったんだけど、君があまりにも思いつめた表情をしているもんだから、断れなくなってしまったんだ」

二七年のカーニバルの夜、ふたりは、ガウナを店の外へ連れ出すために手を焼いたのだった。ガウナはかなりの量の酒を飲んでいた。金髪男は彼にグラスを差し出しながらこう言った。「ぼくは酒を飲まないから、こういうことはよくわからないんだけど、おそらく効き目はあるんじゃないかな」実際そのとおりだった。ガウナを難なく店の外へ連れ出すと、そのままタクシーに押しこんだ。「この人をどこへ送り届ければいいんだい?」金髪男が尋ねた。クララはガウナをひとりにしたくなかった。タクシーに乗りこんだ三人はパレルモ界隈を行ったり来たりした。金髪男は不意に、かつてKDTクラブのピッチ整備係をしていたサンティアゴと〈だんまり〉が湖の乗船場にある小屋に住んでいることを思い出した。そして、ほとんど拝み倒すようにして、酔ったガウナを小屋に置いていくことをクララに承知させた。その夜はたまたまサンティアゴが不在だったため、〈だんまり〉が応対に出た。ガウナは簡易ベッドに寝かされ、灰色の毛布を掛けられた。クララは、金髪男へのご褒美として、家まで送っていきたいという彼の望みを叶えてやることにした。金髪男が言った。「これで君のお友だちは安心できる場所にかくまわれたわけだ。すばらしい人たちだから心配はいらない。ずっと昔からの知り合いなんだ。ロッシがクラブを率いていたときからピッチの整備係として働いていてね。そのあとはクラマーのところに移って、最後までそこにいたんだ。ぼくらが五部リーグで〈ウルキサ〉や〈スポルティボ・パレルモ〉

と対戦したときの彼らの熱狂ぶりはいまでも忘れられないよ。ぼくらはいつも負けてばかりいたんだけどね」

こうした回想や少年時代の思い出は、はじめこそ金髪男の心を揺さぶったが、不意に、二度にわたってクララにもてあそばれたこと、二度にわたって思わせぶりな態度を示され、別の男とのごたごたを片付けるのに都合よく利用されたことに思いいたった。怒りがこみあげてきた彼は車を急停止させた。

「おい、よく聞けよ」金髪男は、それまでクララが耳にしたことのない口調で言った。

金髪男はサイドブレーキをかけ、エンジンを止めた。そして、車のドアにもたれかかり、片手をハンドルに置き、帽子を目深にかぶったまま、なかば目を閉じ、軽蔑するような険しい表情を浮かべてクララを見すえた。

「わからないのか？　おれはもううんざりだ。都合よく利用されることに疲れたんだ」

「利用されるって、いったい何のこと？」クララが尋ねる。

「奉公人のようにこき使われて、くだらないたわ言につきあわされることに疲れたんだ」

「お願いだから、あの人を見つけ出すのを手伝ってよ。このままだとエミリオは殺されてしまうわ」

「殺されるだって？　君はその男のせいで気が変になってるんだ。あのときもそうだったじゃないか」

金髪男は彼女を抱きしめ、無理やりキスしようとした。

「ばかなまねはよして」クララは懇願するように言う。「落ち着いてわたしの話をよく聞いて。あのときも彼は殺されそうになったのよ」

「どうしてそんなことがわかるんだ？」

「わたしはそれまでエミリオのことを知らなかったの。あの日の夜、ダンスのときに知り合ったのよ。わたしは突然、彼を外に連れ出さなきゃいけない、さもないと彼はあの連中に殺されるって思ったの」

「たんなる直感ってやつか？」

「わからないわ。あの日の夜に予感したことを誰かに打ち明けたのはあなたが初めてよ。エミリオにも父にも話さなかったわ。父は死ぬ前に、エミリオのことを気にかけるようにわたしに言ったの。父はわたしに……」

クララは、後ろめたさやためらいなどをいっさい感じない人間であるかのように、嘘を口にした。亡き父を嘘に巻きこむことは、唾棄すべき人間のやることだと思ったが、そうしないわけにはいかなかった。このときもし、「父は死の床で、そして夢のなかでわたしにそうするように言ったのよ」と口にしたりすれば、自分の言っていることが金髪男の前で説得力を失うにちがいない、彼女はそう考えたのである。彼女は、自分の恐れていることが残酷な真実にほかならないことを信じて疑わなかったのであり、金髪男に助けを求めたのだ。

「父はわたしに言ったの。三日目の晩は繰り返される、だからエミリオを守らなければいけないって」

父は夢のなかで彼女にそう告げたのだった。しかしクララは、核心の部分で自分が嘘をついているとは思わなかった。だから彼女の口調は変わらなかった。

「エミリオはカーニバルで死ななければならなかったのよ。いまのわたしには何もかもが明らかだわ。二七年のカーニバルのとき、父は、何も知らないわたしに向かって、エミリオを探しにいけと言ったのよ。彼の運命を断ち切るためにね。ガウナがその運命に引き戻されることのないように、わたしは目を光らせていなければならないの。もう遅いかもしれないけど」

金髪男が問いかけた。

「どうしてそんなことが信じられるんだ?」

「あなたには信じられないの?」彼女が問い返す。「エミリオが以前わたしにどんなことを言ったか、あなた知らないでしょう? 二七年のあの日の夜、仲間たちと連れ立って店を出たっていうのよ」

「どうせいいかげんなことを口走ったんだろう」

「お願いだからわたしの話を聞いて。エミリオの話だと、彼がひとりでテーブルに座っているとき、バーカウンターにいるわたしの姿に気づいた、するとわたしはあなたにむかってほほ笑みかけた、怒った彼はそのまま仲間たちと店を出た、そういうことなのよ。でもこれは、あのときに起こったことじゃない。あのときはそんなことはいっさい起きなかった。それは今日起こったことなのよ。彼が話したとおりのことが今日起こったの。あの人は未来を予見したんだわ。すべてはあの人の運命のなかに書きこまれていたのよ。エミリオは、あのときに起こるはずだったこと、つまりいま起こっていることを見たんだわ。あの人はまたこんなふうに言ってた。お金にからむ揉め事が原因で、バレルガとかいうやくざ者を相手に森のなかでナイフを手にして闘ったって。だからそれを止めないと、あの人はバレルガに殺されてしまうわ」

「君はエミリオの言うことなら何でも信じるんだね」

「あなたはバレルガという男を知らないのよ」

金髪男は言った。

「エミリオを探そう」

ふたりは車のヘッドライトを頼りに森のなかを進んだ。金髪男の運転する車は乗船場の小屋にたどり着き、サンティアゴと〈だんまり〉に頼んでいっしょに探してもらうことにした。

55

その間、エミリオ・ガウナの身に何が起こっていたのか？

森のなかの開けた場所で、獰猛な犬の群れに追いつめられた人間のように、仲間たちに取り囲まれたガウナは、バレルガの手にするナイフと向き合いながら、幸福に浸っていた。おのれの肝っ玉がこれほど太く、この世にこれほどの勇気が存在するなんて、考えたことすらなかった。木々のあいだで月が輝いている。ガウナは、ナイフの刃に月光が反射しているのを、自分の手が震えずにナイフを握りしめているのを目にした。在りし日のドン・セラフィン・タボアダはガウナにむかって、勇気がすべてではないと言った。ドン・セラフィン・タボアダは多くのことを知っており、ガウナはほとんど何も知らなかった。しかしガウナは、自分は臆病な人間だと考えることが大きな不幸を意味することを知っていた。いまや彼は、自分が勇敢な人間であることを知っていた。また、バレルガについて自分はけっしてまちがってはいなかったことを知っていた。バレルガは臆することなく闘いに臨む男なのだ。ナイフを使って彼を倒すことは難しいだろう。なぜ彼と闘っているのか、それはこの際どうでもよかった。バレルガをはじめ、仲間たちは、ガウナがじつは彼らに申告したよりも多くの金を競馬で稼いだと思いこみ、その金を奪い取ろうと考えたのだろうか？　ともあれ、動機はしょせん口実にすぎなかった。そんなことはどうでもよかったのだ。ガウナは、かつて同じ時刻に、同じ森のなかの同じ場所――やけに大きな影を夜の暗闇のなかに浮かび上がらせている木々のあいだ――に身を置いたことがあるという漠然とした感覚、その瞬間をすでに生きたことがあるという漠然とした感覚にとらわれていた。

ガウナは、ついにおのれの運命を取り戻したことを、そして、おのれの運命がまさに実現されようとしていることを悟った、あるいは、ただ単にそう感じた。そのこともまた彼を満足させた。

彼が目にしたものは、月光が降り注ぐなか、澄みきったナイフの刃に反射したおのれの勇気ばかりではなかった。大いなる幕切れ、輝かしい死をも目にしたのだった。すでに二七年に、向こう側をかいま見ていたのだ。そして、そのことを漠然と思い出したのだ。人は誰でも、そのようにして初めて、おのれの死を思い出すことができる。ガウナは、びっこのアラウホの資材置き場で前夜に見た英雄たちの夢のなかにふたたび身を置いていた。赤い絨毯の小道が誰のために敷かれていたのかを理解した彼は、意を決して歩みを進めた。

たいていの男たちがそうであるように、不実なガウナは、息を引き取る直前、愛するクララのことを思い出すことはなかった。

死体は〈だんまり〉によって発見された。

訳者あとがき

　南米大陸のラプラタ川をはさんで向かい合うアルゼンチンとウルグアイは、二十世紀を通じて幻想的な作風を持ち味とする作家が数多く輩出した国として知られている。レオポルド・ルゴーネス、オラシオ・キローガ、ホルヘ・ルイス・ボルヘス、フェリスベルト・エルナンデス、シルビナ・オカンポ、ムヒカ・ライネス、フリオ・コルタサルなど、まさに多士済々の感があるが、彼らの作品は一般にラプラタ幻想文学という名称で語られることが多い。アルゼンチン出身のアドルフォ・ビオイ・カサーレスもまたラプラタ幻想文学の一翼を担う重要な作家であり、『モレルの発明』や『脱獄計画』、『パウリーナの思い出に』といった邦訳作品を通じてすでにその作品世界に親しんだことのある読者も少なくないだろう。

　ここに訳出した『英雄たちの夢』（一九五四）は、『モレルの発明』（一九四〇）の成功をへて長編小説『脱獄計画』（一九四五）、短編集『大空の陰謀』（一九四八）などを発表したビオイ・カサーレスの、いわば脂が乗った時期に書かれた作品である。「作者緒言」でビオイ・カサーレス自身述べているように、本人にとっても思い入れの深い作品だったようだ。作者の青少年時代の思い出が随所にちりばめられたこの作品は、主人公のみずみずしい心の軌跡をたどった一種の青春小説とみなすこともできるだろう。異なる時間の交錯や、人間の自由意思を超越した運命的な力の支配など、ビオイ・カサーレスの作品におなじみの文学的仕掛けにも事欠かない。

一方、この作品が一九二〇年代後半から一九三〇年代初頭にかけてのブエノスアイレスを舞台にした一種のリアリズム小説としての側面を有していることも見逃せない。実在の通りや広場、建物、路面電車の停留所、それぞれの地区にみられる土地柄など、当時のブエノスアイレスの地理や風俗を背景とした情景描写がふんだんに織りこまれている。主人公のエミリオ・ガウナは、そんな都会の猥雑な空間のなかに身を置きながら、恋愛や友情、自己の将来像をめぐる葛藤など、青年期ならではの内面的な問題に直面し、逡巡や煩悶を重ねる。一人前の男に求められる真の勇敢さとは何か、男たるもの女性に対していかにふるまうべきか、結婚生活はどうあるべきか、等々、エミリオの心を悩ますさまざまな問いは、当時のアルゼンチン社会の実相を反映したストーリーと相まって、リアルな人間ドラマの趣をこの作品に与えている。幻想的なプロットを軸としながらも、それ自体が前面に押し出されることはなく、あくまでも主人公の心の揺れ動きに焦点があてられるのである。その意味で、『英雄たちの夢』は、幻想的な要素と現実的な要素が絶妙にからみ合った〈幻想的リアリズム小説〉とも称すべき作品だといえよう。

こうした作品のあり方は、たとえばビオイ・カサーレスの出世作となった『モレルの発明』とは対照的である。そこに描かれていたのは、むしろ現実から遊離した、SF的な仕掛けに裏打ちされた人工的な幻想世界だった。太平洋に浮かぶ絶海の孤島と、そこに置かれた一台の映写装置。過去に撮影された男女の立体映像を永遠に反復再生するあの光学機器は、さしずめ現代のホログラフィーの先駆といえるだろう。潮の干満を動力とする映写装置は、観客の存在をはじめから捨象した自律的な再生装置として、無人島という〈不在〉の空間を舞台に果てしのない人間ドラマを投射する。幻影のような映像の世界に封じこめられた謎の女性フォスティーヌに恋する語り手は、コミュニケーションの断絶を乗り越えて彼女との愛を成就すべく、絶望的な死の跳躍を試みるのである。

『モレルの発明』は、ラプラタ幻想文学にみられる反リアリズム的な側面をよく表している作品である。ビオイ・カサーレスの文学上の師であるボルヘスも、博覧強記に支えられた虚構世界の構築を極限まで推し進めた文学者として知られているし、ビオイ・カサーレスと同年に生まれたフリオ・コルタサルも、巧緻をきわめた技法を駆使しながら、洗練された幻想性を特徴とする作品を世に送り出した作家として記憶される。それゆえ、ラプラタ幻想文学と聞くと、リアリズム的要素の希薄な、虚構性と作為性が強調された作品世界を思い浮かべる人も多いのではないだろうか。

しかし、幻想性を特徴とするコルタサルの作品のなかにも、ブエノスアイレスの場末の盛り場を舞台にした〈人間くさい〉物語が存在するし、ボルヘスにしても、社会の周縁に追いやられた〈ならず者〉たちの生きざまにスポットを当てた作品をいくつも手がけている。むろん、〈ならず者〉たちの生きざまにスポットを当てるといっても、それはあくまでも作者の想像力のフィルターを通した架空の世界であることに変わりはない。とはいえ、たとえば無機質な文学空間を背景に書物をめぐる物語が展開する「バベルの図書館」に比べると、はるかにリアルな人間世界の息づかいを伝えていることは否定できないだろう。

ビオイ・カサーレスもやはり、幻想的な作風を基調としながら、現実に密着したストーリーを展開することが多く、たんなる「幻想」のひと言で片づけられない複雑な陰影に富む作品を数多く発表している。その意味で、『モレルの発明』と『英雄たちの夢』は、現実と非現実のあいだを揺れ動くラプラタ幻想文学のあり方を考えるうえで格好の材料となる作品といえそうだ。

この点については、ビオイ・カサーレス自身による興味深い発言が残されている。『英雄たちの夢』よりも前に発表された作品——『モレルの発明』、『脱獄計画』、『大空の陰謀』——は、おおむね好評を博したものの、人物造形や舞台設定が抽象的であり、血の通わない非人間的な作品との評も少なくなかったという。それが彼の創作にどの程度の影響をおよぼしたのか定かでないが、ビオイ・カサーレスはある時点から、自分にとってより身近なテーマを扱った作品、すなわち、人間の日常的な生にかかわる出来事を中心に据えた作品、そして、読み手の感情に訴えかけるような作品を書こうと思うようになったと述懐している。そのようにして生み出された最初の小説が『英雄たちの夢』だった。シルビア・ルネ・アリアスとの対談のなかで、彼は以下のように語っている。

『モレルの発明』と『脱獄計画』に取り組んだときの私は、時計仕掛けのような作品をつくりあげたいと思っていました。それが世界でもっともすぐれているという理由からではなく、『モレルの発明』よりも以前に手がけた出来損ないの作品から遠くかけ離れているように思われたからです。あのような作品をふたたび書いてしまうのではないかと考えると、とても不安でした。その後、『英雄たちの夢』の執筆を通して、時計仕掛けのような作品を書くことから脱却しようと努めました。それからというもの、より自然な方法で創作をつづけていくことになったのです。

ビオイ・カサーレスが言及している「出来損ないの作品」というのは、おもに一九二〇年代末から三〇年代にかけての習作期に書かれた作品群を指している。若書きの時代の反省を踏まえ、緻密な計算にもとづくプロットを軸とした『モレルの発明』や『脱獄計画』を発表した彼は、今度は「時計仕掛け」のような精妙な構成ゆえの非人間的な作風を乗り越えるべく新たな小説作法を模索し、ついに『英雄たちの夢』を書きあげるにいたった、ということである。それ以降のビオイは、幻想的な作風を完全に手放すことはなかったものの、たとえば『豚の戦記』(一九六九)などの小説にみられるように、リアリズムの手法を取り入れつつ人間の生の営みを正面から見据えた作品を世に送り出すようになった。

ビオイ・カサーレスの創作の移り変わりをまとめるとおよそ以上のようになるが、これはあくまでも図式的な見方であり、作風の変遷のなかでも失われることのなかったテーマやモチーフが存在することを忘れてはならない。この点に留意しながら、以下、『英雄たちの夢』の内容に少しく立ち入ってみよう。

『モレルの発明』と同様、『英雄たちの夢』を貫くモチーフのひとつに永劫回帰があるというのは多くの研究者が指摘するところである。一九二七年のカーニバルの夜、ブエノスアイレスの街をさまよい歩き、忘れがたい出来事を次々と経験する主人公エミリオ・ガウナは、仲間たちとパレルモの森に足を延ばし、そこでみずからの人生の頂点ともいうべき瞬間をかいま見る。それから三年後のカーニバルの夜、彼はふたたび仲間たちを引き連れてブエノスアイレスの街に繰り出し、かつてのカーニバルの記憶を取り戻すべく夢幻的な冒険を繰り広げる。夢と現実のあわいに身を置きながら、三年という歳月によって隔てられたふたつの世界を行き来するエミリオは、繰り返される過去を生きるなかで、人間の意志を超越しためくるめく永劫回帰の魔にからめとられる。物語を染めあげる幻想的な色合いも、時間の回帰がもたらす宿命論的なストーリーに起因するものだろう。

ここで思い起こされるのが、ビオイ・カサーレスの述懐する〈幻想的なもの〉との出合いである。母親の部屋に置かれた三面鏡をめぐる記憶は、ビオイ・カサーレスの創作の秘密を解き明かす逸話としてよく知られているものだが、その部分を回想録『メモリアス』（一九九四）から引いてみよう。

私の母の部屋にはヴェネツィア製の三面鏡が備えつけてあり、その緑色の木枠には赤いバラの装飾がほどこされていた。私は、あらゆるものを無限に反復する鏡に言い知れぬ魅力を感じた。曇りひとつないつやつやした鏡面、丸みを帯びた緑色の木枠、果てしなくどこまでも繰り返される像《イメージ》の戯れに魂を奪われたのである。私にとってそれは、生まれて初めて目にする蠱惑《こわく》的な幻想の世界であった。この世にはけっして存在しえないもの——視覚ほど説得力に富むものはない——を開示する世界。そのなかでは、母の部屋が際限なく増殖してゆく幻惑的な光景が繰り広げられている。私が生まれる前に他界した祖父ビセンテ・L・カサーレスの肖像が三面鏡に映し出されているのを目にしたとき、私は〈あちら〉側の世界をかいま見たような、陶然とした気分に誘われた。

ビオイ・カサーレスの言う「像《イメージ》の戯れ」は、たとえば『モレルの発明』の映写装置が映し出す男女の立体映像を連想させる。物語の語り手は、幻影の世界に閉じこめられたフォスティーヌに引き寄せられるように、彼女の生きる〈あちら〉側の世界にむけて死の跳躍を試みるのである。三面鏡がもたらすこうした「蠱惑《こわく》的な幻想の世界」は、ビオイ・カサーレスもたびたび語っているように、『モレルの発明』を構想する際に重要な着想の源となったものだ。

鏡にそなわる空間の反復機能を時間軸に応用したものが『英雄たちの夢』であることはあらためて指摘するまでもないだろう。一九二七年のカーニバルと一九三〇年のカーニバルの両者は、主人公エミリオ・ガウナの意識のなかで、ちょうど合わせ鏡のように向かい合っている。そこでは、前者が後者を予言的に映し出すと同時に、後者が前者を遡及的に再現するという関係が成り立っている。本書の第44章でも述べられているように、エミリオは、「一九三〇年のカーニバルのなかに、まるで鏡に映し出された迷宮のなかをのぞきこむようにして、三年前のカーニバルにまつわる出来事を見出す」のである。しかも、三年の歳月によって隔てられたふたつのカーニバルの関係は、どうやら円環構造をなしていて、両者を行き来するエミリオ・ガウナの冒険は、振り子のような永久運動をいつまでも繰り返すのではないかという予感を抱かせるものだ。これらふたつの時間の魔術的な交錯および連続性こそ、『英雄たちの夢』にみられる幻想世界の核心をなすものだろう。エミリオのみならず、彼と冒険をともにする私たち読者もまた、ひとりの人間を同一の運命が襲うという筋書きを前にして眩暈《めまい》のような感覚を味わうことになるはずだ。このあたりはボルヘスの作品との類似を思わせるものがあり興味深い。

じつは『モレルの発明』の映写装置にもそうした時間の反復機能がそなわっていることは注目に値する。無人島を舞台にした男女の立体映像は、毎日ほぼ同じ時刻に、同じ状況で、しかも同じ動作を周期的に繰り返すのである。語り手は、永久に反復再生される幻影のような群像劇――まさに永劫回帰を象徴するような群像劇――を眺めながら、コミュニケーションの断絶という現実を突きつけられ、絶望的な苦悩へと追いやられるのだ。

ところで、ふたつのカーニバルを結ぶ魔術的な回路の役割を果たしているのが夢であることは明らかだろう。エミリオは、さまざまな夢を通して過去と現在を行き来しながら、みずからの人生の頂点をなす瞬間を生きなおそうとするのである。

エミリオを導く夢のなかでも、第47章で語られる英雄たちの夢は、この物語を読み解く鍵として、きわめて象徴的な意味合いをもっている。玉座を占める権利を争ってカードゲームに没頭する半裸姿の男たち。作中で明かされるとおり、彼らはギリシア神話に登場するイアソンと、イアソンに付き従う英雄たちである。この作品はいわば、イアソンの冒険をめぐる神話の換骨奪胎として読み解くことができるのである。

テッサリアのイオルコスの王子イアソンは、金の羊毛皮を得るため、ギリシア全土から英雄たちを呼び集めてアルゴ船に乗り組み、さまざまな苦難に直面しながらコルキスにたどり着く。そして、彼に恋した魔女メデイアの助けを借りて金の羊毛皮を手に入れ、妻となったメデイアを伴って帰国する。ところが、新たな試練が次々とふたりに襲いかかる。イアソンは結局、メデイアを捨ててコリントス王の娘婿となるが、最後はアルゴ船の朽ちた船材に打たれて落命する。

このギリシア神話の枠組みにあてはめてみると、仲間たちを引き連れて夜のブエノスアイレスを彷徨する主人公エミリオ・ガウナは、さしずめアルゴ船を率いて遠征の旅に出るイアソンということになるだろう。イアソンが金の羊毛皮を手に入れようとコルキスにたどり着くように、エミリオは、三年前のカーニバルの輝かしい記憶を取り戻すべく夜のブエノスアイレスをさまよい歩き、ついにパレルモの森にやってくる。

エミリオの妻となるクララの役割も見逃せない。イアソンを助ける魔女メディアと同じく、〈魔術師〉タボアダの娘であるクララは、エミリオにとっていわば精神の拠り所ともいうべき存在である。ふたりが落ち合うカフェの名前が、アルゴ船の乗組員を意味する〈アルゴナウタス〉であることも示唆的である。『英雄たちの夢』にみられる宿命論的な筋書きも、神話の枠組みを踏まえたストーリー展開がはらむ決定論によるものだろう。エミリオは、個人の力ではどうすることもできない神秘的な力に引きずられるように、衝撃的な結末に吸い寄せられていくのである。

『英雄たちの夢』における夢の重要性が思い起こさせるのは、鏡と同じく夢もまた、ビオイ・カサーレスの少年時代の思い出に深く結びついたモチーフのひとつだったという事実である。ふたたび『メモリアス』から引いてみよう。

私は最初の犬を福引で手に入れた。映画を見るために〈グラン・スプレンディッド〉へ連れていかれた私は、幸運にも毛がふさふさした薄茶色のポメラニアンを引き当てたのである。それにはガブリエルという名がつけられた。ところが翌日、犬は家のなかから姿を消していた。きっと夢でも見たのだろうと言われたが、福引で犬を引き当てた記憶はどう考えても夢ではなかった。その日を境に、私は親の前でガブリエルの名を口にすることをやめた。

少年ビオイ・カサーレスの心に消しがたい痕跡を残した犬の失踪事件は、どうやら犬嫌いだった母親が彼に内緒でガブリエルを処分したというのが事の真相らしい。ともあれこの出来事は、自分が身を置いている世界がはたして現実なのか夢なのか定かでないという不安定な感覚をもたらすと同時に、両者の境界がかならずしも分明ではないことを幼いビオイ・カサーレスに教えるものだった。『英雄たちの夢』のエミリオ・ガウナが身を置いているのも、やはり夢と現実が容易に反転しあう魔術的な空間にほかならない。

ビオイ・カサーレスは、一九五四年にブエノスアイレスのロサーダ社から出版された『英雄たちの夢』について、その十年ほど前から作品の構想を練っていたことを明かしている。たとえば、彼が書き残した日記の一九四七年十二月二十八日付のページには、当時執筆中だった作品として、「三日三晩にわたるカーニバルを描いた小説あるいは短編」が挙げられている。これがのちに『英雄たちの夢』として結実することになるのは言うまでもない。その間、『脱獄計画』や『大空の陰謀』をはじめ、ボルヘスや妻シルビナ・オカンポとの共作もいくつか手がけている。それ以降も、『驚異的な物語』、『花冠と愛』、『影の側』、『大熾天使』、『女たちのヒーロー』をはじめとする短編集や、ボルヘスと共同執筆した『ブストス＝ドメックのクロニクル』などを上梓している。

これらの作品のなかには、『英雄たちの夢』と共通する要素がみられるものも少なくない。短編にかぎっても、人間の意志を超越した宿命論的な筋書きを背景とした「墓穴掘り」や、転生のテーマを扱った「真実の顔」、繰り返される運命を描いた「大熾天使」などを挙げることができる。とりわけ「大空の陰謀」は、『英雄たちの夢』の姉妹編とも呼ぶべき結構をそなえている。並行する複数の世界が同時的に存在するという着想にもとづいたこの短編小説は、三年の歳月によって隔てられたふたつの世界を往還するエミリオ・ガウナの冒険を思い起こさせずにはおかない。軍用機のテスト飛行パイロットであるモリス大尉は、合わせ鏡に映し出されたかのような複数の並行世界《パラレルワールド》のあいだを行き来しながら、そこにひそむ奇妙な〈ずれ〉に気づかされる。異次元の世界へ移行する際にモリス大尉が経験する不思議な感覚——夢を見ているような非現実的な感覚——も、異なる時間の支配する世界へ滑りこむ直前にエミリオ・ガウナが陥る気の遠くなるような感覚に通じるものだ。

文学上の盟友にして師でもあったボルヘスとの関係については、すでに多くのことが語られている。その親密な間柄ゆえにしばしば〈ビオルヘス〉なる呼称が彼らに与えられたことは周知のとおりだ。作品を共同で執筆するにあたって、それぞれの曽祖父の名を組み合わせたブストス＝ドメックという筆名を用いるほど互いに気心の知れたふたりだったが、その作風には大きな隔たりがあることも忘れてはならないだろう。ボルヘスはなんといっても理知の人であり、巧緻な知的遊戯を重んじる博覧強記の文学者、プロットの洗練に意を注ぐ〈知の工匠〉だった。

それに対してビオイ・カサーレスは、幻想的な作風のなかにセンチメンタルな愛のテーマを持ちこむことを好む情動の人だった。これについてビオイ・カサーレスは、ボルヘスとの対比に触れて以下のように回想している。

文学に関するわれわれふたりの考えが食い違うことも珍しくなかった。ある日、われわれは文学における愛のテーマについて議論を闘わせた。ボルヘスは生涯を通じてじつにたくさんの恋をしたが、その多くは真剣な恋であったために深く傷つくことも少なくなかった。ところが、文学における愛のテーマについては終始反対の立場を表明していた。愛こそ文学の唯一のテーマであると思いこんでいる人たちがあまりにも多いことに疑問を感じていたのだろう。ボルヘスはきっと、愛のほかにもたくさんのテーマがあることを主張したかったにちがいない。これについては彼の考えにも一理あるし、そのような態度も十分に納得できるものである。ところが、それが行き過ぎてしまうことがままあり、ピューリタン的な厳格さをもって愛のテーマを断罪することがあった。

ビオイ・カサーレスにとって愛のテーマは、創作のなかでつねに大きなウエイトを占めるものだった。『モレルの発明』の語り手が経験するフォスティーヌへの愛については先に触れたが、「パウリーナの思い出に」や「未来の王たちについて」、「大空の陰謀」をはじめとする短編小説のなかにも愛のテーマは頻出する。『英雄たちの夢』ももちろん例外ではない。クララに思いを寄せるエミリオは、愛をめぐる悩みや葛藤をしばしば感傷的な口調で吐露している。物語全体を貫く幻想的な筋立ても、ふたりの愛を試す試金石のような役割を果たしている。さまざまな試練をくぐり抜けるなかで、彼らの愛はその真価が試されることになるのだ。

ビオイ・カサーレスの場合、女性への愛は、文学作品のみならず、実生活においても重要な意味をもつものだった。テニスを愛好する眉目秀麗なスポーツマンだった彼は、若いころから多くの女性と浮名を流し、シルビナ・オカンポと結婚してからもそのドン・フアンぶりは変わらなかった。妻のシルビナは、夫の度重なる不行跡に悩まされながらも、次第にそうした状況を受け入れるようになる。生涯を通じて夫に寄り添いつづけただけでなく、夫が別の女性とのあいだにもうけた娘マルタを引きとって実子のようにかわいがったというのは有名な話である（ちなみにマルタは、一九九四年、シルビナが他界した三週間後に車に轢かれてこの世を去っている）。

ビオイ夫妻の家で五十年近く家政婦として働いたスペイン人女性の回想をまとめた『ビオイ家の人びと』（二〇〇二）によると、ある日ビオイは彼女にむかって冗談まじりに、「ぼくにはとても大きな弱点があるんだ。女好きという弱点がね。たとえば、女性の格好をさせられた箒があったとしたら、ぼくはそのあとを追いかけていくだろう。それくらい女性には目がないんだ」と口にしたという。

そんなビオイ・カサーレスの生涯を彩る数々の色恋沙汰のなかでも特筆に値するのは、メキシコのノーベル賞作家オクタビオ・パスの妻エレナ・ガーロとのエピソードだ。

妻のシルビナとともにパリに滞在していた一九四九年、オクタビオ・パス夫妻と知り合ったビオイ・カサーレスは、パスの妻であり、のちに作家として名をなすエレナ・ガーロと恋仲になる。外交官として多忙を極めるパスの目を盗んで密会を繰り返したふたりは、その後も一九五一年と一九五六年、パリとニューヨークでの長期滞在を利用して逢瀬を重ねた。ビオイ・カサーレスがエレナ・ガーロに書き送った手紙は、一九四九年から一九六九年までのじつに二十年間におよぶもので、そのうち九十一通が現在プリンストン大学に保管されている。オクタビオ・パスとエレナ・ガーロのあいだに生まれた娘エレナ・パス・ガーロが二〇〇三年に著した回想録には、母親がビオイの子を身ごもったことや、激高した父親が母にむかって心ない言葉を投げつけて堕胎を迫ったことなど、衝撃的な事実が記されている。

なお、公平を期すためにつけ加えると、エレナ・ガーロがビオイ・カサーレスと知り合ってから三年後、今度は夫のオクタビオ・パスがイタリア生まれの女流画家ボナ・ティベルテッリ・デ・ピシス（フランスの作家ピエール・ド・マンディアルグの妻としても知られる）と恋愛関係に陥っている。結局、エレナ・ガーロとオクタビオ・パスは一九五九年に離婚している。

話を戻すと、一九五二年八月二日付のビオイ・カサーレスの手紙は、外交官の夫パスとともに東京に滞在していたエレナ・ガーロに宛てられたもので、彼女に会えない寂しさから何も手につかない苦しみを切々と訴えている。エレナのことを「魔法の女性」とか「女神」と呼んでいるあたり、〈魔術師〉の娘クララに嫉妬の入り混じった恋心を寄せるエミリオ・ガウナの境遇を思い起こさせるものがあって興味深い。ふたりの作家の道ならぬ恋が燃えさかっていた時期に書かれた『英雄たちの夢』について、ビオイ・カサーレスの秘められた思いが随所に顔をのぞかせている作品と評されることがあるのもうなずける。なお、この作品が発表された一九五四年には、先に触れたビオイの婚外子――エレナ・ガーロとは別の女性に産ませた娘――マルタが誕生しているので、話は少々ややこしい。

ちなみに、『モレルの発明』が一九五三年にフランス語に翻訳され、ラフォン社が発刊する〈パヴィヨン叢書〉の外国文学シリーズに加えられたのは、パリ在住のエレナ・ガーロの尽力があったおかげである。ビオイ・カサーレスの国際的な名声に一役買ったのが不倫の恋だったというのは皮肉な話だが、文学史にとっては幸運な出来事だったというべきだろう。一方、ビオイ・カサーレスも、エレナ・ガーロの文才をほめたたえる言葉をしばしば手紙に書きつけている。傑作の誉れが高い『未来の記憶』（一九六三）を手がけた女流作家の才能を正確に見抜いていたということだろう。

「どれか一冊の本をもって私という作家が評価されるなら、『英雄たちの夢』をもって評価されたいと思う。知性に富んだ人たちは口々に、『英雄たちの夢』こそ私の最良の小説だと断言するからだ」ビオイ・カサーレスのこの言葉が示唆するように、本書は彼の作品のなかでも『モレルの発明』と並んで高い評価を与えられている小説である。たとえば、現代ラテンアメリカ文学の重要な担い手であり、熱烈なビオイ・ファンとしても知られるブエノスアイレス生まれの作家ロドリゴ・フレサン（一九六三―）は、プラネタ社版の『英雄たちの夢』に付された詳細な序文のなかで、この小説が内容と形式においてアルゼンチン文学を代表する最高傑作のひとつにほかならないと断言している。

『英雄たちの夢』の影響は文学以外の領域にもおよび、オペラや映画の原作にもなっている。一九九七年に公開された同名の映画は、マリオ・ベネデッティやファン・ホセ・サエール、アロルド・コンティといった有名作家の小説を映画化したことでも知られるアルゼンチンの監督セルヒオ・レナンがメガホンをとった作品で、バレルガ役を務めるベテラン俳優リト・クルスの存在感がひときわ光っている。試写会に足を運んだ晩年のビオイは、この映画の出来栄えに満足していたという。

『英雄たちの夢』がジャンルを超えた幅広い影響をおよぼした理由のひとつは、それが夢を土台に据えた作品だからだろう。ビオイ・カサーレスはしばしば、「夢のような記憶を与えてくれる小説」を書いてみたいと口にしていたとのことだが、本書はまさに、つかみどころのない茫漠とした夢の世界を見事に形象化した作品である。ユングにならって言えば、時空を越えた普遍的な無意識の世界を映し出す夢は、文化のちがいを乗り越えて広く万人に訴えかける力をもっている。そして、夢がつねに多義的な解釈を呼び起こすように、この小説にも多種多様な読みが可能である。鏡、永劫回帰、宿命論、ギリシア神話、そして愛。これまでに言及したいくつかのキーワードは、そうした多様な読みのほんの一部を説明するものでしかない。読者一人ひとりが独自の解釈を引き出し、そこから自分なりの物語を紡ぎ出すことのできる作品、『英雄たちの夢』とはまさにそのような小説である。

翻訳にあたっては、底本として Adolfo Bioy Casares, *El sueño de los héroes*, Editorial Losada, Buenos Aires, 1954 を用いたが、あわせて二〇一七年版（Editorial Planeta, Barcelona）、および作品解題と注が付されたマルセロ・ピション・リヴィエール編の『創造とプロット』（*La invención y la trama*, edición de Marcelo Pichon Rivière, Tusquets Editores, 1999）に収められた版を適宜参照した。

訳稿が完成するまでにはさまざまな方のお世話になった。今回も貴重な翻訳の機会を与えてくださった早稲田大学の寺尾隆吉氏、訳文の細かなチェックのみならず、作品の解釈をめぐる鋭い指摘を多々いただいた水声社の井戸亮氏をはじめ、ご支援、ご協力を賜ったすべての方々にこの場を借りて厚くお礼を申し上げたい。

二〇二一年三月

大西 亮

著者／訳者について

アドルフォ・ビオイ・カサーレス
Adolfo Bioy Casares

一九一四年、アルゼンチンのブエノスアイレスに生まれ、
一九九九年、同地で没した。
十代のころから幻想的な作風を特徴とする小説の執筆を手掛ける。
十八歳のときのボルヘスとの出会いは、後の創作に大きな影響をおよぼした。
一九四〇年、アルゼンチン出身の女流作家シルビナ・オカンポと結婚、
代表作である『モレルの発明』により名声を飛躍的に高める。
『脱獄計画』（一九四五）、『豚の戦記』（一九六九）などの長編をはじめ、
『大空の陰謀』（一九四八）、
『驚異的な物語』（一九五六）などの短編も発表。
その他ボルヘスとの共作に、
『ドン・イシドロ・パロディ　六つの難事件』（一九四二）、
『ブストス・ドメニックのクロニクル』（一九六七）
などがある。
一九九〇年にセルバンテス賞を受賞。

大西亮《おおにしまこと》

一九六九年、神奈川県生まれ。
神戸市外国語大学大学院博士課程修了（文学博士）。
現在、法政大学国際文化学部教授。
専攻、ラテンアメリカ文学。
主な訳書には、
リカルド・ピグリア『人工呼吸』（二〇一五年、水声社）、
レオポルド・ルゴーネス『アラバスターの壺／女王の瞳』（二〇二〇年、光文社古典新訳文庫）
などがある。

Adolfo BIOY CASARES, El sueño de los héroes, 1954.
Este libro se publica en el marco de la "Colección Eldorado", coordinada por Ryukichi Terao.

フィクションのエル・ドラード

英雄たちの夢

二〇二一年五月一〇日　第一版第一刷印刷
二〇二一年五月二〇日　第一版第一刷発行

著者　アドルフォ・ビオイ・カサーレス
訳者　大西亮
発行者　鈴木宏
発行所　株式会社水声社
東京都文京区小石川二―七―五　郵便番号一一二―〇〇〇二
電話〇三―三八一八―六〇四〇　FAX〇三―三八一八―二四三七
［編集部］横浜市港北区新吉田東一―七七―一七　郵便番号二二三―〇〇五八
電話〇四五―七一七―五三五六　FAX〇四五―七一七―五三五七
郵便振替〇〇一八〇―四―六五四一〇〇
http://www.suiseisha.net

印刷・製本　モリモト印刷
装幀　宗利淳一デザイン

ISBN978-4-8010-0573-0
乱丁・落丁本はお取り替えいたします。

フィクションのエル・ドラード

襲撃　レイナルド・アレナス　山辺 弦訳　二二〇〇円
英雄たちの夢　アドルフォ・ビオイ・カサーレス　大西 亮訳　二八〇〇円
気まぐれニンフ　ギジェルモ・カブレラ・インファンテ　山辺 弦訳　三〇〇〇円
バロック協奏曲　アレホ・カルペンティエール　鼓 直訳　一八〇〇円
時との戦い　アレホ・カルペンティエール　鼓 直／寺尾隆吉訳　二二〇〇円
方法異説　アレホ・カルペンティエール　寺尾隆吉訳　二八〇〇円
吐き気　オラシオ・カステジャーノス・モヤ　浜田和範訳　二二〇〇円
対岸　フリオ・コルタサル　寺尾隆吉訳　二〇〇〇円
八面体　フリオ・コルタサル　寺尾隆吉訳　二二〇〇円
境界なき土地　ホセ・ドノソ　寺尾隆吉訳　二〇〇〇円
ロリア侯爵夫人の失踪　ホセ・ドノソ　寺尾隆吉訳　二〇〇〇円
夜のみだらな鳥　ホセ・ドノソ　鼓 直訳　三五〇〇円
ガラスの国境　カルロス・フエンテス　寺尾隆吉訳　三〇〇〇円
僕の目で君自身を見ることができたなら　カルロス・フランツ　富田広樹訳　（近刊）

案内係	フェリスベルト・エルナンデス　浜田和範訳	二八〇〇円
ライオンを殺せ	ホルヘ・イバルグエンゴイティア　寺尾隆吉訳	二五〇〇円
場所	マリオ・レブレーロ　寺尾隆吉訳	二三〇〇円
別れ	フアン・カルロス・オネッティ　寺尾隆吉訳	二〇〇〇円
犬を愛した男	レオナルド・パドゥーラ　寺尾隆吉訳	四〇〇〇円
帝国の動向	フェルナンド・デル・パソ　寺尾隆吉訳	五〇〇〇円
人工呼吸	リカルド・ピグリア　大西 亮訳	二八〇〇円
圧力とダイヤモンド	ビルヒリオ・ピニェーラ　山辺 弦訳	二三〇〇円
レオノーラ	エレナ・ポニアトウスカ　富田広樹訳	三五〇〇円
ただ影だけ	セルヒオ・ラミレス　寺尾隆吉訳	二八〇〇円
孤児	フアン・ホセ・サエール　寺尾隆吉訳	二三〇〇円
傷痕	フアン・ホセ・サエール　大西 亮訳	二八〇〇円
グローサ	フアン・ホセ・サエール　浜田和範訳	（近刊）
マイタの物語	マリオ・バルガス・ジョサ　寺尾隆吉訳	二八〇〇円
コスタグアナ秘史	フアン・ガブリエル・バスケス　久野量一訳	二八〇〇円
廃墟の形	フアン・ガブリエル・バスケス　寺尾隆吉訳	（近刊）
証人	フアン・ビジョーロ　山辺 弦訳	（近刊）